WARRIORS

貓戰士

部族誕生

五部曲之II

迅雷崛起

Thunder Rising

晨星出版

特別感謝基立・鮑德卓

鋸峰—體型較小的灰色虎斑公貓，藍色眼睛

斑皮—體型嬌小的玳瑁色母貓，金色眼睛

雨掃花—棕色虎斑母貓，藍色眼睛

碎冰—灰白色公貓，綠色眼睛

雲點—黑色長毛公貓，白色耳朵，白色胸毛，還有兩隻白色腳爪

寒鴉哭—年輕的黑色公貓，藍色眼睛

鷹衝—橘色虎斑母貓

（小貓）

閃電尾—黑色公貓

橡毛—紅棕色母貓

雷霆—薑黃色公貓，琥珀色眼睛，白色大腳爪

（惡棍貓）

風兒—瘦長結實的棕色母貓，黃色眼睛

金雀花—精瘦的灰色虎斑公貓

荊棘—毛髮豐厚的短毛灰色母貓，淡藍色眼睛

露珠—毛髮髒亂、滿身疥癬的公貓

河波—銀色長毛公貓

迷霧—灰白色母貓

（寵物貓）

阿班—肥胖的玳瑁色母貓，黃色眼睛

龜尾—玳瑁色母貓，綠色眼睛

湯姆—大公貓

陣營成員

高山貓

部落巫師—尖石巫師

（尖石預言者）半月—有著綠色眼睛的白色老母貓

靜雨—灰色花斑母貓

露葉—玳瑁色母貓

清天的營地

首領—清天—淺灰色公貓，藍色眼睛。

（戰士）—（公貓，以及沒有年幼子女的母貓）

落羽—年輕的白色母貓

月影—黑色公貓

葉青—黑白色公貓

花瓣—體型嬌小的黃色虎斑母貓，綠色眼睛

快水—灰白色母貓

冰霜—純白色公貓，藍色眼睛

杉毬果—玳瑁色公貓

蕁麻—灰色公貓

高影的營地

首領—高影—毛髮豐厚的黑色母貓，綠色眼睛

（戰士）—（公貓，以及沒有年幼子女的母貓）

灰翅—毛色光亮的暗灰色公貓，金色眼睛

獵場
轟雷路
清天營地

新狩
高
轟雷路
高影營地
四喬木
瀑布
河流

序章

高地漆黑一片，只有淺淡的月光和遠方閃爍不定的星光。

雷霆移動了一下坐姿，眼睛瞇成一條細縫，抬眼凝視低掛天際的銀色月亮。冰涼輕爽的夜風如波淹漫毛髮。這隻年輕的貓兒正想伸個大懶腰，突然愣住，總覺得除了毛髮被吹亂之外，還有另一種觸感……某種溫熱的東西正不斷摩搓他的頭。

雷霆一轉頭，竟看見他的母親風暴像以前那樣舔著他的耳朵，彷彿他還是隻小貓。小時候，她會讓他偎在她柔軟的腹毛裡，哄他睡覺。雷霆驚愕地倒抽口氣。**我的母親！**最後一次偎在她懷裡睡覺，已經是好久以前的事了。

風暴突然停下動作，與他目光交會。雷霆感覺到自己陷溺在她的綠色眼眸裡，無法自拔。風暴伸出一隻腳將他拉近。她的心跳聲令他心安。

這種奇怪的會面方式令雷霆心神恍惚，但他也知道這是他最熟悉的接觸方式。這個世界正在甦醒，他本來已經忘了他母親的模樣。但此刻的他卻認得她的每一吋毛髮，哪怕是那微弱的鼻息也無比熟悉，更喚醒了他在兩腳獸窩穴裡所有的幽暗記憶……那裡是他出生的地方。

再次看見風暴，也讓雷霆不禁想起當初灰翅帶他回高地之後，曾經照顧過他的那隻母貓。**鷹衝對我很好，她很疼我**。但他還是強烈感受到生母對他的愛，有她在身邊，便覺得好心安。

他的喉嚨發出快樂的喵嗚聲。「再說一次那個故事好不好？」他懇求道，即便他並不知道是哪個故事，也不知道自己為什麼想聽故事。

風暴在他身旁安頓好，並出於保護地將其中一隻腳搭在他肩上。她猶豫了一會兒，目光望向雷霆後方，彷彿在眺望遙不可測的遠方。

「我是在森林裡第一次見到你父親，」她低聲吼道，她的聲音喚醒了雷霆曾經熟悉的記憶。「他住在一個坑地裡，那裡可以遮風避雨，第一次遇見他時，他正在荊棘叢前面伸懶腰，我們的目光一交會……就認定了彼此。我感覺得到他眼裡的愛意。」

雷霆困惑不解，只覺得全身爬滿雞皮疙瘩，毛髮全豎了起來。「那為什麼這一切都變了？」他問道。「清天不跟我相認……他是我父親欸！他的愛到哪兒去了？」

他感覺得到風暴正不安地蠕動。「他的愛還在，」她回答道，「只是……他不知道該怎麼辦。不過你會幫他找到方法的。」她低下頭，用力地舔他的腰腹。「我知道你會有辦法的。」

雷霆放心了，正要閉上眼睛，卻瞄見遠方地平線上出現動靜。那是一隻貓兒的暗色身影，對方正抬高頭、揚起尾巴，在澄亮的月暈裡緩步走過。雖然距離遙遠，但雷霆直覺那是他的父親。

風暴應該也看到了，因為雷霆感覺得到她的心跳加速。原來他的母親仍愛著清天，他為她感到心疼。

他正打算起身去追他父親，卻被風暴那隻擱在他肩上的腳牢牢按住，拉了回來。「別去。」她輕聲說道。

「可是妳說……」雷霆反駁道。

「時候還不到，」他的母親告訴他。「等時候到了，你自然會知道。」

她又開始舔他耳朵，雷霆只好安坐下來。「可是他是我父親……」他傷感地說道。

「我知道，」風暴要他放心，同時半帶玩笑地用沒出鞘的腳爪輕拍他鼻頭。「你跟他好像哦。」她喵嗚道。

雷霆的心還是很痛，彷彿被某種利爪緊緊攫住。「那為什麼清天不認我？」他質問道。「為什麼我不能去找他？」他的聲音變成了哭嚎。「我覺得這一切好離譜。」

風暴眼神悲傷地遠眺地平線上的圓月。夜風越來越強勁，吹亂她的毛髮。她用身子緊緊圈住雷霆，幫他禦寒。

雷霆看不到她的臉，只聽到她說：「你會知道怎麼做的，」她低聲道，那聲音像蜜糖一樣融化他的心。「我知道等時候到了，你就會……」

第一章

溫暖的和風徐徐吹送，高地上初生的草原如水波蕩漾，起伏不定，也吹亂了灰翅的毛髮，於是他知道寒冷的季節已近尾聲。遍地都有綠芽冒出頭來，金雀花叢上有嫩黃色的花朵悄悄綻放，零星點綴眼前風景。遠方鳥兒的鳴唱宣告了未來獵物的豐碩可期。

幾條尾巴距離之外的雷霆正開心地與鷹衝的小貓閃電尾和橡毛玩角力遊戲，嘴裡發出興奮的吱吱叫聲。灰翅慈愛地眨眨眼睛，看著他們在柔軟的草地上翻滾嬉鬧，胡亂揮舞沒出鞘的腳爪，互相拍來打去。稍早前他得到鷹衝的允許，才帶他們出來上狩獵課。

「好吧，」當時那隻虎斑母貓同意道，「但千萬別讓他們離營地太遠。」此刻灰翅正放任著小貓們嬉鬧，開心地看著他們無憂玩耍，很是心滿意足。

他的目光掃過高地遠處，望見雲點和斑皮正從河邊回來，嘴裡叼著大坨的新鮮藥草。雨掃花拎著一隻死兔子從金雀花叢裡出來，拖著獵物走進坑地，寒鴉哭和碎冰正在坑地裡挖掘沙土，想開鑿出另一條可充當窩穴的新地道。鷹衝和高影坐在一起聊天，一邊梳洗彼此。

這裡的感覺越來越像家了，灰翅心想道。他想起那段長途跋涉的旅程……他們從山裡來到這兒，花了好大的心力才在高地安頓下來。很難想像當初他們竟接受了尖石巫師的異象預言……只要循著太陽之路，便能找到更美好的家園。那是一場危機四伏的旅程，但他們終於熬了過來。**這裡的生活真的很美好！**

「閃電尾，你當兔子。」雷霆的聲音把灰翅的注意力喚了回來。「我來教你們怎麼抓兔子。」

「好啊。」閃電尾開始左右跳動，模仿兔子神經質的動作。

雷霆看了橡毛一眼，喵聲道：「看我的！」隨即壓低身子，偷偷爬向閃電尾，後者不時回頭張望雷霆有沒有追上來。

雷霆扭動後臀，猛然往前一躍，撲在閃電尾身上，小黑貓當場吱吱尖叫，肚子翻了過來，腳爪纏住雷霆的脖子，兩隻小公貓像一坨蠕動的毛球倒在地上。

我和清天以前也是這樣玩耍，灰翅難過地想道，**我們怎麼會吵得這麼兇？**

「你死了！」雷霆吼道，「我宰了你了！」

「我要真的去狩獵！」橡毛大聲說道，同時撲上他們。「我要當有史以來最厲害的狩獵貓！」

「太好了！」灰翅喵聲道，同時快步走向小貓。「但你們得先學會很多東西。」

「我能像雷霆一樣悄悄移動。」閃電尾壓低身體，在草地上匍匐前進。「你看！」

「很棒！」灰翅回答道，佯裝沒看見小貓的尾巴正在揮來擺去。「不過除了捕捉獵物之外，還有很多需要注意的地方。在高地上，獵物老遠就看見你，這時你該怎麼做？」

「往他們身上撲過去……像這樣！」橡毛尖聲吶喊，撲上她哥哥，將他撞倒在地。

雷霆也撲了過去，索性玩了起來。如果他們老是這樣不專心，永遠也學不會狩獵。可是灰翅不想訓斥他們。看見他們身強體壯，快快樂樂的，他就覺得很開心了。

他們長得好大了……體型比可憐的翩鳥大了兩倍。

他一想到他妹妹，便一陣感傷。他妹妹是在氣候嚴寒的山裡餓死的。他很愛雷霆和這些小貓，只想好好保護他們，讓他們健康快樂地長大。

這裡就算季節嚴寒，也還過得下去，因為仍有足夠的獵物。當初灰翅發現這兒的降雪量不若山裡來得大，而且雪季沒有很長時，其實有點難以接受。這裡就算結霜也會在早晨的時候就化了。而且會有幾天的時間根本無法狩獵或找不到水喝，尤其是在森林裡，那裡有樹木可供他們躲避酷寒。他真想嘆一大口氣，但強忍住。他偶爾還是會想念以前的老家和他的母親靜雨。但高地上輕鬆愜意的生活意謂小貓們都能過得很好，而且這裡的天氣總是很快回暖。

雷霆和閃電尾還在玩角力遊戲，吼聲大到足以嚇跑高地上所有獵物。橡毛甩掉他們，尖聲大喊：「看我的！」

她衝進坑地，消失在稍早前寒鴉哭和碎冰合鑿開的地道入口裡。灰翅趕緊追上去，一顆心緊張地噗通噗通跳。高地下面布滿網狀地道，大多是兔子鑿出來的洞。貓兒們為了在裡面做窩，陸續把洞挖大，但有些地方還是不太安全。灰翅總覺得待在地洞裡不太正常。那裡又黑又封閉，很難呼吸。**再說，萬一她跑到深處，恐怕會找不到她。**

還好橡毛很快就從地道裡出來，衝進空地，後面緊跟著另一隻貓。灰翅這才發現原來是橡毛的父親寒鴉哭。碎冰也跟在那兩隻貓兒後面，從洞裡伸出頭來，神情懊惱。

「離這兒遠一點，」寒鴉哭斥責橡毛。「這條地道還不夠安全，碎冰和我還在挖呢。」他用未出鞘的腳爪用力拍打他女兒的鼻頭。「妳不是去跟灰翅上狩獵課了嗎？」

「是在上啊，」灰翅朝他喊道。「謝了，寒鴉哭。」

黑色公貓點頭回禮，就又跟著碎冰消失在地道裡。

橡毛轉過身來，垂著尾巴，緩步爬回坑地邊坡上方。

「哇！」閃電尾一看到她過來，立刻大聲喊道。「太強了！現在我們總算知道在哪種情況下鼻子會被扁。」

橡毛狠瞪他一眼，但沒吭氣。

「我覺得妳應該再示範一次，」她哥哥揶揄她。「我不確定我有看清楚。」

「哦，是嗎？你腦袋長跳蚤啊？你的鼻子想被扁嗎？就是這樣扁啦！」橡毛嘶聲道，腳爪橫掃她哥哥的鼻子。

閃電尾往後跳開。「嘿，很痛欸！」

「鬧夠了沒？」灰翅喵聲道，同時擋在兩兄妹當中，以免他們打起來。「我們是來狩獵的，記得嗎？」

小貓們總算安靜下來，各自找位置坐下，全都瞪大眼睛看著他。

灰翅環顧四周，尋覓小貓可以學習的教材。這時他注意到金雀花叢底下有動靜，一隻兔子正在空地移動，嘴裡啃著青草。

「你們看！」他告訴小貓們，同時用尾巴指。「別動哦，看到那隻兔子了嗎？我要去抓他。」

小貓們都點點頭，眼睛發亮，不耐地抽動尾尖。

「首先，」灰翅繼續說道，「我要等牠離灌木叢遠一點再行動，因為牠的洞可能就在那附近。當我要追牠的時候，我會密切注意牠的動向，揣測牠會往哪個方向跑。」

他說話的同時，兔子已經深入空地。灰翅小心觀察，伺機等候，然後一鼓作氣追了上去，享受肌肉賁張和野風灌進毛髮的滋味。

就在還剩幾條尾巴距離的時候，兔子才發現他，嚇得吱吱尖叫，拔腿就跑，白色尾巴上下彈動。灰翅目光緊緊尾隨，加快腳步，直接橫穿過去，當場攔截打算折回灌木叢的獵物。

兔子又一次急剎閃開，但沒跑幾步，便被逮住。灰翅腳爪狠揮牠的肩膀，往地上猛摜，尖牙戳進牠的喉嚨，兔子當場斃命。灰翅得意極了。

灰翅叼起身體仍然溫熱的兔子，快步走回小貓那裡，後者全投以欽佩的目光。

「太厲害了，灰翅！」雷霆大聲喊道。

「我也想跟你一樣。」橡毛喵聲道。

「不用多久，你們都會變得很厲害，」灰翅承諾道，同時將獵物塞進附近一株金雀花的枝葉底下。**等我們上完課，再回來拿。**「事實上，你們可以試試看。有誰已經發現到獵物？」

小貓們都跳起來，四處張望，用力嗅聞空氣。「我只聞到那隻兔子的味道。」閃電尾抱怨道。

「那我們移動一下位置。」灰翅喵聲道，同時帶他們走到離坑地有幾條尾巴距離的地方。「雷霆，你聞到了什麼？」

灰翅已經瞄到有隻老鼠正在長草堆裡啃食種籽，正在莖梗之間鑽來鑽去，葉尖隨之擺動。雷霆也發現了。

「在那裡！」他低聲道，耳朵指向老鼠的方向。

「好，去抓吧。」灰翅告訴他。

雷霆立刻壓低身子，貼近地面，匍匐過去。

灰翅見狀搖搖頭，但為了怕驚擾到老鼠，仍然壓低著音量：「我剛不是告訴過你們，這種狩獵方法可能只適用於森林，因為那兒有很多地方可以躲藏，而且樹木的聲音能幫忙掩飾你的腳步聲，但在這裡恐怕不管用，因為你的獵物從遠處就能看到你，所以必須靠速度取勝。」

「哦……好吧。」雷霆站了起來，尾尖沮喪地抽動，隨即衝了過去，朝老鼠藏匿所在的長草叢飛奔而去。

「跑快一點！」橡毛尖聲喊道。

「妳這個笨蛋！」閃電尾的尾巴往他妹妹的嘴巴一揮。「妳看妳幹了什麼好事？」

原來遠處的老鼠愣了一下，似乎聽見橡毛的尖喊聲，發現危險將至，立刻竄出長草叢，往幾條尾巴距離之外的裸岩急奔而去。雷霆試著加快速度，但不知怎麼搞地四條腿像打了結似地忽然失去平衡，撞上地面。老鼠趁機鑽進岩縫裡，消失其中。

雷霆蹣跚站了起來，甩甩身子，低著頭，沉重地走回來。「抱歉。」他咕噥道。

「沒關係，」灰翅回應他，尾尖擱在雷霆肩上。「下次就會成功了。」

他看了雷霆腳下白色的大爪一眼，這才明白何以這孩子動作如此笨拙。顯然他以後的個頭兒恐怕不小，而他現在正處於半大不小的尷尬階段，所以動作上仍無法控制自如。**他終會脫胎換骨的**，灰翅心想，**只是需要耐心等候。**

「我也要試試看，」橡毛喵聲道。「要不是你嚇走所有獵物……」

「妳還敢說！」雷霆瞪大眼睛，憤憤不平。「要不是妳剛剛……」

灰翅抬起一隻腳爪，阻止口角。「我們會再找到更多獵物，」他開口道，「一定找得到。」

「那裡有！」閃電尾用尾巴指。

灰翅轉身看見一群鳥正在老鼠消失所在的裸岩旁啄食青草。

閃電尾立刻學雷霆那樣蹲伏下來，忘了灰翅剛剛才交代過的事。

「你腦袋長跳蚤了嗎?快跑過去抓啊！」橡毛朝她哥哥吱聲喊道，自己也衝了過去，奔馳草地，身後的尾巴揮來擺去。

旁觀的灰翅頗是欣賞她的速度，只可惜她跑步的時候，竟忍不住發出興奮的尖叫聲。鳥兒一聽見她的聲音，早就飛走。剩下的幾隻也在她快追近時，騰空飛起。

剛剛閃電尾一發現自己犯了跟雷霆同樣的錯，便立刻起身跟在他妹妹後面奔上去。這時趕緊剎住腳步，表情嫌惡地轉過身來。「哼，現在換誰的腦袋長跳蚤了？」

灰翅搖搖頭，藏起笑意。「你們要學的東西還多著呢。」他低聲道。

就在他等候那兩隻小貓回來的同時，突然被雷霆往前一躍的動作嚇了一跳。原來有隻小鳥飛落在不遠處。雷霆趁那隻鳥兒正要鼓翅飛離之前，前爪一揮，將牠打了下來。

小貓挺起身子，兩眼炯炯發亮，嘴裡叼著被他打死的小鳥。「我抓到一隻了！」他大聲說道，聲音被滿嘴的羽毛蒙住。

一時間，灰翅竟不知該如何讚美他，因為他跳躍的方式令他想起清天……也就是雷霆的父親。**就跟我們離開山裡之前，他父親宰殺老鷹的動作一模一樣。**

當年他和他哥哥感情很要好，如今回想起來，格外心痛。自從清天不認雷霆之後，他就沒再冒然去過森林，也不想再見到他哥哥，而那已經是這個嚴寒季節來臨之前的事了。最後一次碰面時，灰翅甚至公然宣布清天不再是他哥哥。失去最親的手足，感覺就像心裡扎了一根刺，但他無論如何都無法原諒他哥哥對雷霆的絕情拋棄。

灰翅嘆了口氣。**我一直設法把雷霆教養成一個善良仁慈的貓兒……但是不是不管我怎麼努力，他的個性還是會跟清天一樣呢？**

灰翅後方忽然傳來溫柔的招呼聲，打斷了他陰暗的思想。他轉過身，看見一隻玳瑁色母貓朝他跳了過來。他一看見她，立刻瞪大眼睛，喜不自勝。是龜尾！她跟他們一樣是從山裡來的，曾經是他最要好的朋友，直到……**哦，不，我絕對不能再提起這件事。**

「龜尾！」他大聲喊道，「妳怎麼找到我們的？」她是在高山貓搬進新營地之前便離開了他們。

「我去以前住過的坑地找你們，」龜尾解釋道，「結果是空的……你們的味道都很舊了。」說到這裡，她忍不住全身發抖。「我還以為你們都被狐狸殺了，但我不相信，於是鍥而不捨地找，直到聞到你們留下的氣味，然後就找到這裡來了！」

「真高興見到妳！」灰翅告訴她。

龜尾快步走上前來，與灰翅互觸鼻頭。「我也很高興見到你。」她喵嗚道，「已經好久不見了。」她環顧那些小貓，又說道：「看來你們的貓口很興旺哦。」

灰翅點點頭。自從上次她幫忙他從坍塌的兩腳獸窩穴裡救出雷霆之後，他們就沒再見過面。那件事件過後，整個嚴寒季節她都住在兩腳獸巢穴那裡，過著安逸的寵物貓生活。**我到現在仍無法相信她竟然選擇去過那種生活**，灰翅心想道，同時移開目光，免得臉上的表情被看見。對灰翅來說，他完全搞不懂為何有貓兒會選擇過那種黎明的微風不會吹亂毛髮又無需狩獵的生活？她離開時，灰翅總有種被她背叛的感覺，而龜尾也變得越來越冷淡和疏遠。

不過顯然龜尾很能適應寵物貓的生活，她看起來豐滿、健康，毛色光滑，那雙瞪著灰翅看的眼睛尤其顯得晶亮。

「所以這個大個子是雷霆囉？」她問道，同時朝小貓轉身，後者嘴裡叼著獵物站在旁邊，一臉困惑而且表情有點受傷。灰翅感到愧疚，因為他到現在都還沒有誇獎他狩獵的成果。「他長大了！我記得當時帶他去森林，幫他取名字時，他還好小哦。」

雷霆的母親風暴死在頹圮的兩腳獸窩穴裡，灰翅和龜尾只來得及救出雷霆，至於他的母親和其他手足都葬身其中。**風暴的毛髮好柔軟，眼睛也好漂亮……**灰翅的尾巴垂了下來，心又開始痛了起來，**我再也見不到她了。**

「瞧，雷霆抓到了一隻鳥！他以後一定會成為很厲害的狩獵貓。」龜尾的聲音打斷了他的思緒。灰翅看了她一眼，感覺到她是刻意裝作開心的樣子。**她似乎知道我在想什麼。我猜她是太瞭解我了，她甚至知道當我難過時，該怎麼分散我的注意力。**

「沒錯！」灰翅甩甩身子，附和道。

雷霆聽見他的讚美，眼睛立刻亮了起來。另外兩隻小貓也擠了上來。「我們也會成為很厲害的狩獵貓！」橡毛大聲說道。

「我相信你們一定都辦得到。」龜尾回應道。她眨眨眼睛，朝灰翅轉身。「他們應該是鷹衝的小貓吧？你瞧，他們也長得好大了。」

「也許是因為妳離開太久了。」灰翅喵聲道，但馬上就看見龜尾受傷的眼神，立刻懊惱剛說出口的話。「我的意思是……久到……呃……」他結結巴巴。「我很想妳，龜尾。」

母貓眼睛一亮。「我也很想你，灰翅。」

他一轉身，發現小貓們都站在旁邊看，而且一字一句全聽進耳裡。「這位是閃電尾，這位是橡毛。」

「這兩個名字取得好。」龜尾喵聲道，快樂的表情又重回她臉上。「我叫龜尾。」

「會叫閃電尾是因為他老纏著雷霆，」灰翅解釋道。「兩個兜在一塊兒就像營地裡刮起一小團暴風雨一樣。」

龜尾眼裡帶著笑意，與三隻小貓互碰鼻頭。

「去旁邊玩。」灰翅語調溫柔地告訴他們。他想跟龜尾獨處一下，不希望被他們聽見談話內容。

小貓們聞言立刻開心地衝了出去，繞著金雀花叢追逐了起來，根本不用他再說第二遍。

「妳在兩腳獸巢穴那裡過得如何？」灰翅問道，總覺得有點尷尬。他不希望龜尾又以為他在批評她。「天氣很冷的那一陣子，妳在那裡還過得好嗎？」

「我在那裡過得不錯，」龜尾輕鬆回答。「那兒很舒服。阿班和我又多了一個伴兒，就在我住進去不久之後，又來了一隻貓。」

「惡棍貓嗎？」灰翅問道，總覺得不可置信。

「哦，不是。」龜尾回答道。「兩腳獸離開了一陣子，後來帶了一隻貓回來……一隻大公貓。他告訴我們他以前跟另一頭兩腳獸住，可是有一天他的兩腳獸突然不再餵他吃東西。」

兩腳獸根本不可靠，灰翅心想，**但他知道這種話最好別說出口**。

龜尾點點頭。「所以那隻公貓就去了另一個地方跟很多貓兒住在一起，那裡的貓兒都不快樂，老是在發牢騷。他說他們還聽得到附近有狗吠聲。他們全都被關了起來。對了，後來兩腳獸幫這隻貓取名叫湯姆……」

「湯姆？」灰翅打斷道。「他們叫一隻公貓湯姆[1]？我真搞不懂這些兩腳獸。」

龜尾聳聳肩。「反正他是被我們的兩腳獸從那裡帶回來的，跟我和阿班住在一起。」

「妳喜歡他嗎？」灰翅問道。「他很友善嗎？」

龜尾猶豫了一會兒，低頭看著自己的腳爪。「是啊，他很友善。」她終於回答。「我們相處得很好。」然後她甩甩身子。「不過我覺得該是時候離開他們了，因為我很想念我在高地上的朋友。」

龜尾要回來了！灰翅開心到無以復加。但他還來不及說什麼，三隻小貓便突然衝了回來，繞著圈子互追彼此，結果在一塊土質鬆散的地面上打滑，腳步一時剎不住，龜尾就被閃電尾直接撞得四腳朝天，她揮動著腳爪和尾巴，發出痛苦的呻吟。

灰翅嚇得瞪大眼睛，赫然發現原來她的肚子很大。**她懷孕了！**

「妳受傷了嗎？」他上前幫忙，緊張地問道。

龜尾靠在他肩膀上，氣喘吁吁地翻身爬起來。她沉默了一會兒，才終於呼了口氣。

「我想……我沒事。」

1 公貓的英文是tom，而湯姆也是Tom。

灰翅的目光探回那三隻小貓。閃電尾神情驚恐地躲在雷霆後面。灰翅揮動尾巴，示意他過來。「去跟龜尾道歉。」他厲聲說道。

「沒關係。」龜尾很快地舔舔閃電尾的耳朵。

「以後不要不長眼睛地到處亂衝亂撞。」灰翅告訴他。然後停頓一下又說：「我剛不是要你們自己去玩嗎？」

誰會想得到龜尾竟然懷孕了……他等到三隻小貓都興奮地吱吱尖叫，跑到別處去玩，才朝龜尾轉過身去。

「所以，」他對她說道，同時用耳朵指著她那鼓脹的肚子。「那是怎麼回事？」

「你說呢？」龜尾嘶聲道。過了一會兒，目光才又柔和了下來。「我犯了錯。」她繼續說道。「我太想你了。湯姆對我很好，又身強體壯的，我以為我可以拋開過去，跟他展開新的生活。可是當我發現我懷孕了之後，他……他就變了。」

灰翅感覺到喉嚨裡忍不住發出嘶吼聲。「要是他敢傷害妳……」

「哦，沒有啦，」龜尾向他保證道。「湯姆還是對我很好，只是他對我們的孩子沒有任何計畫或想法。就連阿班也怪怪的，只要我一提到小貓的事，她就很緊張。」龜尾彈彈尾尖。「但他們都不願告訴我究竟是哪裡不對。」

「所以妳怎麼辦？」灰翅問道。

「我只好求阿班老實告訴我，她本來不想說，後來才告訴我兩腳獸會把我生下來的小貓帶走，送給別的兩腳獸。」她的聲音微微發抖。「一旦小貓們不用再喝我的奶，我就再也見不到他們了。」

「太可怕了！」灰翅大聲喊道，鼻子緊緊抵住龜尾的肩膀。怎麼可以這樣拆散一個家庭？以前在山裡，貓兒們都會同心協力，互相照顧小貓，即便在高地上也是……誰會不要自己的小貓呢？這太匪夷所思了。**是啦，清天就不要雷霆**，灰翅提醒自己。

「阿班說湯姆曾要求她別把實情告訴我。所以我現在……再也不相信寵物貓或兩腳獸了。我終於知道誰才是我真正的朋友。我只想回到你們這兒來。」她的目光緊緊盯著灰翅，兩眼瞪得斗大。「你覺得他們會願意讓我回去嗎？」

他的心簡直要被她那雙無辜的眼睛融化了。「怎麼可能不願意？」他喵聲道，同時又看了她的肚子一眼。不知怎麼地，一想到龜尾懷了另一隻貓兒的小貓，他心裡就很不舒坦。「這裡本來就是妳的家。」

灰翅用尾巴示意，帶著龜尾走到坑地頂端。

「哇！」她大聲讚嘆，瞪大眼睛，俯瞰他們的新家。「這地方太棒了，比舊營地好多了。」

灰翅點點頭。「這裡比較安全，而且更能遮風避雨。」他說道，同時用尾巴指著那些金雀花叢。

他們走下邊坡。這時正在和寒鴉哭一起挖掘地道的碎冰突然探出頭來，身上的白毛上鋪著一層沙。他看見龜尾時，眼睛瞇了起來。

「妳來這裡做什麼？」他問道。

「嗨，碎冰！」龜尾跟他打招呼。「真高興又見到你。」

起初碎冰沒有回答，只是冷冷地看了她一眼，隨後才又喵聲說：「妳在天氣嚴寒時，棄我們而去。像妳這樣的寵物貓憑什麼認為妳現在在這裡會受到歡迎？」

龜尾憤然地蓬起毛髮，幾乎連懷孕的肚子都被遮住。「能不能來高地，不是由你來決定。」她反駁道。「你以為你是誰？清天嗎？」

「別這樣……」灰翅開口道，他聽見他哥哥的名字被提起，不禁皺起眉頭。

但兩隻貓兒根本不理他。

「清天有些點子的確不錯，」碎冰咕噥道。「我現在就帶妳去找高影，」他繼續說道。「由她來決定怎麼處置妳。」

「龜尾沒必要……」灰翅再度開口。

「不用為我辯解，」龜尾打斷道，氣憤難平地貼平耳朵。「我倒是很樂意再見到高影，我很想念她。我想她不需要我們告訴她怎麼教導碎冰收斂一下那自以為是的脾氣。」

碎冰和龜尾動身去找高影。寒鴉哭剛從地道裡鑽出來，一臉訝異地瞪看著龜尾，這時也跟著一起去。灰翅轉身去找小貓們，結果發現他們正爬上一塊布滿地衣的大圓石，再一個個跳下來，興奮地吱吱尖叫。

「快回來！」他喊道。「該回家了！」

第二章

當灰翅和龜尾來到坑地底部時，發現鷹衝、斑皮、雲點和雨掃花全站在高影面前。

「妳的後腿需要再用力一點。」黑色母貓教他們。「這樣一來，不管是誰從後面逼近妳，妳都能解決對方。雨掃花，再試一次。」

灰翅看見高影把一片大樹皮架上一塊岩石上。雨掃花就定位，猛力踢打樹皮，被踢中的樹皮，碎屑四濺，瀰漫空氣。

「好多了。」高影喵聲道。「雲點，輪到你了。」

這時灰翅注意到鋸峰蹲伏在幾條尾巴之外的地方，表情很不開心。他於心不忍。自從鋸峰從樹上跌下來摔斷腿之後，飽受磨難，心裡並不好受。他被清天趕出森林，因為清天說他沒辦法供養一隻無法狩獵的貓。後來高地上的貓兒接納了他。但灰翅知道他弟弟會覺得自己愧對大家，畢竟他無力貢獻，恐會拖累他們。

龜尾湊近過來對他低聲說了幾句，他抽動耳朵，暫時忘了鋸峰的窘境。

「我真的很訝異高影現在竟然在教貓兒們戰鬥技巧，」龜尾低聲道。「看來這裡的變化真的很大。」

灰翅張嘴正要回答，還沒來得及說出口，碎冰已經衝過去找高影。「我們剛在領地上發現一隻貓！」他吼道，同時用尾巴指向龜尾。

「龜尾！」雨掃花大聲喊道，同時跑過來用鼻子輕觸龜尾的耳朵。「碎冰，你又不是不認識她，什麼叫做一隻貓啊？」她看了灰白色公貓一眼，聲音很是不悅。「她是我們的**朋友！**」

鷹衝也跑了過來，毛髮輕輕刷過龜尾。「真高興見到妳。」她語氣溫暖。其他貓兒則躊躇不前，疑慮地互看彼此。碎冰的眼裡仍然充滿敵意。

懊惱的灰翅忍住嘆氣的衝動，不安地等候高影的回應。他很清楚高影有多提防陌生貓兒。**當然，龜尾不是陌生貓兒，但就這樣宣布她回來，恐怕也不是最好的辦法。**

「領地這字眼什麼時候變得這麼流行了？」龜尾又在他耳邊低語。「變化真的好大哦。」

灰翅不得不承認她說得一點也沒錯。自從龜尾離開高地後，他和他的同伴們也變得跟清天及他那一夥貓兒一樣越來越強調狩獵領域的捍衛。

當初這群高山貓分成兩派，清天帶著一群貓兒們住到森林裡，那時大家還以為以後可以自由來去，想要什麼時候探訪對方都可以。結果不然。這樣的分裂使得雙方竟有了鴻溝，再也無法跨越。

高影緩步走向龜尾，尾巴抬得高高的，其他貓兒好奇圍觀。高影的威嚴姿態向來令灰翅刮目相看，身為領導者的她對自己一向很有自信。**她怎麼可能不歡迎龜尾回來？**儘管如此，他還是做好了心理準備，等著迎接一場尷尬的對話。

高影很有禮貌地垂下頭。「妳好，龜尾，」她喵聲道，同時用尾巴指向玳瑁色母貓鼓脹的肚子，緊接著說道：「也恭喜妳，不知道孩子的父親是誰？」

龜尾很不自在地蠕動著腳。「他們沒有父親，」她回答道。「我也不會讓小貓跟他有任何瓜葛。」

高影和灰翅互看一眼，同時也聽見其他貓兒傳出的低語聲。他相信黑色母貓很清楚這是怎麼回事。**龜尾去跟兩腳獸住，現在她懷了寵物貓的孩子。這種事還是少說為妙。**

高影深吸一口氣，轉身對圍觀的貓兒說：「好消息！龜尾終於回來了，而且就要生小貓了。我們這個陣營將會更壯大！」

「應該是說有更多貓兒等著吃飯吧。」碎冰抗議道，「她以前那樣背叛我們，我真不敢相信妳竟然還讓她回來。」

高影霍地轉身，頸毛豎得筆直。「要是你這麼擔心食物不夠，」她厲聲道，「就快去狩獵啊！」

碎冰正想開口反駁，卻懾於高影的眼神警告，只好吞進肚子，嘟囔幾句，轉身快步爬上邊坡，走出坑地。

灰翅目送他離去。他看得出來碎冰討厭被公開羞辱。畢竟他也曾經是帶領貓兒們離開山區的要角之一。但**自從蔭苔把領導大任交給高影之後，她就一直是我們的頭兒，在這裡，只有她說的話才算數。**

灰翅轉頭去看其他貓兒，發現雷霆目光熱切地看著正離開營地的碎冰。

「我也想去狩獵。」小貓說道。

「現在不行，」灰翅告訴他，「還是先讓碎冰獨處一下比較好，等他心情好了再說。」**碎冰個性向來敏感，這對他來說一定很難接受。他對這座新營地付出這麼多，而龜尾一整個嚴寒季節都不見蹤影，現在一回來便能享受成果。**

「過來一下。」高影示意龜尾到青苔地那裡敘舊。灰翅也跟過去，三隻貓兒坐在那兒看著橡毛和閃電尾追逐蝴蝶。鋸峰跛著腳站起來，在一兩條尾巴距離之外坐下來，表情有點猶豫，似乎不確定自己受不受歡迎。

「鋸峰，你怎麼了？」龜尾驚訝地瞪大眼睛看著那隻年輕貓兒的傷腿，大聲問道。「我還以為你跟清天一起住在森林裡。」

「那是以前。」鋸峰回答道，同時懊惱地蠕動著腳爪。「自從我從樹上跌下來，傷了腿，清天就……」他越說越小聲。

「清天決定只留身強體壯的貓兒在身邊，」高影幫他說完。「所以鋸峰回來找我們。也許要花點時間，不過他的情況越來越好了。」

她目光親切地看著鋸峰，鋸峰點頭稱是。不過灰翅很清楚他弟弟其實並不確定自己能不能完全復元。

「我為你感到遺憾。」龜尾喵聲道，綠色眼睛滿是同情。

「言歸正傳……」高影繼續說道。「龜尾，妳覺得我們的新家怎麼樣？」她的眼裡充滿興味。「我們變了很多嗎？真高興見到妳回來，我倒是很想知道是什麼原因讓妳決定回來？」

龜尾環顧坑地，綠色眼睛熱切地打量周遭環境。灰翅試著從她的瞳眸裡去觀察她看到的世界：這裡的貓兒都被餵養得很豐滿，表情快樂，毛髮健康光滑。他知道她對這座營地很是印象深刻：這裡有金雀花當屏障，地上還有突岩，更有寬敞的地下窩穴。

「能離開山裡真好，不是嗎？」龜尾終於開口，她沒有直接回答高影的問題。「你們還記不記得尖石巫師是怎麼派我們上路的？你們還記得她說了什麼嗎？她說有個地方可以讓我們住下來，那裡一年四季都有陽光、氣候溫暖、獵物充足。感覺上好像還是不久以前的事。」

灰翅附和地點點頭。他想起以前的龜尾充滿活力，成天蹦蹦跳跳的。當時旅程很艱辛，必須靠堅定的意志和澆不熄的熱情才能撐下去，但現在的她似乎變得不太一樣了。他感覺得到她長了智慧，變得老成了。**不過我們也都變了，不是嗎？**他心想道。

灰翅直盯著她看，突然發現她的表情愁苦。他開口正要發問，卻被高影搶了先。

「怎麼了？」她問道，「有什麼問題嗎？龜尾？」

龜尾將爪子戳進柔軟的青苔裡。「我不確定我是不是還有能力幫忙你們。」她承認道，「尖石巫師曾誇獎過我的速度和視力，可是妳看看現在的我。」她用腳爪指著自己的肚子。

「妳的視力還是很好，」高影喵聲道。「現在這裡非常需要妳的專長。」她遲疑了一會兒，然後若有所思地看看四周。「我需要有幫手幫忙眼觀四面，耳聽八方，」她繼續說道。「注意遠方的動靜，隨時向我回報，可以嗎？」

龜尾一臉不解。「妳要我幫什麼，我都會幫。」她回答道。「可是為什麼需要特別找隻貓兒來做這種工作呢？」

「很多事情並不像表面看到的那麼樂觀。」高影解釋道。「沒錯，大家都吃得飽，也得到妥善照顧，但現在跟以前不一樣了。我們提防清天很久了。現在只要遇到他的手下，他們都明白表示森林現在是他們的，然後動不動就指控有貓兒越界。我們一走進林子裡，他們就把我們趕出來。」

灰翅點點頭。心裡的失望像根刺一樣不斷扎著他，他現在終於知道他們和清天以及他那幫手下的隔閡有多大。以前還是小貓時，他和清天幾乎無時無刻不黏在一起。**我從沒想過我們的關係會變成這樣。**

「感覺他們很有敵意。」他喵聲道。

「妳在兩腳獸那兒有看過他們嗎？」高影問龜尾。「我們必須掌握他們的一舉一動。任何細節都要掌握，不管多微不足道，都可能很有用。」

龜尾搖搖頭，灰翅只覺得寒毛都豎了起來。**我們現在是在暗中監視清天嗎？**

可是當高影繼續說下去時，灰翅才明白這還不是她最關切的重點。「要是清天不准我們去森林裡狩獵，那麼我也有權決定我們要保護這裡的狩獵場。事實上，我們向來都在跟惡棍貓爭食獵物。」

「以前這的確是個問題。」龜尾看了灰翅一眼，然後說道。

「沒錯，」高影喵聲道。「但現在的情況比以前更糟了。我們和惡棍貓達成某種共識。我們不干涉他們，他們也不干涉我們。現在……唉，這真的是一言難盡，反正現在的局面有點緊繃，這是以前不曾遭遇過的情況。所以我們需要妳的協助。只要有陌生的面孔在坑地附近出現或狩獵，妳能馬上通知我嗎？」

「我會盡我所能。」龜尾承諾道。「要是我當初沒離開這裡，就能幫你們更多忙了。我真的不敢相信清天會變成這樣。」

灰翅總覺得自己有必要為他哥哥辯護。「他只是在做他自認為對的事情。」

龜尾彈動尾巴，顯然沒被說服。「他打從什麼時候起這麼在乎狩獵權了？」她問道。「這裡的獵物多到足以餵飽每一隻貓兒。」

灰翅身後出現窸窣聲響，他回頭一看，發現鋸峰竟悄悄走過來聽他們的對話。這隻年輕的貓兒也許一輩子都將不良於行，但他潛行功力卻是一流的。他兩眼炯炯發亮，很是興奮。

「我也可以幫忙！」他大聲說道。「我可以跟龜尾一起監看動靜。我也許不能跑，也不能爬樹，但我可以擔任坑地的守衛。」他看了龜尾的肚子一眼，又隨即說道：「現在的龜尾不像平常一樣行動自如，而我也不像以前那樣可以四處跑跳，但如果我們兩個通力合作……」

高影猶豫了一下，很是同情地打量著這隻帶著腳傷的貓兒。「謝謝你，鋸峰，」她回答道。「但我希望你多休息，盡快痊癒。」

灰翅看見被拒的鋸峰表情很是受傷，也跟著緊張起來。他知道高影只是好意，可是鋸峰真的很想證明自己仍然可以派上用場。

「你就繼續去練習雲點交代你做的運動，」他語帶同情地對他弟弟說。「相信很快就能出去狩獵了。」

鋸峰轉身離開，沒有吭氣，一路低著頭。灰翅知道他弟弟根本不相信他說的話。龜尾將尾巴擱在鋸峰肩上，卻被他甩開。

灰翅看著他弟弟拖著傷腿，蹣跚走遠，不免暗地裡質疑高影的決定。

「也許妳應該讓他幫忙的。」他低聲道。

「這會讓他覺得好過一點。」龜尾附和道。「而且多雙眼睛監看也好啊，不是嗎？」

高影用銳利的目光掃過他們。「現在這裡是由我在指揮。」她唐突地回答。「這工作不像你們想的那麼容易。」她哼了一聲，昂首闊步地走回她的窩穴。

灰翅和龜尾互看一眼，驚愕地說不出話來。**是誰招惹她啦？**灰翅只覺得莫名其妙。

第三章

「要不要我帶妳參觀一下坑地和高地？」灰翅向龜尾提議。他想擺脫高影剛剛所帶來的不快經驗。「妳應該會想重新認識這個地方。再說……」他揶揄道，「妳跟兩腳獸住了那麼久，搞不好已經變得弱不禁風了。」

「你很沒禮貌欸！」龜尾大聲說道，伸掌打他，但眼裡猶帶笑意。

「好啦，好啦，沒有弱不禁風啦。」灰翅趕緊改口，「不過我還是想帶妳到處看看。」他滿腦子只想跟龜尾單獨相處。**我好想她，他現在才終於明白。**他記得以前她有時候看起來很受傷或者故作冷淡，還有他們總是在爭吵為什麼她要和阿班及兩腳獸走得那麼近。**那時候的我要是貼心一點，也許她就不會離開了。**現在她回來了，他才知道她的一走了之，曾在他心裡鑿下多大一個洞。

他們爬上邊坡，正要出坑地時，雨掃花忽然喚住他們。「我可以一起去嗎？我也想跟龜尾敘敘舊。」

「當然好啊，」灰翅回答道，但心裡仍難免懊惱。**我真希望龜尾只專屬於我。**他斜眼覷看她，有股悸動在他身上流竄。**沒關係……反正她不會離開了，還有很多時間可以聊，更何況雨掃花是隻好貓，坑地裡有她，對我們來說何其有幸。**

雨掃花跑了過來，就在這時灰翅察覺到動靜，發現鋸峰正從臥鋪裡出來。「我可不可以也加入？」小夥子問道。

灰翅搖搖頭。「不行，」他輕聲拒絕他。「你得待在坑地裡，等傷勢完全復元。」被拒絕的鋸峰表情受挫，尾巴拖在地上，轉身離開。

「鋸峰，等一下！」雨掃花轉身過去跟灰色小公貓互觸鼻頭。「等我們回來之後，我就來幫忙你練習鍛鍊肌力。」

「我已經受夠了這些練習，」鋸峰語調顫抖地說道。「好無聊哦。」

雨掃花看了灰翅一眼，後者正偕同龜尾等在坑地頂端。「我很快就回來。」她向鋸峰保證道，「我們都會回來。真的，保證不會讓你錯過任何有趣的事。」她再次摩搓鋸峰的鼻子，然後才走回灰翅那裡。

當他們轉身離開時，灰翅感覺得到鋸峰的目光緊緊尾隨著他。「妳真好。」他對雨掃花說道。

雨掃花對他眨眨眼睛。「我想我們都應該盡量幫忙鋸峰。」她建議道，「老是告訴他這不能做，那不能做，也不是辦法。」

「或許妳說得沒錯。」灰翅承認道，心裡多少感到愧疚。「謝謝妳提醒我。」

虎斑母貓抽動鬍鬚。「這沒什麼。」

三隻貓兒並肩離開坑地，穿過高地，朝河邊的方向走去。灰翅很是享受毛髮被溫暖的和風吹亂的感覺，風裡還能聞到植物發芽的氣味。他們經過高地上的池塘，蘆葦隨風搖擺，水面上的陽光熠熠閃爍。

他們小心爬上布滿金雀花叢的山腰，這時一隻兔子突然從他們眼前驚慌地奔逃而過，他們反應不及，沒來得及出手攔阻，兔子就消失在金雀花叢裡。

「呃……」灰翅發表他的看法。「要是路上遇到這種驚慌奔逃的兔子，多半是因為……瞧，我說得沒錯，她來了！」

他話語剛落，那隻母惡棍貓風兒便從一株灌木底下衝了出來，棕色毛髮顯得凌亂，表情嫌惡。「笨兔子！」她呸口道，「我差點逮住牠！」

灰翅發出喵嗚笑聲。「妳八成是年紀大了，速度變慢了。」

風兒故作凶狠地朝他揮爪，這反而逗得灰翅更樂了，因為他知道風兒不會真的攻擊他。自從上次灰翅幫忙宰殺風兒和她同伴金雀花追的那隻兔子之後，他們就已經化敵為友了。

灰翅才想到金雀花這名字，那小子就真的出現了。一個瘦巴巴的虎斑身影從灌木叢底下鑽了出來，朝他們跑來，龜尾緊張地看了灰翅一眼，表情有點擔心。**她當然會擔心，她以前住在高地時，根本還不認識他們。**

「別緊張，」雨掃花向她保證道，同時用尾尖刷過龜尾的肩膀。「金雀花和風兒是我們的朋友。」

灰翅記得幾個月前跟高影提過，要不要邀這兩隻惡棍貓加入他們。最後高影決定暫時不要。**但誰知道未來會怎麼樣？**灰翅反問自己。**我先別對金雀花和風兒提起這事，以後再說吧……**

「最近的狩獵成果如何？」灰翅問風兒。他向來欣賞風兒鑽洞追兔子的本領，她對高地下方的地道幾乎瞭若指掌。

也許有一天這本領能派上用場。

風兒不屑地哼了一聲。「獵物是不少，」她回答道。「只是狩獵越來越……棘手。」

「妳為什麼不直說呢？」金雀花質問道，開始齜牙低吼。「清天不准我們進森林狩獵。怎麼會有這麼荒謬的事？清天憑什麼告訴我們，哪裡可以狩獵？哪裡不可以？」

風兒點頭附和。「問題是，現在這附近的狩獵都變得很麻煩，老是爭端不斷。」她憤怒地彈動尾巴。「有一天，我在高地邊緣遇到另外兩隻惡棍貓……荊棘和露珠。他們向來不太友善，不過大多時候都能相安無事，也算滿意彼此的相處模式，但沒想到有一天我們跟他們追的竟然是同一隻兔子，其實那隻兔子大到足夠我們四隻貓兒分著吃，以前我們也不是沒分食過獵物。」

「是啊，」金雀花打岔道。「可是那次荊棘和露珠竟然就把那隻獵物拖走，還威脅我們若是敢再靠近，就要扒掉我們的皮。」他不解地搖搖頭。「以前不會這樣的，直到……」他瞥了他們一眼。

灰翅看見雨掃花的尾巴開始抽動，而且還上前一步。「你是在怪我們高山貓囉？」她質問道。

龜尾緊張地看了灰翅一眼，似乎以為雙方會打起來。灰翅將尾尖擱在她肩上。「沒事。」他低聲道，但也暗地裡希望自己沒說錯，他也在心裡告訴自己，這件事一定得向高影報告。

金雀花的頸毛豎了起來，但風兒推開他，直接面對雨掃花。「我們不是在怪你們，」她喵聲道。「至少不是怪所有高山貓。」說完嘆口氣，朝龜尾轉身。「我見過妳，對吧？」她喵聲道。

「是啊，她叫龜尾，」灰翅回應道，「曾離開高地好一陣子。」**沒必要告訴他們她當過寵物貓。**「可是她現在回來了。」

風兒瞇起眼睛，仔細打量龜尾。「我想她也算是我們的朋友。」她對金雀花喵聲說。「要不要我帶妳參觀一下附近幾處最棒的狩獵場？」她對龜尾說道，「妳最好先知道，因為也許以後情況會越來越麻煩。」

「是哦……好啊。」龜尾結結巴巴，看起來有點被嚇到了。**這對她來說應該很難接受吧，她沒有想到這裡的生活不若她以為的那麼完美。**

灰翅倒是對風兒的友善態度很是刮目相看，畢竟她自己的境遇也不是那麼順遂。

雨掃花顯然也明白了這一點。「我語氣不該那麼壞的，」她喵聲道，很是歉意地眨眨眼睛。「只是……呃，其實你們說得沒錯，現在跟以前比起來，情況的確變得有點複雜。」

風兒抽動鬍鬚。「沒關係。」

金雀花和風兒帶路朝河流走過去，循著小溪前進，這條小溪是沿著高地上一道很深的缺口流淌而下。高山貓從沒來過這裡狩獵。溪流兩邊懸垂著長草與蕨葉。

「這地方不適合兔子住，」風兒解釋道，而這時灰翅正驚詫地四處張望。「但通常可以在這裡找到一兩隻老鼠或田鼠，我是指草叢的深處。」

「謝謝妳告訴我們。」灰翅回答道，很是享受陽光蕩漾水波間以及潺潺的流水聲。「我們以前怎麼沒來過這裡找獵物？」

風兒忍住笑意。「你只要知道以後去哪裡找就行了。」

「走這裡。」金雀花躍過小溪，爬上邊坡，又再回到高地。「這附近常看見兔子。」他氣喘吁吁地等其他貓兒爬上來。「你們應該看得到這裡有兔洞。」他補充道，同時用尾巴指向一處陡峭的岩坡，那裡的土壤貧瘠，岩間攀附著幾株瘦巴巴的灌木。

灰翅嗅聞空氣。**金雀花說得沒錯，的確有強烈的兔子味。**他瞄到草叢間有好多坨兔子糞便。

「妳有點臃腫。」他們繼續往前走時，風兒對龜尾這樣說道。

龜尾尷尬地舔舔肩膀。「我的小貓就快出生了。」她低聲道。

「那妳得抓比較容易抓到的獵物才行，」金雀花告訴她。「也許是一隻飛不遠的肥鴿子。我們去河邊吧。」

其他貓兒都跟著金雀花。灰翅豎起耳朵，聽見古怪的咕咕聲，附近八成有鴿子。

「在那裡。」雨掃花用耳朵指著前面，灰翅聽見鴿子的聲音，卻一個也沒看見。

「笨鳥，」金雀花咕噥道，「牠們就是不懂得閉嘴。」

貓兒們偷偷潛行過去，這裡的高地放眼都是沙地和裸岩，間或點綴著幾叢粗硬的雜草和灌木。灰翅還是看不到任何獵物，直到龜尾停下腳步，舉起尾巴。

「就在那株灌木底下。」她低聲道。

灰翅努力打量，終於看見一隻鴿子的粉色前胸，牠正在緊鄰河邊的兩塊大圓石之間啄食地上的東西。

「妳的眼力真好。」他深吸口氣。**太棒了！在新的地方狩獵，而且是和龜尾一起。**

「太好了！」金雀花從他旁邊一閃而過，顯然擋不住獵物的誘惑。

鴿子猛力拍打翅膀，試圖飛走，但金雀花已經撲上去，伸爪勾住牠尾巴。他衝上去的那一瞬間，還有兩三隻鴿子從灌木叢裡逃出來，鼓翅竄飛。金雀花腳下的鴿子奮力掙扎，其中一隻翅膀打中金雀花的臉，他踉蹌後退，鬆開原本抓住鴿子尾巴的那隻腳爪。

風兒嘆口氣。「我看還是由我來解決好了。」她邊說邊跑過去，趁鴿子想飛走時，猛力一撲，利爪戳進牠胸膛，又逮回地面，緊緊勒住，直到牠斷氣。

龜尾的眼裡帶著興味。「你覺得要不要教他們怎麼抓小鳥？」她對灰翅低聲說道。

灰翅輕輕搖頭，「這樣恐怕會冒犯他們。」**不過我們現在的宰殺方式比以前在山裡還要乾淨俐落。**

風兒抬起頭來，齒間猶卡著一根羽毛。「來吧，我們一起吃。」她邀請他們。

灰翅、龜尾、和雨掃花走上前去，全都忍住笑意。

「我還以為我們要教龜尾抓一隻又懶又肥的鴿子呢。」雨掃花故作天真地說道。

「我的確受教了。」龜尾回答道。

他們圍坐在鴿子四周，大啖新鮮鴿肉時，龜尾又繼續說道：「我真的很高興我回來了。狩獵實在太好玩了。」

「別忘了現在局勢有點緊張。」灰翅警告她，同時吞了一口鴿肉。

「什麼局勢很緊張啊？」有個聲音突然插了進來。

灰翅愣了一下，回頭張望，看見一隻銀毛貓坐在河中央的岩石上。滾滾河水只離他腳爪和那根優雅蜷曲的尾巴一隻老鼠身長之距。

「那是誰啊？」雨掃花驚訝地問道。「怎麼有貓兒會坐得離水邊那麼近？」

銀毛貓動作俐落地連跳幾塊石頭，爬上岸邊，來到他們面前。他看起來很友善，而且態度自若。「嗨，」他喵聲道。「我叫河波。」

風兒和金雀花互看一眼，顯然他們也不認識這位初來乍到者。

「你是惡棍貓嗎？」灰翅問道。

河波聳聳肩。「我不喜歡幫自己貼標籤。我住在河邊。」他彈動尾巴，指著河對岸。「你們只需要知道這一點。」

「我叫灰翅，這位是龜尾，這位是雨掃花。」灰翅很有禮貌地垂頭致意。「這兩位是金雀花和風兒。」

他說話的同時，注意到河波有點漫不經心，正覬著吃剩的鴿子。「那看起來挺好吃的。」他伸出舌頭舔舔鬍鬚。

灰翅笑了出來，將剩下的獵物推到銀色公貓面前。**他的暗示還真明顯！**

「謝了。」河波低下頭去，俐落地拆解鴿子。

「我從沒見過吃相這麼優雅的貓兒。」龜尾說道。

我也沒見過，灰翅心想道，**都這麼餓了，還可以吃得這麼優雅！**

河波迎視龜尾的目光，隨即聳肩。「我的行事向來充滿驚嘆！」他喵聲道，隨後向大家垂頭致意，接著尾巴一揚，衝了回去，躍過河面上的石頭，鑽進對岸的矮木叢裡。

灰翅和他的同伴們面面相覷。「我想這就是他道別方式吧。」灰翅喵聲道。**長這麼大，還沒見過這麼怪的貓！**

「好怪哦……」風兒喃喃說道。

但其他貓兒還來不及說什麼，便聽見連串的怒吼聲蓋過滾滾的河流聲。灰翅覺得不安，與龜尾緊張地互看一眼。「那是什麼？」他問道。

那聲音又出現了，這次更大聲了。

「是狗！」風兒喊道。

灰翅頓時驚恐，但強作鎮定。「我們得找個地方躲！」他大聲說道。但即便這麼說，其實也不知道該躲到哪裡去。**我們這對地方根本不熟！**

風兒點點頭。「你說得沒錯，來吧，金雀花，我們快回窩穴……快點！」她和虎斑公貓衝下溝壑，一邊跑一邊回頭張望。「你們也快回你們的坑地去。」她告訴高山貓，同時揮動尾巴。「你們的坑地在那個方向！」

灰翅和其他貓兒早已起身，扔下剩下的鴿子肉，拔腿跑上高地。灰翅很想再跑快一點，但還是必須配合大著肚子的龜尾速度，後者努力地想要跟上他。狗吠聲一直緊跟在後，灰翅不確定他們的速度到底有沒有比狗快。

「妳還好嗎？」他問龜尾。他聽見她在喘氣。

「我還好。」龜尾上氣不接下氣。「必要的話，你先走。」

「我絕不會棄妳而去。」灰翅反駁道。

最後營地終於在眼前。雨掃花率先衝下邊坡。

「有狗！」灰翅吼道。

後方有更多狗吠聲在空氣裡炸開。那些狗是怎麼找到這兒的？灰翅驚恐萬分。**是我們把牠們帶來的。是我們的氣味把牠們引來的！**

正坐在坑地盡頭大岩石上的高影立刻跳起來。「快點散開！」她大吼道，「各自尋找掩護！」

鷹衝和寒鴉哭趕緊鑽進最近的地道裡，順道把他們前面的橡毛和閃電尾推進去。斑皮和雲點衝上對面邊坡，消失於高地。雨掃花連忙將自己塞進兩座大圓石之間的細縫。

灰翅要龜尾快進去他睡覺的地道，自己也跟著鑽進去，然後轉過身來，查看外面營地的動靜。龜尾擠在他旁邊，緊緊挨著他。

狗吠聲越來越大。灰翅驚恐地瞪大眼睛，看見兩條狗出現在坑地口，隨即朝他們衝了下來。其中一條四肢瘦長，毛色斑駁，另一隻體型嬌小，全身白。牠們跑來跳去，腳爪踩爛了地上青苔，不停嗅聞每條地道的洞口。

高影仍站在岩石上，弓起背，賁張全身毛髮，體型看起來比平常大了兩倍。她齜牙低吼，抬起一隻腳爪，利爪出鞘，隨時準備反擊可能跳上來的狗兒。小白狗在岩石底下扒抓了好一會兒，瘋狂吠叫，但就是搆不到黑色母貓。

這時另一隻大狗發現了被丟棄的兔子骨頭，在那裡嚼了起來。灰翅聽見骨頭咬碎的聲音，眉頭皺了起來。過了一會兒，狗兒吐掉嘴裡的骨頭，開始嗅聞寒鴉哭和鷹衝藏匿閃電尾和橡毛的那條地道。

「糟了！」龜尾低聲道。「可憐的小貓！」

灰翅緊張到幾乎無法呼吸，不過他已經做好準備，要是那條狗硬要鑽進去，他就會跳出去，從後面攻擊。

狗兒開始刨開地道口的鬆軟沙土，這時突然出現另一個聲音蓋過狗吠聲：那是遠處轟雷路上一頭怪獸的聲音。兩條狗停下動作，偏頭傾聽，隨即奔上邊坡，追逐彼此，回到剛剛的來時路。牠們的吠聲漸行漸遠。但灰翅還是等了好一會兒，才敢走出地道，龜尾緊張地跟在後面。

高影跳下岩石，雨掃花也從石縫裡出來。寒鴉哭的頭探出地道，「他們走了嗎？」他問道。

回答他的是斑皮，後者跟雲點再度出現在坑地上方。「走了，牠們朝河邊跑走了。」她回報道，同時快步下來。「我們安全了。」

灰翅吁了口氣，環顧營地，但突然又神情緊張了起來，因為他發現還少了一隻貓。「雷霆！」他大聲喊道。「雷霆在哪裡？」他抬高音量吼道。「雷霆！」

他的呼喊迴盪營地，卻沒有貓兒回應。

「最後一次見到他是什麼時候？」高影質問道。

「龜尾剛來的時候，他還在這裡。」雨掃花回答道。

「從那時起，還有誰見過他？」高影的目光掃過挨擠在一起的貓兒們，他們看上去都還心有餘悸，全身發抖。「沒有嗎？好吧，我們搜找營地，檢查所有地道。」

貓兒們各自散開，鑽進窩穴以及低矮的金雀花叢底下，過了一會兒，大家回到原地，還是沒找到雷霆。

恐懼像冰冷的雲霧籠罩灰翅全身。「先前碎冰出去狩獵，雷霆一定跟著去了。」他喵聲道，這時才突然明白他們兩個都在高地上，要是被那兩條狗看見，恐怕會被攻擊。

龜尾推推他。「情況恐怕比你想得還糟，」她告訴他，目光同時掃過坑地。「鋸峰也不見了。」

第四章

雷霆深吸一口氣，又心滿意足地呼出來。他無法想像還有什麼地方比森林更棒。他喜歡頭上那些可以遮風避雨的樹枝、矮木叢裡獵物的窸窣作響聲、還有四面八方飄來的各種氣味。他拿不定主意該從哪裡先查探起。

他輕輕一躍，大聲說道：「這感覺太棒了，比在高地上追兔子來得好多了。」

站在兩條尾巴距離之外的碎冰瞇起眼睛，一臉狐色地看了他一眼。「他們准你跟我一起來嗎？」他問道。

雷霆頓時嘴巴發乾。「哦，是啊……他們准我來。」碎冰還是滿臉疑竇。雷霆不確定他相不相信他，**拜託別趕我回營地**。

灰白色公貓不耐地抽動尾巴。「那好吧，你是打算站在那兒一整天嗎？」他問道。

「沒有啊，我要狩獵！」雷霆瞄見蕨叢下方有細微的動靜，於是蹲伏下來。「看我的！」

像這樣偷偷地匍匐前進，利用矮木叢當掩護，腳爪絕對不能踩到枯葉或樹枝，以免驚動獵物，對他來說都再自然不過。他感到身體的完全放鬆，四肢流暢移動，彷彿這些動作全出自本能。**灰翅絕不會要求我在這裡拔腿狂奔吧**，他心想道。

地上草叢一分為二，一隻毛色暗沉的小動物從蕨葉叢底下疾步跑了出來。雷霆後腿用力一蹬，撲了上去，腳掌猛力扣住小動物柔軟的軀體，利爪戳了進去。

「抓到了！」他大聲說道。「我抓到了……呃，碎冰，我抓到了什麼啊？」

他的同伴過來伸長鼻子努力嗅聞地上的獵物。「是地鼠。」他告訴雷霆，然後用不屑的口吻說道：「像這種瘦巴巴的東西，根本餵不飽營地裡的貓。來吧，森林裡還有更大的獵物呢。」

被這話刺得不太舒服的雷霆心裡在想到底要不要把這獵物帶回營地。可是能進到這森林裡，實在令他太興奮了，於是他把地鼠的屍體掃到附近的灌木底下，打算回程時再來取，然後快步跟在碎冰後面離開。**我會讓他瞧瞧我的厲害！**他心想道，**我會讓所有貓兒知道我的厲害。我能狩獵，也能養活所有貓兒。**

這是他第一次感到全然的解放，終於可以隨心所欲，不用再聽灰翅告訴他哪裡做錯了。他不是不感激灰翅曾經救他一命，只是從現在起，他已經準備好要做自己。

他停下腳步，懊惱地刨抓地面。

碎冰停下腳步回頭看。「你怎麼了？」他問道。

雷霆不知道該怎麼開口。**我不能告訴他我心裡真正的想法，我總覺得自己好像背叛者。**但碎冰還在等他回答。

雷霆環顧四周，想隨便找個藉口，這時突然想到以前聽過的故事，清天的手下不是都會守在森林裡，驅趕闖入者嗎？這想法令他不寒而慄。「我們不應該來這裡，」他喵聲道，但也難免感到好奇，不知道他父親的手下會不會發現他們。**我真蠢，還以為這裡只有我們兩隻貓。**

但碎冰只是笑了笑。「是啊，我們是不該來，」他同意道。「你以為我為什麼跑來這裡？誰都沒資格告訴我該做什麼；高影沒那資格，清天那幫手下也沒那資格。只有受我尊敬的貓兒，我才會聽他們的話。我愛去哪兒就去哪。」

他回頭不屑地看著雷霆，後者氣喘吁吁地想要跟上碎冰的步伐。「小夥子，你為什麼不回去？這裡不是小貓該來的地方。我不應該讓你跟的。」

雷霆感覺自己的頸毛豎了起來。**我才不是小貓，我也不要回去！**

他昂首闊步地走在碎冰後面，為了證明自己不再是小貓，他還特地豎直耳朵，張開嘴巴，尋找獵物的蹤跡。但一時之間，他還是忍不住把耳朵往高地的方向探，同時快速掃了一眼。即便隔著林子，他還是看得到那片起伏的曠野。他可以想像得到要是灰翅發現他偷溜了出來，會怎麼說他。

但他隨即聳聳肩。**我就是不要回去！**他下定決心，不再理會那隱約的罪惡感。**等他們看到我抓的獵物，就知道我的厲害了。**

「我會秀給你看我的狩獵技巧。」他告訴碎冰。

樹木開始變得稀疏。前方有塊空地，空地中央……有隻兔子！那隻兔崽子正在啃食青草，顯然沒注意到貓兒逼近。**笨毛球！**雷霆心想道，**我的機會來了！**他立刻衝上前去，完全忘了該注意的細節，身子直接撞進矮木叢裡，直接踩踏鬆脆的枯葉。

兔子滿臉驚慌地坐了起來，馬上衝向空地邊緣，消失在橡樹樹根的洞穴裡。雷霆沮喪地停下腳步，聽見後面的碎冰哈哈大笑，頓時羞愧難當。

碎冰快步走了過來，低頭看他，臉上笑意不再。「好啦，好啦，」他嘆口氣。「別那麼沮喪，又不是世界末日。我教你，好不好？」

雷霆眼睛立刻亮了起來。「好啊！」

「一開始先壓低身子，注意聽灌木叢裡有沒有小動物。」碎冰告訴他。

雷霆聽命地蹲伏下來。「像這樣嗎？」

碎冰繞著他緩緩移動，用挑剔的目光檢查他的姿勢。「還不錯，」他評論道。「前腳縮進去一點，尾巴別擋路。」

雷霆感覺到他的同伴伸出腳爪把他的臀部往下壓。這姿勢起初覺得有點怪，但蹲久就習慣了。

「這樣的姿勢才對，」碎冰喵聲道。「就先這樣站一會兒，你才會牢牢記住……」

「在教你朋友怎麼偷獵物嗎？」一個聲音突然出現。

雷霆立刻轉身。兩隻陌生貓兒出現在空地邊緣。一隻是灰白色公貓，另一隻是嬌小的黃色母貓。雷霆頓時明白他們一定是趁碎冰教他蹲伏的技巧時，逆著風向走過來的。

我就知道，雷霆心想，**這裡絕不只有我們兩隻貓兒。**

碎冰霍地轉身，回瞪陌生貓兒。「葉青，花瓣，」他喵聲道，同時出於保護地走到雷霆前面。「見到你們真好。」

陌生貓兒走上前來，趾高氣昂地繞著雷霆和碎冰走，肩上的毛全豎了起來，尾巴甩來打去。

「你們闖入我們的領地，」花瓣齜牙低吼。「葉青，我們要怎麼處置他們？」

「先砍他們的鼻子，」葉青吼道。「再扒掉他們的皮。」

碎冰挑釁地伸出爪子。「有本事就試試看啊！」他嘶聲回應。「我們不是小偷，也不是闖入者。我們跟你們一樣都是貓，都想活下來。」

花瓣瞇起眼睛，臉湊近碎冰。雷霆緊張到肚子微微抽搐，臉也皺了起來，不知道碎冰會如何回應。

意外的是，灰白色公貓並未出手反擊，雷霆這才明白這次的衝突比他想像的還要險惡。**碎冰從不接受擺布，除非他沒有選擇……**

「你和你的朋友從哪兒來，就從哪兒回去，」花瓣嘶聲道。「順便轉告你那幫朋友，森林不歡迎你們來。要是你們敢再跑來這裡狩獵，後果自負。」

碎冰表情嚴肅。「臭臉婆，什麼叫做後果自負？」他質問道。

完了！碎冰終於回應了，這是雷霆聽過最不堪的侮辱。

花瓣毛髮倒豎，揚起腳爪，往碎冰的鼻口揮了過去。

「不要！」雷霆忍不住大叫。

突然間，空地另一頭出現動靜。蕨葉叢一分為二，另外兩隻貓兒大步走了出來。

雷霆認出他們，是落羽和月影，他頓時鬆了口氣。他們也是從山裡來的貓兒，以前他們來探訪高地裡的營地時，雷霆就見過他們。

「花瓣，妳在做什麼？」落羽問道，同時跳上前來。「碎冰救過我一命！」

「什麼？」花瓣勉強退了回去。「那是什麼時候的事？」

「我們從山裡下來的時候，」落羽回答道。「他把我從一頭亮紅色的怪獸腳下救了出來。」

「是真的嗎？」葉青問道。

碎冰很快地點點頭。「是啊。」

葉青退後一步，一臉不安。「妳也知道我們不能讓別的貓兒闖入我們的領地，」他向落羽抗議道。「這兩隻貓想在這裡狩獵。」

「我們只是在保護自己。」花瓣補充道。

「別擔心，」月影自負地挺起胸膛。「我會護送他們離開。」

碎冰翻翻白眼。「月影，你還是老毛病不改，」他喵聲道。「就愛炫耀。謝了，我們不需要你護送。」

月影彎起爪子，齜牙咧嘴，雷霆緊張地縮起身子。他見識過高影的弟弟老愛自鳴得意的德性，只希望碎冰別再繼續激怒他。「你腦袋長跳蚤啦？你是想打一架才甘願嗎？」

落羽趕在兩隻公貓開打之前，擋在他們中間。「住手！」她下令道。「我絕不會恩對曾救過我一命的貓兒恩將仇報。」她補充道，同時轉向碎冰。「但你也必須瞭解，現在跟以前不一樣了。你們最好還是別來這裡狩獵。清天會不高興的。」

一聽到他父親的名字，雷霆的心像被爪子戳到似的。「清天真的會生氣嗎？」他問道。「他是不是不願認他兒子？」

其他貓兒都不安地面面相覷，沉默當頭罩下，雷霆真想大吼發洩。他的心情盪到了谷底。

最後落羽朝他轉身。「清天在乎的只是怎麼幫助貓兒們活下去，」她語調溫柔地解釋。「他態度中立，絕不徇私。這樣一來，所有的貓兒才知道哪裡能夠狩獵。他只是希望大家尊重邊界。這是我們唯一的要求……所以請給我們起碼的尊重。」

雷霆聽見落羽這麼說，不免羞愧到全身發燙。**我和碎冰不該來森林的，可是他們也不必這麼有敵意啊，我們又沒做錯什麼！**他和碎冰不安地互看一眼。「現在該怎麼辦？」他問道。

碎冰還沒來得及回答，安靜的空氣頓時被一聲狗吠劃破，那聲音來自高地上的營地。雷霆的心猛地一跳。「是狗！」他大聲喊道。

「我們得回去救他們！」碎冰喵聲道。

雷霆二話不說，立刻跟著碎冰動身離開，森林貓也早已消失在林子深處。他們穿梭林間，奔向高地。雷霆只希望不會回去得太晚。

第五章

雷霆緊跟著碎冰，從林子裡衝出來，用力踩踏著高地上粗硬的草葉。到現在他還聽得到狗吠聲，但什麼也看不到，直到抵達山脊。

雷霆停下來喘氣，同時俯瞰山丘，終於看到遠處的狗兒，並能更清楚地聽見狗的吠聲和咆哮聲。除此之外，他還瞄到一個小小的貓兒身影正蹣跚前行，試圖爬回營地，沒有任何遮蔽物可以保護他，一邊走還一邊回頭張望，但狗兒腿力勇猛，正急速拉近雙方的距離。

「那是鋸峰！」雷霆大聲喊道，同時用尾巴指。「他在那裡做什麼？」

「別管那麼多了，快過去！」碎冰喵聲道，「我們得趕在他被逮住之前，先把狗攔下來。」

兩隻貓兒相偕衝進山谷。但還沒趕到，就有另一隻貓兒從坑地那頭現身，對方距鋸峰比較近，一馬當先地衝上去前去，腹毛刷過地上草葉，尾巴在身後搖擺。

「是灰翅！」雷霆倒抽口氣。「哦，不，他在做什麼？」

灰翅從鋸峰旁邊衝了過去，鋸峰愕然停下腳步，眼睜睜看著他從旁邊跑過去。灰翅只朝鋸峰大聲喊了幾句，便撲上離他最近的那條狗。那是一條舌頭垂在外面、四肢很長、毛色斑駁的狗。灰翅伸出腳爪，朝狗鼻橫掃過去，又立刻彈開。雷霆隱約聽見灰翅齜牙低吼：「接招，跳蚤狗！」

大花狗痛苦嚎叫，惱羞成怒地改而追逐灰翅，另一條狗是隻小白狗，也跟著加入追逐，不再理會仍在蹣跚前行的鋸峰。

碎冰終於抵達谷底，他繞過去想跟灰翅會合，但灰翅揮動尾巴要他快走。「去幫鋸峰！」他喊道，隨即跑開，兩條狗仍緊追在後。

空氣中充斥著狗的氣味。雷霆跟狗兒的距離近到足以看見那發亮的眼睛以及大嘴噴出的口沫。他一想到這些可怕的尖牙可能戳進灰翅身上，便全身不寒而慄。

雷霆跟在碎冰後面跑，看見灰翅往山脊上迎風面的矮樹叢奔過去。狗兒緊追不捨。灰翅一到矮樹叢，立刻爬上最近一棵樹。

灰翅在低矮的樹枝上蹲下來，低頭看著狗，後者仍汪汪吠叫，想要跳上去。

「跳蚤狗！」他呸口道。「沒用的醜八怪，還不快滾？」

雷霆和碎冰追上鋸峰，趕緊從兩旁扶起他。碎冰讓鋸峰靠在他肩膀上。「你這笨毛球，你出來這裡做什麼？」他問道。

「我想去哪兒，就去哪！」鋸峰上氣不接下氣。

碎冰沒有回答，只是哼了一聲。鋸峰的頸毛豎得筆直，但雷霆看得出來，他已經累到根本無力爭辯。

「快到了，」雷霆鼓勵他。「等我們抵達營地，就能躲進窩穴了。」

可是雷霆很快又聽見狗兒的吠吼聲。他回頭張望，驚見牠們竟然放棄了樹上的灰翅，轉而回頭朝他們奔來。「狗又追來了。」他倒抽口氣。

鋸峰齜牙咧嘴。「你們快走！」他吼道，「我自己應付！」

雷霆不敢相信他竟然這麼說。「我們不會丟下你……」

他才剛開口，碎冰竟就丟下鋸峰跑開，隨即消失在山丘裡。雷霆瞪視著他的背影，不敢相信。**沒想到碎冰竟然是個懦夫！**

「我哪兒也不去，」他對鋸峰吼道。「我們一起面對，來吧！」

狗兒一路奔來，距離越拉越近。雷霆知道根本來不及在狗兒追上之前，將鋸峰送回營地。他絕望地四處張望，突然瞄見高地上有兩塊岩石，中間有條縫。

雷霆使盡吃奶力氣將鋸峰推過去，塞進洞裡，再轉過身，倒著鑽進去。他才剛把自己塞進洞口約一條尾巴之深的地方，那兩條狗就衝了過來，興奮地嚎叫。

大狗試著探進自己的長鼻子，洞口的大半光源被牠遮住。雷霆與那雙邪惡的眼睛交會目光，耳裡聽見牠亢奮的喘息聲，熱呼呼的酸臭口氣跟著迎面撲來。大狗朝洞裡伸進一隻腳，雷霆縮起身子，幾乎快找不到地方躲。**要是牠鑽進來，我們就死定了！**他心想道。

他聽見身後的鋸峰一直嘟囔。「你把我當什麼啊？兔子嗎？牠們只是愚蠢的跳蚤狗……我們應該在外面跟牠們對打，我可以撕爛牠們的喉嚨，根本不成問題……」

雷霆彈動耳朵。儘管鋸峰罵個不停，他還是很慶幸自己能及時躲進地洞裡。

雷霆從來沒進兔子洞探險過。儘管可以躲開狗的攻擊，但他還是不喜歡洞裡的感覺。這裡跟他和鷹衝及其他小貓睡覺的地道不太一樣，那兒寬敞又舒適。而這兒的沙土卻害他全身發癢，毛髮緊貼著潮溼的穴壁。狗兒的喘息聲大聲地迴盪，他聽見牠開始挖鑿洞口的沙石。

「拜託快救我出去！」他嘟囔道，隨即發現自己在自言自語？**我都害怕到腦袋長蜜蜂了！**

雷霆伸出利爪，必要時，他決定反擊狗兒。外頭傳來更多被蒙住的聲響，他認出那是兩腳獸的聲音。牠們的大腳正在踩踏，地面微微震動。兩腳獸突然發出怒吼。雷霆瞥見其中一頭伸出腳爪，將洞口那條狗拖了回來。狗兒發出抗議的嚎叫聲，沒過一會兒，洞口的狗鼻子不見了，陽光又滲了進來。

雷霆聽見更多兩腳獸的叫聲，並夾雜著狗吠聲。牠們似乎漸行漸遠。**牠們走了嗎？**他隔著狹窄的地道口偷窺，沒再看見任何一條狗或兩腳獸。但他又擔心牠們可能蹲在外面，伺機等候。

「怎麼了？」鋸峰問道。

「我不確定。」雷霆害怕到不敢把頭伸出去，心跳得又快又猛，好像快從胸口蹦出來。**灰翅曾說我太小了，不懂得照顧自己。也許我真的太小了。**不過他心裡仍又不免有一絲絲的自信，**可是我救了鋸峰，不是嗎？**

「你覺得狗走了嗎？」他問鋸峰。

鋸峰發出懊惱的聲音。雷霆回頭一看，才發現他的後臀緊挨著穴壁，身上沾滿泥巴。「我怎麼會知道？」鋸峰蒙著聲音回答，「我背對著外面，什麼也看不見！」他停頓一下，然後又說：「我們還是再等一下，以防萬一。」

兩隻貓兒動也不動地蹲在洞裡。雷霆豎直耳朵傾聽外面的動靜。

「謝謝你，」鋸峰終於說道。「謝謝你留下來幫我。」

雷霆全身發燙，覺得很不好意思。鋸峰竟會對他稱謝，感覺有點怪……，因為不管是誰，他都會義無反顧地幫助他們。只不過他們兩個也都知道，營地裡的貓兒只有鋸峰不良於行，但會逃之夭夭的貓恐怕不在少數。「別這麼說，」他咕噥道，「我相信灰翅一定會再去引開狗兒。」

「我相信他會的。」鋸峰喵聲道。過了一會兒，又快快不樂地說道：「不過我從小學會了一件事……即便灰翅也不是萬能的。」

雷霆不安地蠕動著。

鋸峰的話語才剛落，灰翅的頭便探進了洞裡。「沒事了，可以出來了，狗已經走了。」他喵聲道。「你們兩個腦袋瓜到底在想什麼？」他對雷霆發怒道，「沒有經過允許，就偷偷溜出去，我應該先撕爛你的耳朵才對。」

雷霆的胃頓時抽緊。「對不起……」他咕噥道，立刻爬出兔子洞，甩甩身上的沙土，覺得輕鬆多了。但他一出來，洞穴上方的土石也跟著灑落。

「碎冰呢？」灰翅問道。

「他……他跑回營地了。」雷霆回答。

灰翅臉色一沉。「他就這樣丟下你和鋸峰？」他不敢相信地問道。

「是我要求他們離開，自救保命。」鋸峰從地道裡大聲吼道，「至少碎冰肯聽我的話。」

灰翅嘆了口氣。「我從沒想到他會……」

吼叫聲打斷他的話。雷霆抬頭一看，竟見丘頂出現很長的貓兒隊伍，正衝下邊坡，朝他們跑過來。碎冰為首，後面跟著斑皮、寒鴉哭、雨掃花。令他驚訝的是，風兒和金雀花也在其中。

「是碎冰！」他朝地道裡的鋸峰喊道。「他不是懦夫。他是去找救兵。」

「鋸峰，你現在可以出來了。」灰翅緊接著說。

地道裡傳來窸窣聲響。

「從這麼小的兔子洞裡倒著走出來有點困難，」鋸峰咕噥道。「更何況我有一條腿是瘸的……」這時他突然一陣猛咳，沒再說下去。

「怎麼了？」灰翅問道。

「沒什麼，」鋸峰的聲音聽起來像蒙住了一樣。「我只是吃到沙子。洞裡的塵土越來越大。」他緊張地說道。

鋸峰還在費力地蠕動身子，往洞口移動，嘴裡嗯嗯唉唉的，聽起來好像很不舒服。雷霆心想剛剛也許不該這麼唐突地硬把他塞進去。**可是我又沒有別的辦法。**

這時出現一個很小的聲響，接著是一個很大的轟隆聲，雷霆頓時不安……那是從地底下傳來的。

灰翅看了一眼雷霆坐立所在的那個土坡。「快點下來！」他喊道。

雷霆趕緊一躍而下，蹲在洞口探看。地道上方不斷有沙石掉落。「鋸峰，快一點。」他喵聲道。

「快點，快點……」灰翅緊接著說，同時不安地看著土坡。雷霆不敢相信……土堆竟在眼前塌陷，變成了一個坑。那地道正在……

這時突然砰地一聲，兔子洞的洞口頓時飛沙走石，整個坍方了。

鋸峰被活埋了。

怎麼會發生這種事?怎麼會發生在我弟弟身上?灰翅眼睜睜地看著地面坍陷，土石封住了洞口，他怎麼也不敢相信。

「鋸峰！」他喊道。他的心臟狂跳，急忙衝到曾是洞口的土堆前，發了瘋似地挖鑿。

他旁邊的雷霆跟他一起死命地爪子刨土，砂石跟著四濺。但砂土太軟，他們才鑿開一個洞，砂土又崩了下來。灰翅

第六章

越來越害怕。他知道他們根本沒有進展。

我們還有多少時間？

灰翅只進去過兔子洞一次，當時是風兒在教他怎麼狩獵。他記得待在洞裡的感覺很不舒服，幾近恐慌。他一想到鋸峰被壓在土石底下，心都快碎了。他仍在不停地挖，但心裡幾近絕望。

「鋸峰，我們來救你了！」他吼道，暗自希望他弟弟聽得到他的聲音。

他的後方傳來更多窸窣聲響，碎冰和其他貓兒擠了上來，試圖挨近坍塌的兔子洞，也開始動手挖鑿。

「我們來幫忙！」寒鴉哭氣喘吁吁地說道，並在灰翅前面挖了起來。

灰翅發現自己被擋住，於是想要趨前，卻差點被雨掃花絆倒，後者正瘋狂的刨抓，動作快到只看到模糊的爪影。貓兒們驚慌尖叫，雖然他知道他們試圖幫忙，但情況只是更糟。

時間正在流逝，他心想道，他可以想見鋸峰被埋在黑暗裡，嘴裡塞滿了泥沙。

這時有隻貓兒的聲音蓋過大夥兒……是風兒！「你們全都退後，讓我們來處理！」

貓兒們驚訝地停下動作。風兒和金雀花跳過他們旁邊，開始從地洞上方挖掘，也就是鋸峰被埋的點。

「我們很熟這些地道，」金雀花一邊挖一邊向他們解釋。「從硬一點的土堆這邊挖會比較快。」

「這兒的空間還容得下一隻貓，」風兒補充道。「寒鴉哭，你過來幫忙。其他貓兒往後退。」

三隻貓兒動手挖鑿，旁觀的灰翅不耐地將爪子戳進高地草堆裡。感覺上這些砂土好像永遠也挖不完，好不容易終於看到一坨布滿沙子的灰色毛髮。「鋸峰！」他倒抽口氣，本能地衝上前去。

風兒抬起尾巴制止他。她和金雀花朝鑿開的洞口探下身子，小心拉起鋸峰癱軟的身軀。只見他垂著頭，毛髮上布滿沙土。灰翅沒看見他呼吸。

「他死了！」他哽咽道。**我已經失去了清天，我不能再失去鋸峰！**

風兒和金雀花將鋸峰輕輕放在草地上，這群高山貓難過地圍了上去。鋸峰看起來又瘦又小，毛髮被沙土壓得平貼身上。灰翅記得翩鳥死的時候也是看起來好小。他心裡一陣難過。**怎麼會發生這種事？**他反問自己。

「我們好不容易熬過了寒冷的季節。」斑皮喃喃說道，尾巴垂了下來。「鋸峰竟就這樣死了。」

都是我的錯，灰翅告訴自己。**我是為了保護鋸峰才離開山裡的老家，我失敗了……**

「我們不能這樣放棄，」風兒喵聲道，語氣明快。「他也許沒死。」

她一邊說，一邊把腳爪滑進鋸峰的嘴裡，挖出一些沙土，再舔舔他的鼻孔，幫他清乾淨。灰翅緊張地等候。突然鋸峰猛地咳嗽，開始作嘔，吐了幾口沙子出來。灰翅總算鬆了口氣。

「他沒事了！」雨掃花大聲說道。「哦，風兒，謝謝妳。」

風兒垂下頭。「不客氣。」

我們欠這些惡棍貓太多了，灰翅心想道，**我要去跟高影說，讓他們加入我們。如果我們連這麼慷慨無私的貓兒都不肯接受，豈不是腦袋壞了？**

高山貓都圍了上來，紛紛用腳爪和舌頭幫忙清理鋸峰身上的沙土，舔舔他的耳朵安慰他。風兒和金雀花適時地退後一步。

「別小題大作了，」鋸峰體力漸漸恢復，嘴裡開始咕噥。他試著掙脫，想坐起來。「我不是小貓，我可以自己舔乾淨。」

灰翅知道他弟弟並非故意耍脾氣，不懂感恩，其實他是尷尬到全身發抖，討厭自己看起來這麼虛弱。

「你不應該單獨跑出來，」寒鴉哭喵聲道。「萬一發生什麼意外，又沒有貓兒可以幫你，那怎麼辦？還好當時附近有雷霆和灰翅。」

鋸峰縮起身子。灰翅怒瞪著寒鴉哭，「鋸峰又不是沒腦袋，」他喵聲道。「必要的話，他還是能想出辦法擺脫那些狗。」

寒鴉哭本想開口反駁，但顯然又改變了主意。

「我們該回坑地了。」灰翅沒好氣地說道。

就在貓兒們起身前，雨掃花朝他轉身，斜眼覷著鋸峰。當初她比誰都賣力地想幫忙挖鋸峰出來。

「我想鋸峰應該可以帶路吧？」她問道。

這是什麼鼠腦袋的說法？灰翅心想道，但隨即明白雨掃花的用心良苦。**讓鋸峰帶路，可以幫他恢復自信。**「這主意好，」他附和道。「鋸峰，我們剛剛都來得太匆忙，不確定走哪條路回去比較快。你可以帶路嗎？」

鋸峰奮力站了起來，甩甩身子。「應該可以吧。」他咕噥道，語氣似乎很勉強，但灰翅看得出來他眼睛發亮，還驕傲地揚起了尾巴。

「謝了，雨掃花。」灰翅在她耳邊低語。

「這是我起碼能做的事。」她回答道。

鋸峰動身朝營地走去，雨掃花和碎冰從兩邊扶著他，其他高山貓跟在後面。這時灰翅朝風兒和金雀花彈彈耳朵，示意他們過來。

「我本來以為狗兒來的時候，你們跑去躲在矮木叢底下了，」他開口問道。「但你們最後怎麼跟著其他貓兒跑過來救鋸峰呢？」

風兒和金雀花互看一眼。

「我們決定不能棄你們而去，」金雀花解釋道。「畢竟，我們現在是好朋友了。」

風兒點點頭。「所以我們後來跑去坑地查探你們的狀況，結果到的時候剛好碰到碎冰跑回來，上氣不接下氣地說喊著鋸峰被困在高地上。」

「謝謝你們，」灰翅發自肺腑地說道。他真想當場邀這兩隻惡棍貓加入他們，但他知道他必須先跟高影討論。「為了表達我們對你們的感激，請告訴我，我們能為你們做什麼嗎？」

「可以的話，我們想加入你們。」風兒回答道，彷彿早猜透灰翅的心思。「我們會盡所能地幫忙狩獵，協助大家。」

「我來想辦法。」灰翅承諾道。

他加快腳步，趕過其他貓兒，搶先回到營地，發現高影保持警戒地站在坑地邊緣，緊張地豎直耳朵，目光不時掃視高地。灰翅知道除非她確定狗兒已經離開高地，否則不會離開自己的崗位。

高影一看見灰翅，立刻過來。「所有貓兒都沒事吧？」她問道，語調焦急。「雷霆和鋸峰……平安無事嗎？」

「都平安。」灰翅將尾巴擱在她肩上。「他們都沒事。狗也離開了。」

高影長嘆一聲，鬆了口氣。這是灰翅第一次看見她整個身子癱在地上，彷彿四肢再也無法承受重量。「感謝老天！」她呼了口氣。「要是他們真有什麼三長兩短，我永遠也無法原諒自己……」她哽咽到說不下去。

「他們都活得好好的，」灰翅向她保證道。「不過這全歸功於風兒和金雀花。」於是他向她解釋雷霆和鋸峰是怎麼躲進兔子洞裡，地洞又是如何塌陷下來，鋸峰根本來不及逃。

「我們當時都慌了，亂成一團。」他喵聲道。「所以等大家的體力都恢復了，也許可以好好討論一下以後遇到類似情況要怎麼按部就班地處理。」

高影點點頭，然後緊接著說道：「說得對，尤其我們現在也住在地道裡。後來呢？你們是怎麼把鋸峰救出來的。」

「不是我們，」灰翅回答。「是風兒和金雀花。我們欠了他們很大的恩情。」

他向高影說明風兒和金雀花將鋸峰挖出來之後，風兒是如何清理鋸峰嘴裡和鼻孔的沙土。「別忘了之前他們還特地跑到坑地想幫忙，本來他們可以自己逃命的。我們真的欠這兩隻貓兒很多。」他輕聲做出結語，「他們想加入我們，跟我們一起生活。」

高影抬眼看他，一臉若有所思。「他們可以在這裡住一個晚上……，」她終於開口。「但明天就得離開。我需要時間好好想想。」她又緊接著說，不讓正想開口抗議的灰翅有機會說話。

灰翅知道沒有爭辯的必要。他曉得高影生性謹慎，讓惡棍貓待上一晚，已經是她最大的讓步。

可是她未免太謹慎了吧？他反問自己。

這時灰翅注意到龜尾走了過來，就在他身邊徘徊，等他結束討論。「聽起來好可怕哦！」她向正轉身過來的他大聲說道。「你確定你沒事？」「大家都沒事。」灰翅向她保證道。「妳看，他們在回來的路上了。」

太陽西下，紅霞遍灑營地。寒鴉哭的輪廓最先出現在坑地上方。他朝鷹衝和他的小貓們奔了下來，興奮地描述剛剛的遭遇，橡毛和閃電尾聽得瞠目結舌。

過了一會兒，鋸峰在斑皮和雨掃花的扶持下，蹣跚走進營地。碎冰跟在後面護送金雀花和風兒，帶他們來到坑地最底部。

灰翅快步走向鋸峰，龜尾緊跟在後。「快來這裡，」他喵聲道。「你應該累了，這裡有很軟的青苔墊可以讓你休息。」

鋸峰掙脫他。「你不必這樣無微不至地照顧我，」他抱怨道。「我可以照顧自己。」

灰翅抽動鬍鬚。「是嗎？那你今天的表現有證明這一點嗎？」

鋸峰聽見他這麼說，身子縮了起來，一句話也不吭地踉蹌離開，即便已經累到全身搖晃，還是拒絕任何幫助，最後背對著灰翅坐下來。灰翅看見向來高傲的他被他這句話傷到，心又不禁揪了起來。**我真笨！**他暗地裡罵自己，**雨掃花好不容易才讓他心裡好過一點，我卻又嘴笨地去惹他，害他不開心。**

還好雨掃花這時跟了過去，坐在鋸峰旁邊。灰翅看見他們兩個正在低聲交談，頭靠得很近。

這時灰翅感覺到有隻腳爪按在他肩上。「他不會有事的。」龜尾輕聲安慰道。其他貓兒也都陸續回到坑地。

雷霆興奮地說起鋸峰被狗追的過程。「你們應該見識一下灰翅的厲害！」他喵聲道，「他馬上衝向那隻大笨狗，當場狠刮牠鼻子。那條狗嚇了一跳。但灰翅是故意這麼做的，這樣一來，狗就會去追他，鋸峰才有機會逃開。他真的好勇猛！」

灰翅好想躲進岩石後面，因為他感覺到所有目光都轉向他。閃電尾和橡毛尤其崇拜，發亮的眼睛瞪得斗大。

「做得好！」高影大聲說道。「但也別忘了運氣不好的話就可能是另一種下場……，今晚便得哀悼同伴的喪命了。」

雷霆垂下頭。「我知道。」他咕噥道，看上去仍心有餘悸。

灰翅知道高影說得沒錯，但他還是為他的小貓感到不平。「何不把你的英勇事蹟告訴大家？」他跟雷霆說道，「你是怎麼守在鋸峰身邊？又是怎麼跟他一起躲進洞裡？」

「整個過程真的很可怕，」雷霆承認道，但語氣又開心了起來。「尤其當地洞坍方時。但風兒太厲害了，居然知道怎麼把鋸峰挖出來。」

斑皮這時站起來，「我最好去檢查一下鋸峰的傷勢，」她喵聲道。「現在最怕的就是他生病，」她繞過同伴，朝鋸峰走去，後者蹲伏在青苔上，鼻子靠著腳爪。「來吧，鋸峰，」她命令道。「你得讓我清理你的傷口，等一下太暗了，恐怕就看不到了。」

灰翅本來以為鋸峰會拒絕，沒想到他竟嘆口氣。「好吧，隨便妳。」他咕噥道。

灰翅在旁邊看著斑皮撥開鋸峰的毛髮檢查傷口。「看來沒有什麼太嚴重的傷，」她終於說道，然後在他旁邊坐下來，開始幫他舔身上的擦傷。「但你明天早上得再讓我檢查一遍。」

灰翅很是欣慰鋸峰沒有受什麼傷，於是跟著其他貓兒過去找風兒和金雀花。

「我問過高影可不可以讓你們加入，」他低聲道。「她說你們今晚可以留下來，但明天就得離開。不過她會仔細考慮這件事。」金雀花和風兒失望地互看彼此。「她只是需要一點時間做出最正確的決定，到時再邀你們加入我們。」

風兒點點頭。「我能理解。」

「是啊，」金雀花附和道。「這對她來說是很大的決定。」

「別擔心，」龜尾低聲道，同時用尾巴輕觸風兒的肩膀。「我之前也不確定自己回不回得來。但是我現在不就在這兒了嗎？」

灰翅環顧四周，看見寒鴉哭還在跟他的同伴描述鋸峰被救的經過。他揮動尾巴，示意他們過來。

「你們已經認識了寒鴉哭，」他對風兒和金雀花喵聲道，「但你們見過他的伴侶貓鷹衝嗎？那兩隻小貓是他們生的，叫做橡毛和閃電尾。」

「我叫碎冰。」灰白色公貓從後面過來，大聲說道，其他貓兒也都紛紛圍上來，招呼來客。

「很高興認識你，」風兒回答道，並很有禮貌地垂頭致意。金雀花也低聲回禮。

兩隻小貓擠了過來，兩眼炯亮地看著風兒和金雀花。「你們真的會跑進兔子洞裡抓兔子嗎？」橡毛問道。「可以教我們怎麼抓嗎？」

「別急，」灰翅告訴她。他很高興他的同伴都很歡迎這兩隻惡棍貓，但他也必須時時提醒自己，他們還沒正式成為他們當中的一員。「我相信風兒以後一定會教你。你們要不要吃點獵物？」他問風兒和金雀花。

「好啊！」金雀花回答道，同時伸舌舔舔嘴巴。

太陽終於沉入地平線，貓兒們圍聚營地中央，互舔著彼此，不然就是跟來客低聲交談。灰翅很高興見到金雀花和風兒與大家相處融洽，也暗地希望高影注意到這一點。而且他也很開心大夥兒重新接納了龜尾，此刻她正舒服地蹲伏在雨掃花旁邊。

灰翅看著貓兒們的互動，這時雨掃花站了起來，拿出她今天稍早抓到的兔子，寒鴉哭也貢獻了兩隻老鼠。閃電尾和橡毛則把那隻先前被灰翅抓到、後來被他們合力搬回營地的兔子拖過來。

「你們兩個今天抓到了什麼？」雲點問碎冰和雷霆。「你們不是出去過了嗎？」

灰翅看見他們尷尬地互看一眼。「我抓到一隻地鼠，」雷霆回答道。「但沒帶回來，因為當時聽見狗吠聲，就趕緊趕回來了。」

雲點用力抽抽鼻子，沒有吭氣，只是看了其他貓兒一眼，似乎覺得自己的看法已經表達清楚了。

「你以後不准再做蠢事。」高影嚴厲地瞪了雷霆一眼。「小貓絕不能單獨去高地。

你不知道那裡有多危險。」

雷霆低下頭。「對不起，」他喵聲道，「我以後會小心。」

「我們也要順便討論一下你們把狗帶進營地的這件事。」高影繼續說道，同時將嚴厲的目光掃向灰翅。「你們難道沒想到後果嗎？」

「對不起，我沒想到，」灰翅回答道。「當時我們已經慌掉了。」

「我們住在高地的時間還不長，所以不知道哪些地方是安全的。」雨掃花辯解道。

「說得有道理。」斑皮低聲道。「也許我們應該好好探索一下這地方，找出幾條逃生之路，以免再度發生同樣的事情。」

「這部分我們可以幫忙。」風兒熱切地說道。

高影朝她冷冷地點個頭。「我會考慮一下。」灰翅心想她八成不想讓惡棍貓太投入這個陣營裡的事務。

當大家分食獵物時，雨掃花撕了一塊兔肉，拿去給鋸峰。「你不過來跟大家一起吃嗎？」灰翅聽見她問道。

鋸峰搖搖頭，低下身子嗅聞兔肉，猶豫了一會兒，才咬了一小口。「謝了。」他咕噥說道。

雨掃花不想說服他，只是用鼻頭輕觸他的耳朵，然後留下兔肉離去。灰翅多少感到欣慰，至少他進食了。

灰翅叼起部分兔肉，坐在龜尾和雨掃花旁邊，雨掃花帶笑地看他一眼，隨即起身，走到旁邊去找鋸峰。灰翅眨眨眼睛，看著她的背影，心想，她怎麼了？

「真高興你沒事，」灰翅安坐下來時，龜尾這樣喵嗚道。「我想去幫你，可是高影說我必須為我肚子裡的小貓著想。」

「她說得沒錯。」灰翅回答道，同時將鼻子探進龜尾的肩毛。

暮色已深，貓兒們彼此分享今天的遭遇。灰翅告訴他們在河邊遇到河波，但因為後來又發生好多事，以至於此刻回想起來，彷彿是好久以前的事了。夕照漸散，留下墨黑的天空，星子逐一現身，在營地上方熠熠閃爍。

這裡真美，灰翅心想道，**誰又能想像得到我們剛剛才經歷九死一生？**

灰翅低頭咬著兔肉，發現龜尾正以崇拜的眼神看著他。

「聽起來那段經歷挺危險的，」她喵聲道。「要不是你急中生智……再加上運氣也不錯，鋸峰恐怕早就喪命。」

灰翅嘆口氣。「我們是很幸運，」他同意道，接著猶豫了一會，決定全盤托出心裡壓抑已久的恐懼。「不過也許我們不該把新家園建在這麼空曠的高地上。這兒太容易受到攻擊，根本沒有地方可以躲狗或任何可能對我們造成威脅的動物。山裡雖然危險，但至少可以躲在瀑布後面的山洞裡。在那裡，我們很安全。」

龜尾眨眨眼睛，又彈動耳朵，不認同他的看法。「但還有哪個地方可以讓你憑速度去引開狗兒呢？」她反問道，「或者說還有哪裡有絕佳的地洞供雷霆和鋸峰藏身呢？再說地洞塌陷時，貓兒們之所以能迅速跑去救援，不也得歸功這地方的平坦開闊嗎？」

灰翅緩緩點頭，龜尾說得不無道理。

「這裡對我們來說是個完美的家園，」她繼續說道，身子輕輕磨蹭他。「你看小貓們！」她又說道，同時用尾巴指著正在坑地對面大啖獵物的橡毛和閃電尾。「他們不僅活下來了，而且健康又強壯，這證明這裡是個好地方……只要清天別搞破壞就行了。我真等不及要讓我的小貓在這裡出生長大。」

「如果妳這麼確定這是個好地方，當初妳為什麼要離開我們，去跟兩腳獸住？」灰翅終於不吐不快積壓在心裡長達幾個月的疑問。

龜尾的耳朵彈了彈，眼睛瞪得斗大，顯然被這問題嚇了一跳。「這件事跟這地方適不適合我們住無關。」她回答道。

「那到底是什麼原因呢？」灰翅追問道。

龜尾搖搖頭，還是不願意談這件曾令她喪志的往事。「兔子真好吃。」她喵聲道，隨即把最後一塊兔肉推給他。「比我們在山裡抓到的都來得肥美。」

「這倒是真的。」灰翅同意道，但也知道自己必須接受話題的改變。**可是她到底在瞞我什麼？**他反問自己，滿心不解。

他抬眼望向高地上方漫天的星子，夜空清澈，星光璀燦。他聽得到四周同伴慵懶的低語聲，個個都吃飽喝足，昏昏欲睡。

龜尾說得沒錯，他心想道，**現在這裡是他們的家了。**

第七章

幾近滿月的月兒正慢慢升起，銀色月光漫向整片坑地。灰翅低頭慈愛地看著在他旁邊安頓下來的雷霆，小貓已經累到不時點頭瞌睡，卻仍強忍住睡意。鷹衝已經把閃電尾和橡毛趕回臥鋪。灰翅猜雷霆八成不想跟他們一起睡，寧願待在原地聽大貓們聊天。

鋸峰也悄悄爬近，伸直身子躺在地上，雙眼閉著。灰翅看見他終於不再皺眉，似乎帶著愉快的心情進入夢鄉。雲點正伸著懶腰。斑皮已經蜷伏而臥，半睡半醒地將尾巴蓋在鼻子上。

「我想告訴你們更多有關地道的事，」風兒開口道，「裡面有很多兔子，前提是你們必須知道牠們藏在哪裡。有一次，我追著一隻兔子，越追越深，幾乎快追到兩腳獸那兒……」

「夠了。」高影站了起來，打斷棕色母貓的談話。灰翅猜想她大概不希望風兒鼓勵她的貓兒接近兩腳獸巢穴，或者冒險進入任何陌生的地道。「風兒，金雀花，」她開口道，「謝謝你們今天的協助。但我們必須道別了。你們該離開坑地了。」

正聽得聚精會神的碎冰和寒鴉哭憤憤然地抬起頭來。

「誰說風兒和金雀花要走的？」碎冰問道。「大家都希望他們留下來，為什麼他們不能在這裡過夜？」

惡棍貓滿懷希望地瞪大眼睛。但高影還是搖頭。

「不行，他們必須離開，」她雖然很有禮貌，但態度堅定。「這座坑地是為高山貓準備的。是我們發現這座坑地，再辛苦挖鑿出窩穴的。」

風兒和金雀花表情失望，不過仍然向高影垂下頭，隨即看了周遭貓兒一眼。

「再會了，」風兒喵聲道。「謝謝你們的招待，謝謝你們請我們吃的兔子。」

「是啊，很好吃。」金雀花附和道。「後會有期。」

兩隻惡棍貓並肩爬上邊坡，高山貓默默看著他們的身影消失在墨黑的高地。一轉眼，他們不見了。

「我不懂為什麼他們非得離開。」過了一會兒，寒鴉哭抱怨道。

「是啊，他們還救了鋸峰。」當貓兒們回到臥鋪時，鷹衝也跟著抱怨。「他們這麼好，應該加入我們的。」

碎冰跳了起來，當場質問高影。「我覺得妳有必要跟我們解釋為什麼他們必須離開？」他質問道，同時將尾巴往惡棍貓離去的方向彈動。「而龜尾先前跑去當寵物貓，卻能留下來？」

龜尾驚詫地倒抽口氣，憤怒地蓬起頸毛。「你這話什麼意思？」她質問道。

「忠誠度很重要，」碎冰冷冷地回答，「妳不應該不告而別，然後又若無其事地突然回來。」

「好！」龜尾怒瞪著灰白色公貓。「我不會待在不歡迎我的地方！」她嘶聲道。

震驚不已的灰翅從她旁邊站起來，蜷起尾巴擱在她肩上。「妳現在不能回兩腳獸巢穴。妳回去了，不就等於不要妳的孩子了嗎？」他反對道。「可是妳又沒辦法獨自過活，更何況小貓隨時可能出生。」

他從龜尾臉上的表情看得出來她其實並不想離開坑地。「我不在乎，」她嘟囔道，「我沒有必要忍受任何貓兒對我的侮辱。」

「妳當然要在乎，」灰翅告訴她，他知道碎冰的話有多傷她的心。「妳必須留下來，」他輕聲說道。「妳要為妳的小貓著想。」

龜尾遲疑了，最後點點頭，挨著灰翅。

「那好，」高影喵聲道。「我們絕不會在這種時候趕妳走。碎冰，快跟龜尾道歉。」

碎冰先是瞪著高影，然後才朝龜尾轉身。「好吧，對不起。」他沒好氣地咕噥道。灰翅鬆了口氣，希望紛爭到此結束。但碎冰卻旋身一轉，直接對著他的首領嗆。

「可是妳還沒回答我的問題。為什麼妳叫風兒和金雀花離開？」他問道。「他們救了鋸峰一命，而且也可能救了其他貓兒。妳自稱是我們的首領，卻從不在乎我們的想法。妳憑什麼這麼自以為是？」

高影聽見灰白色公貓的指控，當場愣在原地。「我……」她正要開口，但碎冰不給她機會辯解。

「一直以來，發生這種事情的時候，」他繼續說道。「妳都待在坑地看守！說什麼勇敢，說什麼領導統御，卻都是灰翅在外面拚死拚活地拯救貓兒。妳應該學學他。事實上，我們都應該學習他的精神。灰翅才應該當我們的首領！」碎冰剛質疑完，貓兒們的抗議聲和各種意見便此起彼落。營地裡原本昏昏欲睡的氣氛瞬間消失。

「你不能這樣隨便更換首領，」雨掃花抗議道。驚詫不已的高影面無表情地保持觀望。**別只靠雨掃花幫妳說話，**灰翅在心裡默默地催促她，**妳要拿出權威啊！**

「沒錯！」鷹衝也吼道。「應該由灰翅來當！」

「等一下……」雲點擠到前面來，但不管他說了什麼，都完全被喧嘩聲吞沒。

這時高影站了起來，肩膀上的毛豎得筆直，蓬起尾巴，看起來比平常大了兩倍，她的綠色眼睛釋出怒火，但仍震驚到什麼話也說不出來。

灰翅驚駭的程度猶如被閃電擊中。他一想到接任首領的職務，便嚇得汗毛直豎，尤其還得取而代之高影。**難道他們以為她會笑咪咪地接受這個決定，從此聽命於我嗎？**

他突然脫口而出：「別再說了！」灰翅喝斥碎冰。「難道這就是我們要的嗎？外面那麼危險，我們卻在這裡起內鬨？」

「重點就在這裡，」碎冰反駁道。「就因為外面很危險，我們才需要一個有本領的頭兒來處置那些危險。光拿今天的例子來說好了，我和雷霆被清天的幾個爪牙在森林裡攔了下來，要不是因為聽見狗叫聲，我們恐怕早就跟他們打起來了。」

灰翅怒瞪雷霆一眼。**你怎麼沒告訴我？**但雷霆還沒完全清醒，即便坑地裡發生爭吵時，他便一直努力地想讓自己清醒過來。看來要跟小貓算這筆帳，得待會兒再說了。

「我們需要的是像高影這樣的首領。」他對碎冰厲聲說道。

碎冰甩著尾巴。「我覺得她不配！」

驚詫聲四起，高影上前一步，喉嚨發出低吼。灰翅知道她隨時會出手攻擊碎冰。

灰翅還沒開口，雲點便擠到兩隻對峙的貓兒中間。「你真的想要一個會把狗兒引到營地來的貓兒來當我們的頭兒嗎？」他反問碎冰。

灰翅怒不可遏。「你腦袋長跳蚤了嗎？那你要我逃到哪裡去？」他質問道。

「灰翅很勇敢！」雷霆抬高音量，出聲抗議。「他救了鋸峰！」

灰翅這才想到他不該發脾氣。雷霆此刻已經完全醒了，只見他站了起來，蓬起肩膀上的毛，怒瞪雲點。灰翅頓時覺得自己很丟臉，他試圖冷靜下來。**我不該在小貓面前做出這樣的示範。**

「我要一個會做事而不是成天坐在營地裡的首領，」碎冰反駁雲點，無視雷霆的打岔。「如果你的想法跟我不一樣，那我只能說你的腦袋長跳蚤了！」

「你說誰腦袋長跳蚤？」雲點齜牙低吼。

碎冰根本不回答他，直接撲了上去，伸出利爪，狠擊他其中一隻耳朵。雲點用後腿撐起身子，發出咆哮，跳了上去，直接來個泰山壓頂。

驚叫聲和抗議聲四起。灰翅當場愣住，被同伴們互相攻擊的場面嚇得不知所措。

「住手！」他放聲大喊。

他趕緊跳上前去，抓住雲點的頸背，從碎冰身上拖下來。再連忙推開碎冰，氣喘吁吁地擋在兩隻憤怒的貓兒中間。

「夠了！」他喵聲道。「你們怎麼可以打起來？再怎麼說，我們都曾經共患難過。我們一定要團結，不然我們還有什麼指望？」

兩隻公貓漸漸冷靜，肩膀上豎得筆直的毛髮也慢慢平復。「抱歉。」雲點咕噥道。但碎冰只是氣喘吁吁地瞪著對方。

灰翅正想開口，高影就穿過坑地，跳上岩石。「碎冰，你給我聽好，」她大吼道，然後等到大夥兒的注意力都集中在她身上，才又繼續說道：「你沒有權利對任何一隻貓兒說出這種無禮的話，更何況是對你的首領，而且還攻擊你自己的夥伴！你簡直……」

「可是他說得有道理，」寒鴉哭打斷道。「的確有必要改變。」

「有必要？」高影冷冷地瞪他一眼。「無論發生什麼事情，我們總是互相照顧，這一點永遠不會改變。」她的目光掃過貓兒們。「要是你們當中有誰不爽我保衛坑地的這件事，那麼我很遺憾，下次我不會再出聲警告你們，就直接放狗進來偷襲好了。」

「這藉口還真是好。」鋸峰奮力站起來。「意思是當我和雷霆身陷險境時，你什麼事也不必做，就把我們直接丟給狗。」

「笨貓！」高影對他斷聲道。「要不是你偷偷離開，怎麼會遇到危險？」

最後她瞪了碎冰一眼，便從岩石上跳下來，昂首闊步地走進黑暗。消失之前，還回頭看了灰翅最後一眼，目光裡盡是指控。灰翅突然覺得自己像個背叛者。

這不是我發起的！他在心裡默默抗議，**我又沒有要當頭兒。**

四周的同伴又開始窸窣作聲，低聲討論。灰翅猶豫了一會兒，他知道自己必須介入，但又不確定自己該說什麼。

「寒鴉哭，」他終於開口，同時設法壓下自己的脾氣。「你沒有必要選邊站，去支持碎冰的說法。」

「當然有必要，」寒鴉哭迅速回答。「高影所犯的錯誤是，她要我們像以前在山裡老家那樣過日子。她故步自封，不求新求變。但現在最需要的就是改變……而你就是我們要的改變！灰翅，你應該當我們的首領。你怎麼說？」

鷹衝點點頭，趨近她的伴侶貓。「不管高影怎麼想，變化一直都存在，」她附和道。「比如說，山裡根本沒有別的貓兒跟我們爭食，但現在我們卻得強奪狩獵的空間，而且還有狗會攻擊我們。」

「這倒是真的，」斑皮插嘴道。「山裡的獵物稀少，但至少全屬於我們的。」

「這裡有足夠的獵物供大家吃，」雲點直言道。「我們根本不需要爭食獵物。所謂的狩獵權這種事實在太荒謬，我們應該想去哪裡狩獵都可以。」

「那你去跟清天說啊，」碎冰回嗆他。「是他設下邊界的，不過至少他確保了他的貓兒都能吃飽。」

「我們真的需要一個像他那樣的首領嗎？」雨掃花反駁道。「如果你問我意見的話，我覺得我們比他們好多了。」她看了灰翅一眼。「對不起，這是我自己的看法。」

灰翅感覺到龜尾正緊挨著他。「他們怎麼可以這樣說？」她低聲道。

「我告訴過妳，這地方並不完美。」灰翅低聲回答，隨即大步走進貓群中間。「雨掃花，妳不用跟我說對不起，」他喵聲道。「我根本不想當首領……這是愚蠢的想法。」他等候其他貓兒的抗議聲消退，卻始終不敢和碎冰有目光上的接觸。他知道他待會兒恐怕得為自己的這番聲明付出代價，但眼前……**我必須讓這些貓兒知道我不會當他們的首領，也不會眼睜睜看著高影被罷黜。**

他緩步繞了一圈，看著四周的貓兒。「為了兩隻惡棍貓的來訪爭吵失和……這就是我們要的嗎？」他問道。「我們今晚應該高興大家都還活著，但是沒有，反而彼此反目。我想我們現在都應該各自回到臥鋪裡，好好反省今晚發生的事。然後明天一早起來，就去對曾經冒犯到的貓兒說對不起。但也請你們別再要求我當你們的首領。這是不可能的事，高影曾帶領我們來到這裡，以後也會繼續帶領我們走在正確的道路上。你們必須要有信心。」

幾隻貓兒起身離開，回去臥鋪。但寒鴉哭還是頑強地瞪著灰翅。「你的看法很好，但我還是認為我們必須學習清天那一套，」他爭辯道，「劃好邊界，防禦自己的領地和獵物，吸收有志一同的貓兒，其他的一概剔除於外。不管他們是不是跟我們從山裡來的，也不管他們是不是惡棍貓。」他甩打尾巴。「碎冰，你說得沒錯，我們需要新的頭兒，如果這頭兒不是灰翅……」

灰翅不敢相信他的同伴們竟然想造反。他瞥了鋸峰一眼，他弟弟幾乎沒吭氣，只是小心翼翼地觀望著大夥兒爭辯，目光來回覷看貓兒們。雷霆也在小心觀察。灰翅完全不知道這兩個小夥子心裡在想什麼。

不過有件事灰翅倒是很篤定，**我才不想變成像清天那樣的首領，**這念頭才剛在心裡形成，他就頓時充滿罪惡感。**清天是我哥哥！他只是在做他自認為對的事。**

「鋸峰，你有什麼看法？」寒鴉哭問道。「你跟清天他們住了好一陣子，那裡感覺怎麼樣？」

鋸峰抽動鬍鬚，看起來很高興終於有貓兒請教他的看法。「我受了傷，他們就不願意讓我繼續住下去了。」他冷冰冰地回答。「如果我們想學清天那樣重新組織營地，我們是不是也會把受了傷或成了孤兒的貓兒趕出去？還有萬一有貓兒老了或生病了呢？」

寒鴉哭瞪看著鋸峰，顯然很驚訝他這番言論。「我們不會做這種事。」他語調驚訝。「我們只是想變得更有組織，讓更多的貓兒加入我們，才好防禦領地。」

雨掃花熱切地點點頭。「拜託你，鋸峰，你要不要告訴我們一些對我們有幫助的事……一些你從清天和他那幫貓兒身上學到的事情？」

鋸峰遲疑了一下，似乎打算拒絕，但隨即又聳聳肩，拖起身子，爬上大圓石。其他貓兒都圍著他，就連已經回臥鋪的貓兒也都走出來。

鋸峰環顧四周貓兒，發出無奈的嘆息。但即便如此，灰翅仍可以從他眼裡隱約閃現的光看得出來，他其實很得意有這機會分享自己的所見所聞。

「首先，你們得先答應我，不要告訴任何貓兒這是我說的，」他開口道。「我不想讓清天知道我公開了他的祕訣。」

「我們答應你。」雨掃花喵聲道。

「當然。」寒鴉哭趕緊答應，其他貓兒也低聲附和。

「好吧，」鋸峰繼續說道。「現在我要你們用清天和他那幫貓兒的思維來思考事情。你的專長是什麼？你最擅長做什麼事？是狩獵還是追逐？你會爬樹嗎？還是會鑽洞？」

「你就最會鑽洞啦。」碎冰開玩笑道。

大夥兒哄堂一笑，但灰翅一想到他弟弟曾被地洞活埋，仍不免全身發抖。

鋸峰翻翻白眼。「假設我們要分組，」他繼續說道，「雨掃花有靈敏的嗅覺，龜尾有銳利的眼力。所以她們兩個可以負責巡邏坑地和四周的領地。雲點和斑皮最拿手的是治病療傷的藥草，他們就負責那一部分。灰翅的速度最快，可以成為很厲害的狩獵者。這就是清天的組織方法，每隻貓兒都有自己的角色任務。」他的目光落在地上，壓低聲音又加了一句：「就連我也有自己的角色任務，直到……」

「謝謝你，鋸峰。」碎冰喵聲道。

灰翅知道高影不在現場。**她應該來聽聽鋸峰的建議**，他心想道，**幫我們做好完善的組織是她的工作。**

這時他的思緒突然被一個聲音打斷。「但是我不想負責巡邏！」寒鴉哭堅持道。「我比較擅長狩獵。」

「不，你不擅長狩獵，」碎冰厲聲說道。「那天你就沒追到兔子……」

過了一會兒，灰翅開始聽見每隻貓兒都在爭辯誰應該負責狩獵，誰應該負責巡邏，誰應該守衛營地。

「夠了！」他喊道，抬起音量蓋過大家的爭吵聲。喧鬧漸漸消失，他對著鋸峰難過地搖搖頭。「我很抱歉，」他喵聲道，「他們恐怕還沒做好準備。」

「我只是提議而已。」鋸峰肢體僵硬地爬下岩石，走進黑暗。

雨掃花本來想跟過去，但灰翅抬起尾巴阻止她。「我知道妳想幫他，但先暫時由他去吧，」他建議道，「他需要一點時間獨處。」

虎斑母貓的神情看起來似乎想爭辯，但過了一會兒就恭敬地低下頭。「你說了算，灰翅。」

不知怎麼搞的，她的順從令灰翅覺得彆扭。他轉身過來，這才發現其他貓兒正圍著他興奮地討論。

「你們記得嗎?灰翅和鋸峰是很聰明的，所以才有辦法結伴從山裡下來。」鷹衝喵聲道。

「沒錯，」龜尾附和道，同時很是崇拜地看著灰翅。「如果是我，一定辦不到。兩腳獸窩穴塌坍時，風暴和其他小貓都葬身其中，他卻把雷霆救了出來。當時我嚇死了，這輩子從來沒那麼害怕過，但灰翅真的很勇敢。」

「他今天也救了鋸峰！」雨掃花直言道。

「他是高地上速度最快的狩獵貓，」斑皮緊接著說，「他能讓貓兒們團結起來，這種領袖上哪兒找？他應該當我們的新首領。」

灰翅覺得真的夠了。「你們別再說了，」他抗議道，「你們都沒聽見我剛說什麼嗎？我不是你們的頭兒，也不想當你們的頭兒。我親眼看到清天因為滿腦子想的都是邊界和領地，不再關心每隻貓兒，結果最後完全變了。」他停頓了一下，這種和他哥哥漸行漸遠的痛苦如寒風掃過他心裡。「清天不再是我認識的清天了。」他結語道。

「你只是太謙虛了，」雲點喵聲道，「我們都知道你不會變成清天。」

大家一致同意這個說法。灰翅抬起腳爪要他們安靜，等他們都不出聲了才又開口。「好吧，我是很勇敢，或者說我努力要很勇敢，但我沒有規劃的能力，也沒有首領所必須具備的那種權威。」他環顧其他貓兒，欣慰至少他們都很專心地聽他說話。「你們應該還記得尖石巫師吧？」他繼續說道，「她不只勇敢，也知道如何照顧每隻貓兒，將他們視如己出。但我沒這個能耐。」

「有，你有！」雷霆打斷道，神情憤慨地瞪著灰翅。「我知道你有，因為你就很照顧我，還有大家也都認為你有這個能耐。」

「我沒有，」灰翅唐突否認。「我們都沒有。所以我覺得高影才適合當我們的首領，她懂得傾聽每隻貓兒的心聲，試著公平對待我們，至於清天，他滿腦子只想要控管誰有資格住在森林裡。」

「但這就是我們想告訴你的，」碎冰大聲說道。「你不必像清天那樣，你可以從他的錯誤中學習。你會成為一個偉大的首領。」

「我？首領？」灰翅頓時惱怒起來，因為他想起了他們曾經懷抱著遠大的夢想離開山裡老家，最後卻落得兄弟反目。「我連跟自己的親哥哥都反目成仇了！再看看你們自己……今天只會一直內鬨。聽我的，都回去睡覺吧。這一整天下來夠累了。」

還好大家似乎都不反對這個提議。貓兒們漸漸往坑地邊緣或地道散去。還是不見高影的蹤影。**她應該還在坑地裡，**灰翅心想道，**她不應該這麼早就撇下我們離開。**後來我們又討論了好多事情……都是高影該知道的。

「真的需要有番改變了。」走回窩穴的碎冰一路嘟囔。灰翅也聽見其他貓兒低聲附和。

雷霆挨著灰翅，似乎想安慰他。「你跟你哥哥之間的事，也不是你願意的，」他說道，「這不是你的錯，是清天一意孤行的結果。」

灰翅嘆口氣。「也許是吧。」

鋸峰冷眼旁觀一切，瞇起眼睛，尾尖不停抽動。不知怎麼搞的，那小夥子的眼神令灰翅感到全身不自在。

「謝謝你曾試著跟大家溝通。」灰翅喵聲道，同時緩步朝他走過去。

「沒什麼。」鋸峰回答道。「我盡力了，但沒成功。他們沒把我的話聽進去。」

灰翅忍住嘆息的衝動。**鋸峰要到什麼時候才能再重新建立起自信？**

第八章

太陽正在西沉，高地上灑下長長的黑影。灰翅和雷霆上完狩獵課後，正在回坑地的路上。灰翅嘴裡叼著兔子，雖然感到疲累，卻心滿意足，很是享受最後一抹陽光曬在身上還有冷風吹亂毛髮的滋味。

令他寬慰的是，昨晚大吵過後的貓兒們今晨醒來，都又各自回到工作崗位，沒再提起更換首領這件事。高影又出現了，像平常一樣很有效率地組織營地的事務。灰翅希望他們都知道這件事到此結束。**那實在太蠢了，我甚至不懂我們為什麼會吵成那樣。**

先前灰翅曾攔下碎冰，當時灰白色公貓正要去他與寒鴉哭共同挖掘的那條地道工作。「我……呃……我想為昨晚的事跟你說對不起。」灰翅對碎冰這樣喵聲道，「我不是故意罵你笨。」

碎冰猶豫了一下，隨即垂下頭。「沒關係，我們難免都有說錯話的時候。」

雷霆沮喪的聲音突然打斷灰翅的思緒。「我真的試過了，但就是抓不到任何獵物。」灰翅必須承認，雷霆的狩獵技術仍然有待加強。他的狩獵本能似乎只有尋找掩護和潛行追蹤，但高地上根本無處可藏，**除非他有辦法讓自己隱形，**灰翅嘲弄地想道。

就在他們抵達營地前，灰翅瞄見草地上有隻幼鳥正笨拙地跳躍，其中一隻翅膀拖在地上。他停下腳步，丟下嘴裡的獵物，用尾尖碰碰雷霆的肩膀。「瞧，」他低聲道，「牠一定是從巢裡跌下來的，過去抓牠吧。」

雷霆嘆口氣。「這不算狩獵吧？那是一隻受傷的幼鳥。」

灰翅耐住性子。「獵物就是獵物。能有機會練習，你就多練習吧。」

雷霆心不甘情不願地蹲伏下來，往正朝金雀花叢跳過去的小鳥慢慢匍匐前進。

追上去就好啦！灰翅很想吼出來，但他知道他必須讓雷霆自己摸索。

正當他旁觀時，雷霆的腳突然踩到小樹枝，發出尖銳的折斷聲，小鳥警覺轉頭，尖聲大叫，倏地鑽進樹叢裡。雷霆趕緊撲上去，卻被荊棘擋住。

「哦，雷霆，你又來了！」灰翅跳到小貓面前，尾巴用力甩打。「你到底要我跟你說多少次？在這種地方，你不能潛行，你必須用跑的。」

雷霆霍地轉身。「你不要再批評我了！」他呸口道。

灰翅不敢相信這孩子竟然回嗆他，或者說這孩子的話令他頓時受傷。「我做錯了什麼？我只是在教你而已。」

雷霆沮喪地搖頭。「你不懂嗎？灰翅？我累了，一整天下來，我真的已經受夠了。你不要再逼我了。」

「我逼你？」灰翅重覆道。

「對，逼我！你老是在保護我，好像我還是小貓一樣。我不是小貓了！」

灰翅看見雷霆眼裡的桀驁不馴，難過到就像有隻爪子正往他心裡狠狠劃過。「我是為你著想。」他喵聲道。

雷霆低聲咕噥。

「你剛說什麼？」灰翅厲聲問道，怒火在他心裡燃燒，阻絕了心痛的感覺。「說大聲點！」

雷霆瞪著他，眼神憤怒。「你根本不知道我要的是什麼！」

沉默當頭罩下。灰翅強迫自己閉緊嘴巴，才不會說出更傷他的話。最後他索性轉身，拾起地上的兔子，大步走回坑地。

「對不起，我不是故意的。」雷霆在後面喊道。

灰翅沒有回答。

雷霆在坑地邊緣追上他。「對不起啦。」他重覆說道。

灰翅放下獵物，用鼻頭憐愛地蹭蹭雷霆，表示他不生氣了。「要精通狩獵技巧得花點時間，」他向他保證道，「我知道我應該給你更多的成長空間。我相信你會長大的。」

雷霆氣餒地甩打尾巴。「我跟碎冰去森林裡時抓到了一隻地鼠。」他抱怨道，「我總覺得只要在有遮蔽物的矮木叢裡，我就知道怎麼抓獵物。可是一回到這裡，就老是搞砸。我覺得我一再讓你和其他貓兒失望。我也想當你們的靠山啊，尤其在經歷過昨天那些事之後。」

「你會的……」灰翅正要開口。

雷霆卻在這時突然轉身，衝進金雀花叢裡，打斷了他的話。灰翅驚愕地瞪看，這才瞄見有隻老鼠蹲在一叢枝葉底下。**雷霆，不錯哦！**他心想道，不免為這孩子感到驕傲，全身毛髮跟著豎得筆直。他看得出來這孩子的膽識和榮譽感。**成年之後，他一定會很優秀出色……**

但他都還沒看到雷霆有沒有抓到老鼠，坑地便傳來嚎叫聲。「快來幫忙！龜尾要生了！」

灰翅當場愣住。**這麼快就要生了？還好她當初決定回來找我們**。他可以想像要是龜尾獨自在空曠的高地上生下小貓，到時既得自己狩獵，還得照顧孩子，怎麼可能忙得過來。他很慶幸她現在安全地住在營地裡。

灰翅丟下兔子，連忙衝下營地。雷霆跑在他旁邊，早忘了狩獵這回事。

雨掃花站在龜尾窩穴的入口，鋸峰在她旁邊。「你們都退到後面去。」她下令道。

灰翅目光越過她，勉強看見龜尾躺在青苔和乾蕨葉鋪成的臥鋪裡。雲點和斑皮都陪著她，斑皮忙著揉她肚子，雲點則低頭檢視一小團溼淋淋的毛球。灰翅鬆了口氣。**斑皮和雲點會幫她的……**

他擠進貓群裡，直到站在鋸峰和雨掃花的旁邊。「讓我進去！」他要求道。

鋸峰瘸著腿走到前面，擋住去路。「還不行，」他喵聲道，「龜尾需要一點空間。」

灰翅驚訝地看了他弟弟一眼。「你不讓我進去？」

鋸峰垂下頭。「我只是做我該做的事。」

「沒錯，」雨掃花附和道，「等她可以見客時，就能進去看她了。」

我才不要等到那時候！灰翅不懂自己哪來的那股衝動，竟就蠻橫地從兩隻貓兒中間擠進去，鑽進地道，在龜尾旁邊踉蹌刹住腳步。躺在青苔和羽毛臥鋪上的龜尾呼吸又淺又急，四周空氣溫暖，但不太流通，隱約有股血腥味。當灰翅趨近時，龜尾略為抬頭，發出虛弱的喵嗚聲。

「我剛不是說你不能……」雨掃花跟著灰翅進來，一臉怒容，但雲點抬起腳爪要她安靜。

「現在沒關係了。跟剛出生的小貓們打個招呼吧。」雲點聲音微微顫抖地告訴灰翅。灰翅不免驚訝，雲點的醫療經驗豐富，但面對三隻溼淋淋、身上血跡斑斑的小東西，仍然會緊張。

灰翅低頭查看，立刻被這三個小東西深深吸引。他們擠在臥鋪裡，挨著貓媽媽不停蠕動，雙眼緊閉。他記得他看過鋸峰和翩鳥剛出生的模樣，當時曾深切感受到某種血脈相連的悸動，而此刻的他對這三隻小貓竟也有同樣的悸動，他覺得他們太完美了。

「他們好漂亮！」他低聲道。「龜尾，那隻玳瑁色小貓長得好像你。」

「總共是兩隻小公貓，一隻小母貓，」斑皮喵聲道。「妳辦到了，龜尾。妳生了三隻健康強壯的小貓。」

其中兩隻小貓很有活力地在吸吮著龜尾的奶，第三隻還在青苔墊鋪上忙亂地尋找媽媽，一邊找一邊發出可憐的吱吱叫聲。灰翅伸出一隻腳爪，將他輕輕推到龜尾旁邊。小貓一開始吸奶，便不再尖叫。

「他們好小，」灰翅低聲道，同時深深看進龜尾的眼裡。「不過他們是小鬥士，妳會是這世上最棒的貓媽媽。」

不知道怎麼搞的，他的讚美竟讓龜尾的表情顯得痛苦。她低頭看著小貓，「要是他們有父親就好了……」她低聲說道。

她朝他轉頭，灰翅看出她臉上的疑問，以及眼裡深切的愛意。**那是對她孩子的愛意吧，怎麼可能是……**他突然不確定自己看到的是什麼，於是連忙後退一步。「我不吵妳了，」他喵聲道，「妳需要多休息。」

雨掃花跟著他走出地道，抬高音量蓋過洞口貓群此起彼落的討論聲。「龜尾生了三隻健康的小貓！」她大聲宣布。

灰翅緩步走向自己的臥鋪，一路上不時聽見貓兒們的驚嘆與稱許聲。他試著不去回想龜尾那痛苦的表情與眼裡的愛意，也不去思索其中的含意。**我需要時間好好想想……**不只為龜尾想，也得好好反省自己的行為。他剛剛為了想見她，不管三七二十一地擠進去。為什麼會這樣？他又不是孩子的父親。他沒有權利這麼做。但不知怎麼搞的，他就是很想搶在別的貓兒之前先見到龜尾的孩子。

✦✦✦

灰翅被耳邊隆隆的水聲驚醒。鼻子上的羽毛害他打了個噴嚏，他張開眼睛，發現自己竟然在瀑布後面的山洞裡。

奇怪……？我怎麼會回來這裡？

他跳了起來，緊張地環顧四周。月光隔著後方瀑布灑了進來，猶如一道泛著星光的水幕。

隔著朦朧的光影，灰翅看見貓兒們都睡了。他瞄見他的母親靜雨獨自蜷伏在自己的臥鋪裡，露葉身邊蜷臥著兩隻看起來很健康的小貓，但沒看見任何一隻跟他一起離家下山的貓兒。

看來他們都沒有餓肚子，灰翅一邊想，一邊緩步查看每個睡坑。**我們的離開似乎是對的。哦，我一定是在做夢……但我好希望自己是真的回來了！**

「灰翅！」

山洞後方傳來清楚的喵聲。灰翅朝聲音處轉身，看見尖石巫師站在那裡，洞口的月光將她白色的毛髮染成一片銀白。

「灰翅，你跟我來！」她用尾巴示意，邀他過去。

他還沒走過去，尖石巫師便逕行帶路進入其中一條地道，通往山洞深處。灰翅緊張到肉墊微微刺痛。他知道那條地道是通往尖石巫師的窩，也就是尖石洞。

他走進黑暗裡，感覺到腳下岩石的潮溼，尖石巫師的味道不斷飄送過來。沒多久，便有灰濛的光從地道上方滲進，他終於看見尖石巫師的頭顱輪廓，只見她退到一旁，騰出地道盡頭的空間讓他進來。

灰翅走了進去，隨即停下腳步，瞪大眼睛，一股敬畏油然而生，像冰水緩緩流過他全身。這座洞穴比前面部落貓居住的山洞來得小，月光從頭頂的鋸齒狀裂縫傾洩而下。地上立著幾根擎天石柱，穴頂也有石柱懸垂而下。有些石柱甚至上下相連，以至於灰翅總覺得自己好像站在一座石林裡。

地面上有幾個水池，水面上的月光熒熒閃爍。尖石巫師站在其中一個水池旁邊，用尾巴示意他趨近點。

「灰翅，歡迎你回來。」她喵聲對朝她走近的灰翅說道。「這裡是尖石洞，也是我解讀祖靈預兆的地方。」

灰翅一頭霧水。「我……我是怎麼回來的？」他結結巴巴。「妳帶我回來的？」

尖石巫師搖搖頭。「親愛的朋友，我們兩個都在夢裡，」她回答道。雖然她年事已高，體衰力弱，但溫柔的聲音依舊充滿厚度。「我的心要我傳個話給你。」

灰翅緊張地豎起耳朵。「什麼話？」

「灰翅，全新的生活正等著你，」白色母貓告訴他。「你必須踏上一條全新的道路。」

「尖石巫師，我……我也正在想這件事。」灰翅緊張問道。「龜尾的孩子需要一個父親……」

尖石巫師垂下頭。「或許那也是條新的道路，」她回答道，「不過我想的另一樁事，所以你才會在夢裡來到這裡……這個屬於部落首領的地方。」

「可是我不是……」灰翅想要反駁，又突然停頓，驚駭地看著尖石巫師。「高影才是我們的首領。」他停了一會兒，又繼續說道：「來這裡的應該是她，不是我。」

尖石巫師眨眨眼睛。「誰都不知道等在未來的是什麼。」她說道。「不過灰翅，你得做好準備，鼓起勇氣迎接屬於你的未來道路……」

她的聲音漸漸消失，月光也跟著褪去，只剩灰翅站在黑暗裡。他還沒來得及感到害怕，便突然從自己的臥鋪裡驚醒，身邊的同伴們猶在睡夢中。

✦✦✦

第二天早上的黎明顯得灰濛濛，寒氣很重，風裡飄著細雨。灰翅從臥鋪裡出來，蓬起毛髮，抵禦寒意。營地靜悄悄的，他猜大部分的貓兒都還在睡吧，不過高影已經安坐在岩石上，無視天候地繼續守護營地。

她當然是我們的首領，灰翅告訴自己，同時甩開腦海裡那個令他困擾的夢。

他很快地舔洗自己，這時他瞄見雷霆正從他和橡毛及閃電尾合住的地道裡鑽出來。雷霆一看見灰翅，立刻跳過來找他。

「我可以去看龜尾的小貓嗎？」他急切地問。

「我不確定欸……」灰翅開口道。「她需要安靜的空間，也需要睡眠，好恢復體力。」

「胡說八道。」灰翅轉身看見雲點正從龜尾的地道裡出來。「她喜歡有訪客去看她，要不你們先去狩獵，抓隻老鼠回來給她吃？她一定餓壞了。」

「好啊，當然可以。」灰翅同意道。

他本來還擔心天氣突然改變，獵物可能躲在洞裡，但沒想到才走沒多遠，雷霆就瞄見金雀花叢底下躲著一隻老鼠。

他看了灰翅一眼，後者點頭鼓勵，他便拔腿衝過去，飛撲上去，得意大吼，叼著癱軟的老鼠屍首回來找灰翅。

「抓得好！」灰翅喵聲道，慶幸雷霆這次很順利地抓到老鼠。「你看，我就說你一定學得會。」

雷霆兩眼發亮。「我們現在可以去看龜尾了嗎？」

「我們先看看還有沒有別的東西可以抓，」灰翅回答道，但也納悶自己是不是刻意拖延。「龜尾一定很餓，一隻老鼠恐怕不夠。」

雷霆將老鼠藏在岩縫裡。兩隻貓兒繼續往前探進，繞過金雀花叢。這一次是灰翅先看到獵物。那隻老鼠一見到他，立刻竄逃，結果竟跑進雷霆的掌下。雷霆當場戳進利爪，狠狠甩牠。

「你又抓到了一隻！」灰翅讚美他，「現在你成了名符其實的狩獵貓了。」

「這隻老鼠其實你是抓的，」雷霆謙遜地說道，「我根本是瞎貓碰到死耗子。」

他們回到岩堆，雷霆便把第一隻老鼠拖出來，叼著牠們的尾巴，跟著灰翅回營地。

他們走進龜尾窩穴的時候，龜尾正低頭看著她的小貓。三個小東西安穩地蜷伏在她肚子旁，閉著眼睛不時在青苔上蠕動，發出細細的喵聲。

灰翅很驚訝鋸峰竟也坐在龜尾旁邊，熱心地顧著小貓，只要有誰爬遠了，便把他們推回貓媽媽身邊。雨掃花也在那兒幫忙把新鮮的墊鋪塞進龜尾和小貓身子底下。

「你在這裡做什麼？」灰翅問他弟弟。

「他在幫忙，」雨掃花搶在鋸峰開口前回答。她的聲音有點尖銳。「你難道不高興看到小貓被妥善照顧？我們全都齊心合力地一起工作？」

「呃……當然高興啊，」灰翅回答。「我沒有批評的意思。」

「沒關係。」鋸峰的語調比當初被清天趕出森林時要快樂了許多。

雨掃花塞好最後一坨青苔。「我們可以再去找一些來，」她喵聲道，她這次的語調像平常一樣輕快。「鋸峰，來幫我吧。這兒太擠了，龜尾會不舒服。」

她鑽出窩穴，鋸峰也站起來，瘸著腿跟著她出去，經過灰翅和雷霆時，還跟他們點了點頭。

「鋸峰，待會兒見囉，」龜尾在他後面喊道，然後對灰翅說：「他看起來心情好多了，我真高興。」

「我也是，」灰翅喵聲道。「妳看，我們給妳帶獵物來了。是雷霆抓到的。」

「真的假的？你好棒哦，雷霆。」龜尾回答道。「謝謝你，我肚子剛好餓了。」

雷霆把老鼠放在她旁邊，靦腆地蹭著腳。「要不是灰翅，我也抓不到。」他低頭看著小貓，好奇地瞪大眼睛。「他們看起來好小、好無助哦。」他低聲道，目光頓時變得遙遠。灰翅心想他八成想到他已逝的母親風暴和手足們。

餓壞的龜尾開始大啖其中一隻老鼠。灰翅趁她吃的時候，帶著興味看著小貓們，他們的毛髮都乾了，身子蓬蓬的。其中一隻小公貓有一身暗灰色的毛髮，另一隻是灰色虎斑，胸前一抹白毛。最小的玳瑁色母貓老是翻著肚子躺在地上，白色腳爪在空中揮舞。

「你喜歡他們嗎？」龜尾滿嘴鼠肉地說道。

「喜歡他們？」灰翅幾乎找不到適當字眼來表達他的感受，他是既開心又痛苦。「他們……他們好天真，看起來好容易騙哦。」

龜尾噗嗤笑了出來。「再過不久，你就不會這麼認為了。小貓也很調皮的。」

灰翅尷尬到肉墊微微刺痛。**我當然知道囉。我是怎麼回事啊？**

「妳幫他們取名字了沒？」雷霆問道，同時伸出一隻腳，試圖搓揉那隻虎斑小公貓的頭。

「還沒，」龜尾回答道，「很難決定。我想我至少得等到他們眼睛都睜開了再幫他們取名字吧。」她眼神溫柔地迎視著灰翅的目光，彷彿知道剛剛的笑聲恐怕傷了他的自尊。「你過來一下，」她邀請他。「也許你可以幫幫那隻小母貓……她手腳有點不協調。」

灰翅上前一步，扶正小母貓，但沒過一會兒又倒在地，四隻小腿胡亂踢打，不斷喵喵尖叫。好不容易讓她站直了，立刻踉蹌地往前撲倒，趴在龜尾旁邊。她一吸到奶，叫聲立刻止住。

兩隻小公貓也偎在旁邊。灰翅看著正在吸奶的三隻小貓，想起當初龜尾曾說他們需要一個父親。

自從風暴死後，我就認定我再也不會有自己的小貓……他一想到他可以幫忙龜尾帶大小貓，心裡便莫名地興奮。

龜尾的眼皮顯得沉重。她看起來還是很累，連第二隻老鼠都沒吃完。

「妳多睡一會兒好了，」灰翅低聲道，同時用尾巴碰碰雷霆的肩膀。他們往窩穴外面走去時，他緊接著說：「來吧，我們再去狩獵。」

✦✦✦

灰翅被興奮的尖叫聲吵醒。他懶洋洋地眨眨眼睛，從臥鋪裡出來，弓起背，伸了一個大懶腰。太陽直接照著營地，天空是一片清澈的藍，間或點綴幾朵白雲。溫暖的和風從高地徐徐吹來，帶來了獵物的氣味和綠色植物生長的氣味。

營地對面，龜尾的小貓已從地道的臥鋪裡蹣跚爬了出來，正在和鋸峰玩耍。後者假裝跟他們打架，讓他們爬上他的背。小貓已經出生一個月，現在都變得活潑又好動。灰翅看見他弟弟和小貓們如此親近，心裡覺得一陣暖意。

龜尾坐在窩穴入口邊梳理身上的毛髮，邊盯看小貓們。雨掃花和鷹衝也從遠處看著他們。鷹衝抬起尾巴，擋住閃電尾和橡毛。「你們還不能跟他們玩，」她喵聲道，「他們太小了。」

在營地的另一頭，高影正在她的窩穴裡梳理自己。碎冰和寒鴉哭動身要去狩獵。雲點正在整理一坨藥草，將乾枯的草葉挑出來丟掉。

灰翅看見營地裡又恢復平常作息，頓時寬心許多，於是跳過去找龜尾。「嗨，」他喵聲道，「小貓們今天早上好活潑哦。」

龜尾點點頭，眼神慈愛地看著小貓們。「鋸峰幫了很大的忙，」她喵嗚道。「我真幸運，在我累的時候還有你外出狩獵的時候，都有他能幫忙看著小貓。」

「鋸峰也開心多了。」灰翅喵聲道。

他說話的同時，三隻小貓朝他們的媽媽衝了回來。鋸峰揮揮尾巴跟他們說再見，然後安坐下來，舔洗自己。

「我幫他們取好名字了。」龜尾告訴灰翅，這時小貓們也爬到她身邊。「灰色小公貓叫梟眼。」

她說這話的時候，被她點到名的小貓霍地轉身，用那雙晶亮的琥珀色大眼睛打量灰翅。

「這是個好名字。」灰翅評論道。

「小虎斑公貓叫做礫心，」龜尾繼續說道，「因為他的胸前有白色斑點。玳瑁色小貓叫做麻雀毛。」

「我們喜歡有名字。」礫心告訴灰翅，一邊說一邊興奮地彈彈跳跳。

「媽媽說我們今天可以去高地玩。」麻雀毛緊接著說。她用頭撞著龜尾的腰側。「快點啦，妳梳毛已經梳得夠久了。」

灰翅覺得好有趣。即便小貓們只有一個月大，但龜尾還是手忙腳亂的。

「妳確定這樣帶他們出去安全嗎？」他問龜尾。

「他們有時候還是得離開營地，」龜尾回答。「不過我們不會走遠，只是到坑地上面看看。」

「我要去抓老鼠！」梟眼吹噓道。

「如果你願意的話，我可以陪你們一起去。」灰翅提議道。「我想有我們兩個在，比較管得住他們。」

「你說得對。」龜尾回答道，眼裡閃過一絲愉悅。「好吧，小貓們，我們走了。」

三隻小貓衝上邊坡，龜尾追上他們，要他們先等灰翅確定沒有危險再上去。

小貓們爬上坑地邊緣，驚訝地停下腳步，四處張望。

「好大哦！」礫心大聲說道，「我都不知道世界這麼大。」

「世界比這個還大。」龜尾喵聲道，「記得我跟你們說過我們曾走了好幾天，才從山裡來到這兒嗎？」

「我們可以去山裡看看嗎？」麻雀毛問道。

「今天不行，」灰翅回答。「今天我們只在營地四周探險。」

他和龜尾並肩散步，始終走在坑地一條尾巴之距的範圍內。小貓們則興奮地跑來跑去，到處追逐蝴蝶或拍打草地上的甲蟲。透過小貓們的眼睛看世界，感覺變得很美好。梟眼撲上一隻毛毛蟲，當場壓扁。「我宰掉牠了！」他得意洋洋地大聲說道。「我會狩獵了！」

「你的確會了。」龜尾喵嗚道，然後對灰翅輕聲說：「可憐的毛毛蟲，一點機會也沒有！」

小貓們的滑稽動作令灰翅莞爾，再加上最近營地緊張的氣氛似乎緩和下來，同伴們不再堅持由他來當首領，這也讓他總算鬆了口氣。只是高影自從那晚的爭執過後，便始終對他冷冰冰的。

他突然想，**她太早離開了，根本沒聽到我拒絕了他們，希望她不會以為我想動搖她的領導地位。**

灰翅也許很介意他的頭兒不相信他，但此刻的他正享受有小貓為伴的天倫之樂，以至於沒有多想高影的事。高影還是繼續守著營地，自從龜尾生了小貓以後，她幾乎都待在她的岩石上。

風兒和金雀花又來拜訪過營地幾次，告訴高山貓更多狩獵的好去處。灰翅始終希望高影可以快點看出有這兩隻惡棍貓加入他們所帶來的好處。

灰翅神清氣爽地曬著太陽，享受著這異常溫暖的天氣。陽光下，龜尾身上的氣味尤其濃烈，他浸淫在這美好的氣味裡。但這時他突然愣了一下，聞到別隻貓兒的氣味。一開始他辨識不出來，因為有點像是兩腳獸那兒的味道。**不是我的同伴，也不是風兒或金雀花……**

這時有白色腳爪一閃而逝，一隻貓兒笨拙地跳出金雀花叢。

「阿班！」龜尾驚訝地喊道。

灰翅瞪著肥胖的玳瑁色母貓，她就是龜尾先前住在兩腳獸巢穴裡的同伴。**她來這裡做什麼？**

阿班快步上來，一臉尷尬地朝龜尾垂下頭，後者悶不吭聲。灰翅記得他們在四喬木那裡初次見到阿班時，她是那麼地有自信，但現在的她看起來神情緊張，不確定自己是不是受到歡迎。

我記得龜尾曾說過阿班刻意對她隱瞞真相，沒告訴她兩腳獸會送走她的小貓。莫非這就是她現在看見阿班不開心的原因？

小貓跌跌撞撞地圍著阿班，但大貓們都沒空理他們。灰翅聞到阿班身上有血腥味，仔細一瞧，才發現她的腿和腰腹都被抓傷。

龜尾也注意到了。「誰把妳傷成這樣？」她輕聲問道，尾巴彈指著那些傷口。

寵物貓低下頭。灰翅可以感受得到她的疼痛與悲苦，可是她一句話也不說。

龜尾快步過去，用鼻頭輕觸阿班的耳朵。「別這樣嘛，」她哄著她。「妳可以告訴我。」

「是啊，」灰翅緊接著說。「妳不用怕我們。」

阿班遲疑了一會兒，難過地眨眨眼睛。「是湯姆，」她終於承認道，語調微微發抖。「妳走了之後，他就處處針對我，因為他怪我把真相告訴妳。他一直在欺負我，不是打我，就是用爪子抓我，但他很聰明，故意做得不露痕跡，讓兩腳獸看不出來，除非很仔細地打量。」

「我真為妳感到難過。」龜尾喵聲道，舔舔阿班的耳朵，想要安慰她。

阿班抬眼看她，黃色眼睛布滿絕望。「我不想再跟兩腳獸住了，」她大聲說道，「我可不可以搬來跟妳一起住？我知道我對妳不好，但我不能再跟湯姆一起住。」

灰翅看了龜尾一眼，立刻本能地趨近她，她的眼瞳裡映照著他驚慌的倒影。**這行不通的！**

一直瞪大眼睛聽他們說話的小貓們，開始興奮地跳上跳下。

「好啊，跟我們一起住啊！」礫心開心地吱吱尖叫。

「對啊，來嘛！」麻雀毛也喊道。

「安靜點！」龜尾厲聲告誡小貓們。「阿班，我很想幫妳，」她繼續說道。「當年我需要幫助時，是妳對我伸出了援手。可是妳當了一輩子的寵物貓，根本適應不了野外的生活，妳不會狩獵。」

灰翅知道龜尾說得沒錯。阿班體型肥胖，毛色光滑，肚子鬆軟，脖子上還掛著一圈細細的藤狀物，上頭有個亮亮的東西，只要身子一動，就會發出叮叮咚咚的聲音。**這會嚇走所有獵物。**更何況她的自信心早已蕩然無存，她甚至不敢直視他們的眼睛，說話的時候，聲音也一直發抖。**她在這裡一點用處也沒用，只是一隻一聽到風吹草動便嚇得半死的貓兒。**

「我可以的……」阿班開口道。

「妳大多時間都在睡覺，」龜尾打斷道。「在這裡，妳會容易受傷的。」

龜尾的拒絕粉碎了阿班唯一的希望，那當下，灰翅以為她會立刻轉身，回去兩腳獸那裡，沒想到寵物貓似乎有備而來。「拜託妳，帶我去見高影，」她懇求道，「我直接問她。我很有說服力的。」

是啊，妳就說服了龜尾搬去跟妳住。灰翅本來想直接拒絕，但龜尾竟勉為其難地點點頭。小貓們早就興奮地衝回坑地。阿班跟著他們，灰翅和龜尾則跟在後面約一兩步的距離。

灰翅對阿班有點惱火，因為她打斷了他和龜尾及小貓們的獨處時間。他試著不被負面的情緒影響，不過他知道阿班絕對不可能加入他們。「高影不會答應的，」他喃喃說道，「妳也知道她對其他貓兒有多提防，記得嗎？她連金雀花和風兒都不肯接納。」

「所以我才要阿班自己去問她啊，」龜尾回答道，「高影一定會拒絕她，那樣阿班或許會瞭解為什麼她不能跟我們一起住，就會打消念頭回兩腳獸巢穴。」

灰翅點頭附和。但就在他們快抵達坑地前，他突然伸腳攔下龜尾。「妳對她太好了。」他喵聲道。

龜尾嘆口氣。「我沒那麼愛記仇，」她說道，「你應該比誰都瞭解這一點。」

她的回答令灰翅有些不解。「這話什麼意思？」他問道。

龜尾一時間好像不知所措，似乎剛剛說了不該說的話。「呃……」她結結巴巴，「我是說……我當初跟阿班交朋友的時候，你其實不是很高興。」

灰翅感到愧疚。**我沒有權利告訴龜尾該做什麼**。「對不起，」他喵聲道，「我當時不該批評妳。我可以補償妳嗎？」

「你已經補償我了，」龜尾喵嗚道，鼻口輕輕刷過他的。「你每天都在陪小貓，這就已經是在補償我了。」

快樂瞬間淹漫他全身。「這也太容易補償了吧，」他回應道，「來吧，我們一起跑回坑地。」

第九章

灰翅和龜尾追上坑地邊緣的阿班和小貓們。但還沒走進營地，灰翅便聽見有貓兒喊他。風兒和金雀花從岩堆後面出來，跳過來找他們。

「嗨，」風兒喵聲道，同時好奇地看了阿班一眼。「她是誰？」

龜尾垂頭向兩隻惡棍貓打招呼。「她是寵物貓，是我朋友，」她解釋道。「她叫阿班。」

「寵物貓？」金雀花脫口而出，一臉鄙夷地瞪大眼睛，根本懶得掩飾自己的不屑。「妳在做什麼啊？怎麼會跟寵物貓廝混？」

阿班很不高興地抬起頭，直接面對兩隻寵物貓。「我不想再當寵物貓了，」她語氣堅定地說道。「我要整天躺在太陽底下，自己抓老鼠，自己爬樹，我要去問高影可不可以讓我加入他們。」

風兒抽動著鬍鬚。「祝妳好運囉。」她咕噥道。

灰翅不安地看了她和金雀花一眼。**他們真的很想加入我們，雖然他們幫了我們很多忙，但高影一直沒答應，而現在這隻寵物貓居然認為自己可以大搖大擺地走進來……**

他本來以為風兒和金雀花會很生氣，但金雀花只是聳聳肩。風兒喵聲說：「我跟你們一起去，這一定很有趣。」

灰翅不確定這個主意好不好，但也沒法阻止了，因為她真的就跟著他們直接走進營地裡。

高影一如往常地坐在她的岩石上，守衛著營地。畢竟目前為止，還沒有哪隻貓兒願意接受鋸峰的建議，重新編組，專門負責坑地邊緣的巡邏工作。

高影一看見灰翅和其他貓兒，立刻跳下來，朝他們走來。其他貓兒也都圍上來，好奇地打量阿班。

「她是誰？」鋸峰問道。「她看起來好像沒挨過餓。」

龜尾的小貓們一馬當先地衝上來，興奮地撲上斑皮和雲點。「阿班要來跟我們住！」梟眼大聲喊道。

斑皮和雲點表情驚訝，高影用譴責的目光看著灰翅。「你到底在想什麼？」她咕噥道。「為什麼帶她過來？」

灰翅回頭看她一眼。「她突然出現，說想加入我們，我能怎麼辦呢？」

「你可以告訴她這是個很蠢的想法，」高影回答道，同時示意灰翅過來，以免被阿班聽到他們的談話。「送她回兩腳獸巢穴。」

「送她回去不是我的工作，」灰翅回答道，對他首領的語氣很是感冒。「更何況她要去哪裡，也不關我的事。」

高影尾尖不停抽動。「包括走進我們的營地？」

「我倒是沒聽說過我們這裡不歡迎訪客，」灰翅喵聲道，「我跟妳一樣很清楚她不能留在這裡。但這不表示她沒權利進來問一問。」

高影冷哼一聲，朝阿班轉身，瞇起眼睛。「妳為什麼想跟我們住在一起？」她冷冷地問道。

阿班似乎沒察覺到貓兒之間的氣氛緊繃。灰翅注意到她的自信又回來了，畢竟她現在得說服大家讓她住進營地。**剛剛她連龜尾的臉都不敢看呢！**

阿班向高影恭敬地垂下頭。「有一隻寵物貓叫湯姆，他也跟我的兩腳獸住在一起。他一直欺負我，」她解釋道，「妳看這是他抓傷的！」她補充道，同時伸出一隻腿。

「你有見過這麼離譜的事嗎？」

哦，當然見過，灰翅心想道，**我們見過的傷比這嚴重多了。要是妳住在這裡，恐怕會見到更多類似的傷。**

「他為什麼要攻擊妳？」高影問道。

阿班瞥了龜尾一眼。「我想他是在氣她的不告而別。」

灰翅驚訝地倒抽口氣。**她的意思是，這是龜尾的錯囉？**

龜尾眨眨眼睛看著阿班，顯然被這句話傷到。她正要開口，麻雀毛突然撞著她的腿。「湯姆是誰？」小貓問道。

這問題分散了龜尾對阿班的注意力。「沒事，」她告訴麻雀毛，語氣聽起來很慌張，然後用尾巴將小貓們兜攏，「來吧，你們都過來，該去睡午覺了。」

龜尾無視小貓們的尖聲抗議，硬是帶著他們穿過營地，走回窩穴。阿班神情不悅地瞇起眼睛，看著她的朋友走遠。

灰翅待在原地，他想知道接下來會發生什麼事。必要的話，他會出手干預。

高影遲疑了一下，似乎正在想該怎麼說比較妥當。「難道沒有辦法可以跟他和平相處嗎？」她終於開口道。「妳不能找個和諧共處的方法嗎？」

阿班搖搖頭。「這句話妳應該問湯姆才對，不是問我。」她大聲說道。「我又沒對他做過什麼事。」

高影似乎不知所措。「那麼……妳可以對兩腳獸再好一點啊。」她提議道，「盡量討好牠們，做寵物貓會做的那種事？」

「舔他們的毛啊。」閃電尾提議道。

「鼠腦袋！」橡毛推了她哥哥一把。「兩腳獸沒有毛的。」

「一定有什麼妳能做的，」高影繼續說道，同時瞪了小貓們一眼。「這樣一來，兩腳獸就會更疼妳，妳就不會想離開了。」

阿班不屑地大笑出聲。「妳以為施點小惠就會讓我的日子好過嗎？妳又不是沒看到我身上的傷！」

灰翅看得出來高影正試著用軟性說法說服阿班她不能待在這裡。**可是「軟性」是行不通的，一定得斬釘截鐵地告訴阿班，她才會知道這主意有多笨。**

就在高影再度開口之前，風兒突然走了過來，擋在她和阿班中間。「我很遺憾妳日子不好過，」她告訴寵物貓，「但妳絕對沒辦法跟這些貓兒一起住在坑地裡。妳是寵物貓，妳不懂怎麼狩獵，更何況妳膽小如鼠、慵懶成性，早就習慣大吃大喝的日子。」

她不留情面的這番批評，嚇得阿班縮起身子。阿班眼睛瞪得斗大，表情很受傷。圍觀的貓兒裡頭不知道是誰——就連灰翅也不知道是誰——突然小聲地反駁了一句，但風兒充耳不聞。

「妳對這群貓兒沒有什麼幫助，」她厲聲告訴阿班，「更何況妳的存在只會害他們陷入危險。弱不禁風的寵物貓在野地裡是沒有生存空間的。」風兒回頭看了一眼。「我說得對不對，高影？」

灰翅這才發現坑地裡的貓兒們目光都移向高影。**要是高影附和她的說法，給大家的感覺就是這整件事情都是風兒說了算。但要是她不同意，卻可能給了阿班留下來的藉口。**

高影往前走了幾步，繞著風兒轉圈。「我送妳回兩腳獸巢穴吧。」她告訴阿班。但她還沒走近寵物貓，風兒便喊金雀花過來。後者跑進營地站在她旁邊，他們一左一右地站在阿班兩旁。「這種事我們來就行了。」風兒喵聲道。

其他貓兒還來不及開口爭辯，她和金雀花便把阿班帶走了。阿班似乎驚訝到不知如何抗拒他們。「妳真是太讓我失望了！」她朝著龜尾大吼，跟著兩隻貓兒消失在坑地邊緣。「妳想想看我以前是怎麼幫妳的！我永遠不會原諒妳！」

為什麼這是龜尾的錯？灰翅不免納悶。**我真搞不懂寵物貓……**

高影回到她的岩石上，定神看著遠方的地平線。灰翅心想她大概不想讓別的貓兒看見她臉上的表情。

他跳了上去，坐在高影旁邊。過了好久，她才跟他打招呼，但眼睛還是沒看著他，只喵聲說道：「灰翅，很抱歉這陣子我刻意疏遠你。畢竟有這麼多貓兒挺你當首領，這對我來說很難接受。」

灰翅垂下頭。「我懂。我也希望妳知道，我從來沒想過要挑戰妳的權威。我根本不想當首領。」

高影輕嘆一聲。「你認為我應該讓金雀花和風兒加入我們嗎？」她問道，聲音有點顫抖，聽起來似乎不再相信自己能作出正確的決策。

「風兒剛剛是有點逾越分際了，」灰翅小心說道。「但我很信任她和金雀花。他們曾經幫忙我們狩獵，也救過我們。」

高影若有所思地抽動鬍鬚，但沒有吭氣。

「我知道風兒可能是怕阿班占了她和金雀花在營地裡的位置，所以才要求她離開，」灰翅繼續說道。「可是阿班本來就不可能適應得了這裡的生活。」

「你以為我不知道嗎？」高影厲聲回答，「我剛不就試著這樣告訴阿班嗎？」

「是啊，是啊。」灰翅把尾尖擱在她肩膀上，試圖安撫。**只是妳沒有說得很明白……**

高影俯瞰其他貓兒：橡毛和閃電尾正互相丟擲青苔球，鷹衝和龜尾在旁邊看著；雲點和斑皮站在一坨藥草前面商討事情；雷霆和雨掃花分食著一隻獵物。他們看起來似乎都對岩石上的高影或灰翅不感興趣。

「他們先前要你當首領，」過了一會兒，高影喵聲道。「而我剛剛又讓風兒占了上風。也許真的該換別的貓兒來做頭兒了。」

「千萬不要！」灰翅拒絕接受。

高影又望向地平線。「你從來沒有質疑過我的領導權嗎？」她問道。「你從來沒想過改變這一切嗎？你老實說，我不會怪你的。」

灰翅想起那個夢，在夢裡，他回到山裡老家跟尖石巫師在尖石洞裡碰面。**她當時暗示我可能成為首領**，他想著想著，頓時好生愧疚。**可是我不能告訴高影這件事。**「從來沒有過。」他心虛地說道。

高影轉頭看他，深不可測的目光似在探尋什麼。好一會兒，她還是什麼話也沒說，只是嘆口氣，隨即轉頭掃視起伏的高地。「請你讓我獨自想想。」她低聲道。

灰翅很想找話安慰她，但他知道再說什麼都無濟於事，於是勉為其難地跳下岩石，但心裡總覺得坑地裡起了某種變化……某種很大的變化。要是他能預見未來……預見幾個月後會發生的事，那就好了。

不過我對風兒終於有了更進一步的認識，他心想道，**她竟然可以輕鬆掌控全局，將阿班送離坑地。這隻貓實在很聰明……**

第十章

灰翅發現自己身在廣陌的空間裡，腳下是茂盛的綠草。一隻兔子從他旁邊飛奔而過，他本能地追上去。但奇怪的是，不管他怎麼費力地跑，好像都跑不快。兔子消失了，林間道路取而代之，樹木在頭頂上形成綠色的拱狀隧道。灰翅知道道路盡頭必有什麼大事等著他。

等一下，那是什麼味道？他沿路奔跑，獵物和植物的氣味竟被煙味掩蓋。他停下腳步，抽動鼻子，伸爪搓搓鼻頭，眼角餘光突然瞄見動靜——是急促又閃亮的橘色光影——烈燄霹啪作響，**失火了！**

灰翅嚇得驚醒過來，發現自己還躺在金雀花叢底下的青苔臥鋪裡。**我在做夢！**但過了一會兒，他發現煙味還在，天邊的橘色火光真實得驚人。他趕緊跳起來。

「失火了！」他大喊。「森林失火了！」

有些貓兒已經驚醒，個個慌張失措。鷹衝從他旁邊衝過去，緊跟在橡毛和閃電尾後面，隨後又把他們趕回窩穴。寒鴉哭跳上坑地邊緣，驚駭地放眼眺望，然後又衝了回來，毛髮豎得筆直，尾毛也蓬了起來。雨掃花蹲在臥鋪裡，瞪大眼睛，一臉驚恐地望著天空。

灰翅努力按壓下驚慌的情緒，將頭伸進龜尾的地道裡。她的小貓們仍蜷縮在母親的懷裡熟睡，但龜尾已經醒了，抬起頭來緊張地張望。

「發生什麼事了？」她問道。

「森林失火了，」灰翅重複道。「妳跟小貓待在這裡，火不會燒到這麼遠。」

母貓感激地點點頭，灰翅這才放下心來，衝回坑地邊緣，遠望高地。火源來自於森林邊緣。即便有段距離，仍聽得到火燄的霹啪作響聲。火光像一隻著火的前腿橫掃整片森林。

清天！灰翅的心跳得厲害，簡直無法呼吸。**清天和他那幫貓兒就在森林某處，可能被困住了！**

「來吧！」他喊道。「我們得去幫忙！」

貓兒們從窩穴裡衝出來，灰翅瞄見鋸峰蹣跚走過來。「我知道我不能跟你們去，」小夥子喵聲道。「但有什麼我能幫忙的？」

灰翅轉身看著他弟弟。「有，我們不在的時候，可不可以保護坑地裡的小貓嗎？」

鋸峰眼睛亮了起來，他自豪地挺起胸膛。「沒問題。」

「太好了！」灰翅將尾巴擱在他弟弟肩上。**鋸峰正在為自己找出一條新的活路，**他心想道，**而且時機抓得剛剛好，**隨即衝上了邊坡。

灰翅爬到坡頂，攀過坑地邊緣，衝向高地。他的本能告訴他不要過去，但他還是拋開恐懼，繼續往前跑。

他匆忙地回頭看了一眼，發現雷霆、高影、寒鴉哭、雨掃花、雲點和斑皮都跟來了。雷霆是他們當中跑得最拚命的，沒一會兒功夫便追上灰翅。「你覺得會有貓兒受傷嗎？」他氣喘吁吁地問道。

灰翅沒有回答。**我根本不敢去想。**

當他們快抵達森林時，灰翅和同伴們不約而同地慢下腳步，小心趨近。森林邊緣的火正慢慢熄滅，但林子深處仍烈燄衝天，炙熱的紅色火光衝上天際。

「我們現在該怎麼辦？」雨掃花問道。

「我們得先找到清天。」灰翅回答道，被眼前的熊熊火光嚇得驚駭不已，他發現他很難在灼熱的空氣裡呼吸。

「但我們絕不能走散。」高影抬高音量說道，讓貓兒們聽見她的聲音。「跟我來。罩子放亮點。」

高影帶隊前進，貓兒們小心穿梭於仍在悶燒的樹枝間。「這是什麼？」她咕噥道。

灰翅穿過縹緲的煙霧，空中瀰漫著焦黑的枯葉。他發現有塊焦土上圍著一圈石堆，石堆裡頭是一坨灰燼和燒焦的樹枝。四周還有很多凹陷的痕跡。「是兩腳獸的東西吧，」他回答道。「你們看，還有牠們的足印。這裡可能就是起火點。」

高影嗅聞那些凹痕。「我猜兩腳獸是想用腳踩熄火苗。」她低聲道。

灰翅點點頭。「也許牠們沒完全踩熄，」他猜想道。「要是有餘燼未熄，便有可能點燃蕨葉，最後變得一發不可收拾。」

寒鴉哭哼了一聲。「兩腳獸的腦袋長跳蚤，根本不能信賴，我們在山裡就不會遇到這種事。」

四周樹枝仍有星星之火。這時一根樹枝突然爆裂，火星四濺，貓兒們趕緊蹲伏下來，雨掃花忽然尖聲大叫，毛髮上沾到一點火星，燙到了她。

灰翅愣了一下，抬頭一看，發現散落四處的火星又引發了幾處零星的火災。橘色火光在四周跳躍，連剛剛的來時路也被火舌吞沒。看來回頭是不可能了。

不過我也還不打算回頭……

灰翅鼓起勇氣，朝森林深處轉身，那裡的烈燄依舊沖天。**我哥哥可能就在裡頭的某處……為了找到他，我什麼都願意做。**只不過現在真的很難找路出去。

在那個當下，以往的恩恩怨怨瞬間消失。他想起他們小時候玩在一起，還有從山裡老家出來時，是如何相互扶持。**我離開山裡老家的目的，不是為了看他燒死在森林大火裡！**

灰翅朝森林裡的烈燄衝過去，他來回奔跑，試圖找到火牆間的空隙穿過去。但每次一找到，火牆又迅速合了起來。

「灰翅！」雨掃花喊道。「你快回來！」

「你身上會著火的！」寒鴉哭緊接著喊道。

「對啊，快回來。」高影用權威的語氣喊道。

「不，」灰翅很是堅持。「清天和他的貓兒們在那裡！我們必須把他們救出來。」

他可以想像他哥哥和其他貓兒驚駭地蹲在火場中央，被火舌慢慢吞蝕。

但其他貓兒都往後退，顯然被霹啪作響的火勢嚇到。只有雷霆緊跟在灰翅旁邊，朝火牆趨近。

「退後！」灰翅厲聲道。「你太小了，承受不了這種熱度。」

雷霆執拗地搖搖頭。「我要跟著你。」

灰翅沒時間跟他爭辯。**他腦袋長跳蚤了，不過他的確夠勇敢，跟他父親一樣……**

雷霆緊跟在灰翅旁邊，相偕從頹圮焦黑的林間縫隙衝了進去。

「走那裡！」灰翅上氣不接下氣，這裡的熱氣燻得他喘不過氣來。「清天的營地在這個方向，要是我們能過去，就能找到他們。」**前提是火勢別再蔓延。**他心想道，但隨即揮開這念頭。

灰翅相信他們可以穿過火牆，但這時有棵樹竟嘎吱作響，開始傾斜，他們只能後退，先等它倒下來。

「我們要怎麼辦？」雷霆問道。「你覺得我們可以跳過去嗎？」

灰翅抬頭看著火牆，試圖想像自己能不能跳過去。一根樹枝從傾斜的樹幹上掉下來，封住火牆最後一處縫隙，烈燄頓時衝天。

這時灰翅看見火牆後方出現動靜，過了一會兒，一隻貓兒突然從火牆對面跳了過來，他驚訝地倒抽口氣，發現是月影！

黑色公貓的腳爪沒能躲開燄火的攻擊，發出痛苦尖嚎，本能縮起身子，他沒跳成功，身子重擊地面，慌亂地揮舞腳爪和甩打尾巴，火舌爬上他的毛髮，漫上尾巴。

「救我！」他尖聲大叫。

灰翅、雷霆和高影隨即衝過去，用腳掌想撲滅他身上的火，但月影仍然痛苦難捱，身上著火的他在地上翻滾，想要爬起來逃開。

雷霆撲上去，用自己的重量壓住月影的背。「別動！」他喝令道。

灰翅和高影繼續忙著撲滅他身上的火。灰翅嘶聲作響，因為連他的腳爪也灼傷，但他置之不理，只顧著救還在痛苦呻吟的月影。

月影身上的火總算被撲滅，灰翅鼻子抽了一下，聞到肉燒焦的味道，這才瞄見月影身側有塊地方的毛被燒光了，露出腥紅的皮膚。暗色血滴慢慢滲漫開來，血肉模糊。

貓兒們圍著月影，全都嚇呆了，只能眼睜睜看著他的生命一點一滴流逝。雲點甩甩身子。「來吧，斑皮，」他喵聲道。「我們去找藥草。」然後對月影說：「別擔心，這傷勢也許沒那麼糟。」月影呻吟出聲，撇過頭去。

雲點和斑皮消失在黑暗裡，穿行於焦黑的樹枝間。其他貓兒忙著將月影無力的身軀抬離熾熱的火場。

灰翅看著他，想到清天。他是不是也受傷了？會不會正無助地躺在火舌的必經之路上？他下定決心一定要找到他。**要是我哥哥就在火牆後面，我一定要救他。**

他挺起身子，衝向火牆。絕望不安的貓兒們在他後方紛紛大喊。

「別去，灰翅！」

「你不能去啊！」

「回來，別去送死！」

灰翅不予理會，正準備一躍而過時，突然被一個重量從腰側撞上，害他跌得四腳朝天。他抬頭一看，發見雷霆用兩隻前腳按住他的胸膛。

「放開我！」他上氣不接下氣，試圖掙脫。

雷霆沒有移動。過了一會兒，連寒鴉哭也過來壓制他。「你幫不上忙的。」黑色公貓堅稱道。

灰翅停止掙扎，長嘆一聲。**我知道他們說得沒錯……可是……哦，清天，你在哪裡？**雷霆終於讓他起來。灰翅穿過煙霧，朝其他貓兒走了回去。

他們全都圍著月影，守在旁邊，後者仍然痛苦呻吟。高影站在她弟弟身旁，綠色眼睛布滿恐懼與憂傷。灰翅看她這副模樣，心裡也跟著緊張，於是在月影旁邊蹲下來。

「清天之前跟你在一起嗎？」他焦急地問道。「他是否平安無恙？」

可是月影只是呆滯地望著他，長嘆呻吟。灰翅這才知道他傷勢嚴重到根本無法分辨問題。

高影低下頭用鼻子蹭蹭月影的肩膀。「別擔心，」她喵聲道。「雲點馬上會帶藥草回來，到時你就會舒服點。大家都知道他最擅長找藥草了。」她的聲音微微顫抖，彷彿也不確定自己在說什麼，但還是穩住語調。「月影，你放心，不會有事的。」

他們在劈哩作響的猩紅火光中，等了彷彿有幾個季節那麼久，才盼到雲點和斑點的歸來。灰翅看見他們嘴裡叼著大坨的葉子，心裡頓時燃起希望，可是等他們把葉子放在月影身邊，心又沉了下去。那些都不是藥草，而是路上隨意採集到的葉子和野草。

雲點垂頭，表情無助。「藥草幾乎被大火燒光了。」他喵聲道。

為了不讓大家陷入絕望，灰翅試著語帶鼓舞。「來吧，我們把葉子嚼成汁，滴在月影身上，應該多少有點幫助，就算能止血也好。」

「我們可以試試看。」雲點回應道，即便語調不是那麼樂觀。

貓兒們圍了上來，開始用牙齒嚼爛葉子，再把葉泥吐在月影的傷口上。不一會兒，這些葉泥就變得鮮紅，因為月影身上的血不斷滲出來。

「他流了太多血。」斑皮咕噥道。

突然間，月影出乎意料之外地搖搖晃晃地站起來。他全身顫抖，然後決然地嘶聲說道：「我可以走。」

灰翅知道他們沒有別的選擇，只能跟著他走。因為要是他們丟下月影不管，他一定會被大火和煙霧吞沒。

又一波熱氣襲來，灰翅緊張地縮起身子。他抬眼想看，眼睛卻被黑煙燻得刺痛，呼吸立刻不適，喘不過氣來。他看見野火悄悄逼近。原來他們在設法救月影的時候，竟忘了注意火勢。如今大火又悄悄蔓燒過來。

貓兒們開始慌張，眼見大火逼近，他們只能胡亂繞著圈子打轉，試圖殺出重圍。

「我們再也出不去了！」寒鴉哭嚎叫。

灰翅悲憤交加。**這是我們遇過最可怕的經驗，**他心想道，同時掃視四周火牆。**清天一定在某個地方奄奄一息……但我就是救不了他。**

第十一章

我們一定得想辦法！

雷霆眼見灰翅呼吸粗重地垂著頭，彷彿已經失去戰鬥的意志。他絕望地四處張望，結果卻看見他和同伴們被困在一圈火牆內。草地已經著火，正迅速延燒。

「走這裡！」這時雷霆聽見火牆後方傳來陌生的聲音。他隔著煙霧窺看，試著找到朝他喊話的貓兒，但什麼也看不到。「你得跳過來！」

雷霆不等對方再次指示，也不讓自己多想，立刻往前跑。

「雷霆，不行！」高影在他後面喊道。

雷霆決定抗命。**總得有貓兒試試看，這是我們最後的機會了！**就在他快跑到火牆那邊時，竟就隱約看見跳躍的火光後方有粼粼水光。**是一條河！**雷霆心想，終於寬心。「快來！」他朝其他貓兒喊道。「這裡有水！」

他一鼓作氣，往空中一躍，感覺到自己在橫越火牆時，有熱氣直衝柔軟的腹部。他順利地在另一頭翻滾落地，然後跳了起來。

一隻銀色的長毛公貓正低頭看他。雷霆從沒見過這隻貓，但他沒時間招呼。他趕緊轉身，朝其他貓兒大喊：「快點跳過來，你們一定能夠辦得到！」

他的心跳得飛快，全身上下難掩亢奮，就像第一次宰殺獵物的那種感覺。銀色公貓快步過來，與他互搓鼻頭。

「你是誰？」雷霆問道。

「我叫河波。小夥子，你做得很好。」

雷霆聽見對方的讚美，忍不住激動。他記得灰翅曾說過在河邊遇見這隻貓，只是他剛剛忘了。他在火牆旁邊來回走動，不斷朝同伴喊道：「高影！灰翅！快點！這裡很安全！」

寒鴉哭率先行動，猛地一躍，跳過火牆，砰然落地。「我跳過來了！」他上氣不接下氣。

雨掃花是下一個，接著是斑皮和雲點。黑白色公貓懊惱地撲打著毛髮上沾到的火星，嘴裡嘟囔：「我再也不要進火場了！」

雷霆知道這火勢正在熄滅，因為那棵倒在地上的樹已經燃燒殆盡。

雷霆隔著火牆和煙霧瞄見灰翅、高影和月影還在另一頭躊躇。「你們先助跑一下，」他喊道。「再像撲抓小鳥一樣躍入空中就行了。」

「月影辦不到的。」高影吼道。

那他們怎麼辦？雷霆焦急地反問自己。**他們被困住了，要是不過來，必死無疑。**

寒鴉哭快步走到雷霆旁邊。「灰翅，你先跳過來，」他喵聲道。「我們再來想辦法怎麼幫月影。」

森林裡的煙霧越來越濃，幾乎遮住了受困的貓兒們。「快跳，灰翅！」雷霆死命喊道。「你一定要跳！」即便這樣說，但他還是很懷疑灰翅能不能跳得過來，因為他似乎被這場大火和月影的傷勢嚇壞了。

一陣風襲來，火光舞動中，雷霆看見灰翅和高影很快地交談了幾句。然後灰翅往後退了幾步，隨即朝火牆衝來，接著縱身一躍，這時火場煙霧突然洶湧翻騰，灰翅頓時消失在視線裡。

「灰翅，你在哪裡？」雷霆吼道。

一團翻滾中的毛球砰地在這頭落地。雷霆和同伴們連忙衝過去找他，只見灰翅蜷臥地上，眼淚直流，咳到幾乎無法呼吸。

雷霆看到灰翅的後腳掌已經灼傷，尾尖也著火。他只好像抓老鼠一樣撲上他的尾巴，幫忙滅火，無視自己的腳掌也疼痛不堪。**只要灰翅安全就好。**

「我沒事。」灰翅一邊猛咳，一邊對著圍觀的貓兒們哽咽說道。「我們得去幫月影，他沒辦法跑得很快，根本躲不掉火牆。高影要我先過來，但她不肯離開。」他又咳了起來，接著語調憤怒地說道：「我們在幹什麼？我們不能不管他們，他們會被燒死的。」

雷霆這時感覺到有隻貓兒正在戳他的腰腹，他轉頭一看，是寒鴉哭。「我有個主意，」黑色公貓喵聲道。「但我需要幫手，你可以幫忙嗎？」

雷霆緊張地點點頭。「你要我怎麼幫？」

「你跟我來，」寒鴉哭往河邊走去，一躍而下，蹲了下來，把身體全浸在水底下。然後站起來，水不斷從他身子流淌而下，也由於溼淋淋的毛髮都黏在身上，看起來尤其瘦骨嶙峋。「你也把自己弄溼，」他告訴雷霆。「然後我們過去接月影過來。」

雷霆心裡燃起希望。**沒錯，如果我們全身是溼的，火就傷不了我們。**

他趕忙跳進河裡，站在寒鴉哭旁邊，將全身弄得溼答答的。他冷到身子打顫，但仍咬著牙，決心完成目標，然後從水裡爬出來，回到火線上。

高影和月影仍困在另一頭。而且如雷霆當初所料，火勢似乎正往他們那裡延燒。他幾乎快要看不見那兩隻貓兒。

「高影！」寒鴉哭喊道。「妳先過來！我們會過去救月影。」

「我不會離開他的。」高影怒聲回答。

「妳一定要過來！」寒鴉哭喊道。「雷霆和我要過去，但那裡沒有空間容納四隻貓兒。」

現在突然靜默，只聽見烈燄的劈啪作響聲和灰翅咳嗽的聲音。

「你們保證？」高影終於開口。「絕對不會丟下月影？」

「我們保證！」雷霆喊道。「我們會一切努力。」

又靜默了一會兒，然後雷霆就看見著火的矮木叢後方閃現動靜。高影出現了，她低空飛掠而過，離火舌近到雷霆都不禁為她捏把冷汗，心想她的腹毛一定著火了。她沉重落地，啪地側躺在地，氣喘吁吁。

「現在快去把月影帶過來。」她上氣不接下氣地說道。

雷霆倒吸口氣。**我們一定得辦到！要是失敗了，高影永遠不會原諒我們。**

他注視著火牆好一會兒，直覺自己這樣衝進去實在不妥。他也不確定自己有沒有勇氣衝進去。**這主意太瘋狂了吧？**他心裡懷疑道，**但沒有別的選擇了。**

「不行，雷霆！」雨掃花大聲喊道。「你年紀太小，這事不能由你來做，我來。」

「上！」寒鴉哭也在這時喊道。

雷霆沒有時間回應雨掃花的好意，站在寒鴉哭旁邊的他，緊閉眼睛，一股腦兒地衝進火牆。高溫襲了上來，但一下子就穿過去了，還差點被地上的月影絆倒。月影蹲伏的地方仍無火舌侵襲，只是時有火星灑落，他痛得嗚咽呻吟。

寒鴉哭推推月影。「你得站起來，」他喵聲道。「穿過火牆走過去，我和雷霆會站在兩邊保護你，你就不會被火燒到了。」

月影抬頭看他，眼裡布滿驚恐，紅色火燄在眼瞳裡跳躍。雷霆不確定他是否聽懂等下該做的事，但最後他還是站了起來。

於是寒鴉哭和雷霆站在月影兩側，三隻貓再度面對眼前的火牆。「上！」寒鴉哭粗聲喊道。他和雷霆往前一躍，半推半扛著月影。雷霆一觸到高溫，身子本能縮起，但還是強迫自己繼續前進，他的毛髮快乾了，他聞得到毛髮燒焦的味道，腳掌更是刺痛難耐。

慌亂中，他們竟就穿了過來。雷霆和寒鴉哭趕緊讓月影躺下，雲點和斑皮連忙過來檢查他的傷勢。

「快點！」河波對寒鴉哭和雷霆說道。「你們身上還有火星，快點跳到河裡！」

寒鴉哭立刻衝進河裡，浸了水的身子立刻冒出水蒸氣，發出嘶嘶聲響。雷霆看見自己毛髮竟也著火，趕緊跟著跳進去，但這次心裡卻慶幸這河水夠冰涼。

「我們成功了！」他在水深及腹的河裡大聲喊道。

寒鴉哭彈彈尾巴。「我們很厲害吧？」他得意問道。

雷霆渾身發抖地爬上岸，感到筋疲力竭。縱然毛髮溼答答地黏在身上，卻一點也不疼痛。他快步走到仍蜷伏在地、費力喘息的灰翅身邊。

「你還好嗎？」他緊張地問道，「你後腿的腳爪被燙傷了……」

「我沒事，」灰翅打斷他，聲音低沉粗啞。「我傷勢不重，毛髮很快就會長回來，你別大驚小怪。」

灰翅嚴厲的語調嚇得雷霆縮起身子。**難道他沒看到我剛剛很英勇嗎？**他環顧四周，發現他們剛剛聚集所在的那塊林地已經不再燃燒，但還是必須走遠一點，以防萬一。

他知道河波在旁觀看，於是朝他轉身。「謝謝你幫助我們。」他喵聲道，「現在我們要怎麼離開這裡？」

第十二章

痛得迷迷糊糊的灰翅看著雷霆和河波交談。他覺得以前受過的傷從沒像這次的傷勢痛得這麼厲害，他得花很大的力氣才能讓別的貓兒不會察覺到他的痛苦和他呼吸上的困難。

但更令他受傷的是雷霆——這個比小貓沒大多少的小夥子——竟然帶頭拯救了他的同伴們。**這些貓兒先前要我當他們的首領……我卻沒辦法帶著他們逃離火場，反而害他們陷入危險！**而且他也知道，要不是雷霆鞭策他，他根本沒勇氣跳過來。**是雷霆救了我一命。**

灰翅想起雷霆曾經有過的叛逆，他說他不需要灰翅照顧他。**現在他的確如願了……**

終於灰翅好不容易可以順暢呼吸了，但還是覺得自己好像把一團火吞進了肚子裡。他不明白他的胸口怎麼會這麼痛，他明明沒被火燒到啊？他奮力站起來，張嘴想對其他貓兒說話，河波卻在這時打斷他。

「不是所有貓兒都能自行鼓起勇氣跳過火牆，」銀毛公貓喵聲道。「大部分的貓兒都會慌了手腳，最後反而來不及。」

灰翅聽見他這番話，不由得皺起眉頭：這話真是太戳他痛處了。

「灰翅，真高興又見到你。」河波繼續說道，語調冷靜到猶如那天在河邊碰面的情況一樣。

「我叫高影，」黑色母貓擠到前面來。「我是他們的首領。謝謝你伸出援手。」

她試著讓自己的語氣冷靜下來，只是聲音仍在發抖。灰翅聽得出來她幾乎無法壓抑自己的情緒。

「你真的能帶我們離開這裡嗎？」她請教河波。

「當然可以，」銀色公貓向她保證。「我可以告訴你們離開火場和回到坑地的路，但前提是你們必須相信我。」

他轉身離開，往河邊走去。

高影瞪著他的背影。「你是小鳥腦袋嗎？」她問道。「我們沒辦法游過那條河。貓兒不喜歡水。寒鴉哭和雷霆會跳進河裡，只是因為沒得選擇。」

灰翅詫異她那尖銳的語調。河波純粹只是想幫忙。但他看得出來她的壓力很大，更何況他也必須承認，她說得沒錯。這裡的河面這麼寬，河水又洶湧，根本看不出來有多深。帶傷的他一點也不想跳進去，更何況是體力虛弱的月影，怎麼可能跳進河裡泅泳。

河波沒有回答高影，反而自顧自地走下河岸，涉水而過，只見河水只勉強漫過他腳爪，在他四周流竄。

灰翅倒抽口氣。雷霆大聲喊道：「你可以走在水面上！」

河波轉頭過來。火光中，灰翅看見河波眼裡閃過笑意。「我沒有，」他回答。「我只是走在水面下的岩石上，它們承受得住貓兒的重量。」

灰翅試著清清喉嚨。「對不起，」他沙啞著聲音說道。「但我還不能離開。很抱歉我把你們帶入險境，但我來這兒的原因是要找清天……他是我哥哥。」他多加了最後一句，是為了向河波解釋。

銀色公貓以嚴厲的眼神看了他良久。「你認為清天照顧不了自己跟他的貓兒們嗎？」

灰翅遲疑了一下。「呃……他照顧得了，」他承認道。「清天很擅長求生之道。」

河波瞇起眼睛。「是啊，這一點他的確很擅長。」

突然間氣氛變得有點緊張，而這種緊張跟闖入火場毫無關連。**我怎麼這麼笨？**灰翅反問自己。**是我太魯莽了，竟然一開始就帶著同伴衝進火場裡。我們這樣冒著生命危險，難道徒勞無功嗎？**

河波折回岸上，朝灰翅走來。「你的首領心裡還在掙扎，」他低聲道。「你的韌性很強，但你現在必須為所有貓兒展現更強的韌性。」他環顧四周，然後抬高音量說道：「首先我們得把你們全都帶到安全的地方，然後才能好好想想怎麼救清天和他那幫貓兒……我是說如果他們需要救援的話。」

「好吧，」灰翅同意道。河波的完善計畫令他多少寬下心來，他由衷感激。「那就這麼辦吧。」

當河波帶隊走下河岸時，灰翅感覺自己又要開始猛咳了，只好強忍住。**我們還身處危險中，我真的沒有時間生病。**突然間一個可怕的念頭襲了上來：**要是大火延燒到高地怎麼辦？**他一想烈燄漫進營地，貓兒們在裡頭驚聲尖嚎，心就開始狂跳……他費力地深吸口氣，要自己冷靜下來。**此刻我們得先脫離險境，才有心力去擔心未來的火勢。**

貓兒們小心排成一列，由河波在前面帶路，教他們腳該踩哪裡。於是他們逐一踏過河裡每塊石頭，慢慢前進。

「走吧，雷霆。」灰翅喵聲道，這時只剩他們兩個還在岸上。「我來壓隊。」

「應該由我來壓隊。」雷霆反駁道。「以免萬一遇到什麼事。」

灰翅搖搖頭，**我不希望被貓兒看見我瘸著腿。**「你先走就對了，」他下令道，**什麼時候輪到雷霆來照顧我了？他什麼時候長大的？**

雷霆眨眨眼睛，看起來有點不解，但還是轉身跟著其他貓兒先走。灰翅停在河邊，低頭舔食冰涼的河水，但即便如此，還是無法澆熄他胸口的灼熱感。他生理上的痛苦已經遠遠超過他所能承受的程度，這樣的認知令他恐懼不已。

當他跛著腳在河裡跨過一塊又一塊的岩石時，不時瞄見看似可口又肥美的魚兒游來游去。他忍不住抬起前腿，很想往水裡揮抓獵物，但還是壓下衝動。到時我一定會失足落水，更何況我的腳好痛。他就怕自己才剛從火場裡被救出來，又得勞師動眾地從水裡被救起來。於是沒再理會這些誘人的魚兒，專心保持平衡，踩跨過河裡一塊又一塊的岩石。

幸好在河波的引導下，所有貓兒最後都安全抵達對岸，遠離火場。灰翅這時才發現他們已經從林子裡出來，離坑地不遠，而這兒也離他第一次遇見銀色公貓的地方很近。貓兒們都圍著河波，敬畏地看著他。

「謝謝你救了我們，」高影喵聲道，垂頭表示最深的敬意。

「是啊，」雲點緊接著說，「誰知道這大火要吞食掉多少隻貓兒才會滿意？」

他的話令灰翅驚詫不已。畢竟清天還在森林裡！灰翅朝河流的方向轉身，放聲大喊他哥哥的名字，縱然喉嚨已經受傷，還是喊得聲嘶力竭。

河波過來坐在他旁邊，跟著他一起喊。但只有烈燄的霹啪聲響、火星的爆裂聲和樹枝掉落地上的撞擊聲回應他。

「清天！清天！」灰翅大喊。清天也許死了……很有可能死了。**我不能失去他！**

雷霆也走了過來，驚慌的神情更加添灰翅的絕望。

「清天！」雷霆哭喊。「清天，你在哪裡？」

一陣風突然揚起，烈燄的霹啪作響聲稍微止息。灰翅豎起耳朵，竟聽見有吼聲回應，精神頓時一振。

「是他！」他大聲喊道。「他還活著！」

清天就在那附近，只是仍在河的對岸，離火舌很近。**他需要我幫忙**。灰翅真後悔當初聽河波的勸過河。

灰翅跳回水邊，眺望對岸。雖然已經平安離開火場，但煙霧和火星仍被風吹了過來，灌進他喉嚨，刺痛他眼睛。他隔著火光和林子盯看，勉強瞄見模糊的灰色身影，他知道那一定是他哥哥。

火光正慢慢減弱，移往林子深處，然而有燃燒中的矮木叢橫擋在清天和灰翅剛剛渡河而過的那些石頭之間，地上還有塊裸岩阻斷烈燄往清天那裡延燒。

「清天，你聽得到嗎？」灰翅喊道。「你們得游過來！那塊岩石後面很安全的。」

清天走出空地，後面跟著一群外表狼狽的森林貓。灰翅一看到以前的同伴快水和落羽，總算鬆了口氣。他們都神情倉皇，朝河邊快步走來，害怕地四處張望，全身毛髮豎得筆直，耳朵貼平。

「小心那叢灌木！」灰翅看見有火悄悄漫向草地，趕緊喊道。

灌木叢突然著火，清天及時閃過，衝向河邊，跳了進去，拚命游過來，那幫貓兒也跟著跳進水裡。灰翅衝到他們可能上岸的地方，等著拉他們上來。雷霆和河波也趕來幫忙，最後清天和其他貓兒全都安全登岸。

「謝了！」清天上氣不接下氣，環顧四周，確保所有貓兒都已過河。

清天的毛髮溼答答地黏在身上，胸口劇烈起伏，大力喘氣。灰翅看著他哥哥，心裡一陣寬慰。**我們終於又見面了……**

清天和他的貓兒們緊緊挨在一起，身上不斷有水流淌而下，看起來筋疲力竭。

灰翅走上前去，朝他哥哥垂頭致意。「歡迎你們到坑地避難，」他喵聲道，「那裡也許有點擠，不過很安全。」

但他話一說出口，就趕緊瞄了高影一眼。這其實應該由他的首領來提議才對，只怪他的嘴太快。可是他能怎麼辦呢？這些貓兒需要有安全的避難所。

還好高影點點頭。「是啊，歡迎你們來。」她告訴清天。

灰翅終於不再恐懼，他很高興他哥哥還活著，哪怕他看起來狼狽，全身溼淋淋的，好像隨時可能病倒。他和清天注視彼此良久，然後清天才垂下頭。「你們救了我們，我們欠你們一份恩情。」他低聲道。

灰翅正要回答，卻在這時聽見有隻貓兒走過來。他回頭一看，發現雷霆正瞪大眼睛抬頭望著他父親。這是自雷霆小時候被清天拒絕後，第一次看見他生父。

「過來點，」灰翅輕聲邀他，用耳朵指著清天。

雷霆緊張地走過來，全身溼答答的他看起來還是很狼狽。

「這隻貓兒救了我一命，」他告訴清天，同時很是自豪地看著雷霆。「今天要不是你兒子，我們可能都活不了，你要謝謝他嗎？」

灰翅看得出來雷霆的胸口正劇烈起伏，極力想壓抑住自己的情緒。

清天注視著他兒子良久，最後垂下頭對他致謝。「你是個勇敢的小夥子，」他喵聲道。「但以後別再去救火了。」

灰翅噴笑出來，總算鬆了口氣，他聽見其他貓兒也跟他一樣反應。雷霆還是看著他的父親，一句話也沒吭。

「你有沒有什麼話要跟你父親說？」灰翅問道，同時輕輕推他。

他感覺得到四周的貓兒也在屏息等待，好奇雷霆會對他父親說什麼。

雷霆用前腳蹭著地，好一會兒才抬起頭來再度迎視清天的目光。「你跟我母親是一見鍾情嗎？」他問道。

這是哪門子的問題？這種時候竟然問這個！灰翅有點擔心，因為他知道自從風暴死後，他哥哥就不喜歡貓兒提起她。

「當然。」清天回答道，同時很不自在地覷了灰翅一眼。「這種事不是我或風暴所能左右的。」他甩甩毛髮，又說道：「來吧，你要帶我們去你們的坑地嗎？」

「是啊，」高影回答道，同時轉向河波。「你要不要一起來？」她開口邀道。

河波搖搖頭。「我是惡棍貓，」他告訴她。「喜歡獨來獨往。但我祝福你們一切安好。」說完便轉身跳進黑暗裡。

「謝謝你！」灰翅在他後面喊道，然後回過頭來，竟發現雷霆仍仰頭看著他父親，清天的目光也迎視著他。

高影集合所有貓兒，帶隊穿過高地，回去坑地。雲點和斑皮走在月影兩側幫忙扶他。雷霆則一逕跟在清天旁邊。

第一道淺白的曙光悄悄漫上天際，灰翅回頭看見森林上方籠罩著陰沉的火光。但還好高地上覆蓋著沁涼的霧氣，多少減緩了他身上的灼熱感和眼睛的刺痛。

噩夢結束了，他心想道，同時吁了口氣，**我們總算安全了**。

第十三章

我又見到我父親了！雷霆快步橫越高地，感覺自己亢奮到胸口撲通撲通跳得厲害。**他說我很勇敢。**也許清天會明白，當初拒絕接納雷霆是錯誤的決定。**他那時並不瞭解我，不過他現在已經知道我的本領了……**

他緊跟著清天朝營地前進。他的父親不停地四處張望，查看同伴們，計算貓口數，確定沒有任何一隻貓兒走失。**他真是個好首領，要是能成為他手下一員，不知道是什麼感覺……**

就在他們抵達營地前，黑暗中突然有東西一閃而逝，兩隻兔子從他們面前急竄而過，眼裡滿布驚恐。雷霆知道那是因為森林大火，嚇得牠們根本不知道自己正在貓群裡逃竄。

清天停步，目光尾隨著兔子。「這可以填飽肚子，你覺得呢？」他對雷霆喵聲道。

雷霆二話不說，完全忘了身體的疲累，立刻追上去，清天丟下其他貓兒，也追在旁邊。**他們現在安全了……要是能再抓點獵物，就能真的幫助他們。**

「你喜歡在高地上狩獵嗎？」清天邊跑邊問。

「其實沒有，」雷霆承認道。「我在矮木叢和森林裡總覺得比較自在。」他看見他父親稱許地點點頭，得意到腳爪微微刺癢。

「我希望能盡快再回到森林，」清天咕噥道，「但眼前先抓到這些兔子再說吧。」

雷霆突然加快速度衝了上去，其中一隻兔子不見蹤影，另一隻剛及時閃過地上的裸岩。雷霆隨即跳上最高的岩塊，發現兔子就在正下方。他得意地放聲大吼，往下一撲。

雷霆和兔子在布滿短草的荒地上不停翻滾，兔子猛力踢打。雷霆索性用尖牙戳進獵物喉嚨，熱呼呼的鮮血頓時漫上他的毛髮。然後他再猛力一扯，兔子頸椎喀嚓一聲。他一鬆口，兔子就掉在地上，翻著白眼。雷霆頓時一陣反胃，但強忍住，開心享受成功獵殺的得意滋味，並欣慰自己能夠餵飽同伴們。

雷霆朝他父親轉身，希望聽見他的稱許。但清天一句話也沒說。他的目光越過雷霆，往前眺望高地，鎖定著某樣東西。

雷霆環目四顧，發現有三隻大老鼠正朝他們衝來。他的心開始狂跳，因為他看得到牠們的鬍鬚微微顫動，泛著油光的長尾巴在草地上不停甩打。

牠們要來偷我們的獵物！

大老鼠的體型幾乎跟他一樣大，牠們連手出擊，齜牙咧嘴，尖爪正要揮向他。三角形長臉上那對陰險的小眼睛閃爍着光。

雷霆拚命地想記起灰翅教過他的格鬥技巧。他趕在為首的大老鼠衝過來之前先撲上對方，將牠撞得四腳朝天，用爪子狠劃牠肚皮。

處理掉一隻了！雷霆心想道，但立刻發出痛苦尖嚎，因為他感覺到有尖牙戳進他尾巴。他霍地轉身，甩掉老鼠，發現清天就在他旁邊。另外兩隻大老鼠正在退後，似乎不想面對眼前來者不善的貓兒。

「我們像團隊一樣作戰吧。」清天喵聲道。

「可是我不知道怎麼做！」雷霆回應道。

清天眼裡閃現惱色。「我們合力攻擊其中一隻，」他很快地解釋道，「你從這頭攻擊，我負責另一頭。」

清天話一說完，立刻撲向離他最近的老鼠，爪子往牠腰腹一劃，旋即彈開。雷霆看出訣竅，也依樣畫葫蘆地在另一頭照辦，並及時閃開，躲掉對方咯嚓闔上的尖牙。

這時清天已經轉身攻擊第三隻大老鼠。他跳上牠的背，先穩住身子，再伸爪直戳對方眼睛和嘴巴。大老鼠痛苦尖嚎，雷霆衝上前來，尖爪狠戳牠後臀。

清天跳下來，蹲伏地上，準備展開另一波攻擊。但惡臭的鼠輩已經嚇得後退，決定放棄兔子屍體，逃進金雀花叢裡。被雷霆打傷的第一隻老鼠也夾著尾巴一路淌血遁逃，嗚咽悲鳴。

雷霆的毛髮正在滴血，有兔子的血、大老鼠的血，也有他自己的血。清天快步過來，上下打量他。

「小夥子，做得好。」他喵聲道。「灰翅從沒教過你這一招格鬥技巧嗎？」

雷霆搖搖頭，但罪惡感隨即上身，彷彿他背叛了灰翅。「還沒教……」他承認道。

清天的表情變得柔和，「那你今天就學到新的技巧了，不是嗎？還不謝謝你父親？不過你最好再到河裡泡一下把血跡清掉。」他低頭看著兔子。「我們把牠扛回去吧。」他喵聲道。

他叼起兔子的前腿，雷霆則幫忙咬住後腿，兩隻貓兒合力越過高地，過了一會兒便開始很有默契地齊步前進。

雷霆默默地跟著他父親，心裡一邊回想昨晚的經歷：他逃過火劫；更棒的是，他出手救了灰翅和高影；他遇見他父親，他宰殺了獵物，然後還和他父親連手擊退大老鼠。

這些我全部辦到了！

這是雷霆生命中第一次感覺到自己是個強者。**我的表現比任何貓兒都優異。**這種感覺太棒了，他好開心，心裡漾起一股暖意。

但他們還沒抵達坑地，清天就停下腳步，放下兔子。「你一路上很安靜，」他對雷霆喵聲說道。「你在想什麼？」

雷霆放下獵物的後腿，猶豫了一下，決定說出實話。「我很自豪能熬了過來。」他回答道。

清天眼睛發亮，帶著稱許的表情。「你應該自豪，我懂這種感覺。」

「你是說當你從山裡老家出來的時候？」雷霆揣測道，心裡想起灰翅曾告訴過他的故事。

他的父親點點頭。「那段日子很艱辛。我永遠忘不了我們被老鷹攻擊，結果我們當中有隻貓……」他越說越小聲，眼裡隱約被淚水模糊。「從那時起，我就下定決心絕不再讓我們變成受害者。」

「是出了什麼事嗎？」雷霆問道。「你那句話是什麼意思？」

清天甩甩身子。「那一切都結束了，已經是遙遠的記憶。」他再度看著雷霆。雷霆覺得自己好像在他父親眼裡看見慈愛。「我熬過了那趟旅程，救了我的家人……」清天繼續說道。「我所有的家人。」

他們回到營地時，天空已有淺白的曙光，地平線上漫出金光，顯示太陽正要升起。雷霆看見灰翅站在坑地邊緣上方等候他們歸來。從他的坐立不安可以看得出來他有多焦慮。雷霆有點驚訝，因為平常都是高影守在那裡，今天卻換成了灰翅。

灰翅的目光快速掃過獵物，最後定在雷霆身上，仔細打量。「你去哪裡了？」他質問道。「抓隻兔子也不至於流這麼多血吧？」

「你難道不能先誇獎一下雷霆帶獵物回來給我們吃嗎？」清天尖銳打斷。「他的表現很好……你沒發現到嗎？」

「雷霆當然表現得很好，」灰翅回答道。「我只是擔心他，僅此而已。你們也不說一聲就跑掉了。」

「哦，對不起，」清天喵聲道。「我不知道一個做父親的要跟他兒子去狩獵，還得先獲得許可。來吧，雷霆，我們把兔子扛過去給他們吃。」

清天扛起兔子離開，雷霆跟在後面，不敢看灰翅，原本的振奮心情頓時消失無蹤。

我又沒做錯什麼，可是為什麼我總覺得自己好像背叛了灰翅？

第十四章

灰翅看著雷霆和清天快步走進空地。他欣慰他們平安歸來，但又同時痛心清天對他的新敵意，更是對清天和雷霆之間那不費吹灰之力便能迅速建立起來的父子關係感到不安。

沒錯，他是你兒子，但在今天之前，你不是都不把他當一回事嗎？

這時灰翅突然又擔心起另一件事，不由自主地就往龜尾的窩穴走。他曾要求她別跟著其他貓兒跑進失火的森林裡，他希望她夠理性，真的跟著小貓待在營地裡。

他來到窩穴，頭探了進去，焦慮彷若陽光下的露珠瞬間化為烏有。龜尾仍蜷伏臥鋪裡，懷裡偎著正在熟睡的小貓們，看上去像團毛球。

龜尾抬起頭來，眼裡映照著曙光。她抬起尾尖要他別出聲，同時用耳朵指指熟睡的小貓們。灰翅突然喉嚨一緊，很是感慨。他真想留在這裡陪著她，但他只能點個頭，轉身離開。

灰翅環顧坑地，看見鋸峰正在招呼那群森林貓，向他們逐一告知可以做窩的地方，並搬出蕨葉和青苔當材料。

灰翅快步朝他走去。「我們不在的時候，一切都好吧？」

「這裡很好，」鋸峰回答道。他現在看起來有自信多了。灰翅終於知道給他一些責任承擔是對的。「一切都很平靜，」他環顧其他貓兒。「看來你們在森林裡遇到很棘手的問題。」

灰翅點點頭。「你說得沒錯，不過至少大家都活著回來了。」

等到所有貓兒都安頓好了，開始分食雷霆剛抓到的獵物以及鷹衝前一天捕來的兔子時，灰翅突然緊張起來，因為發現到貓兒們竟分成兩邊各自坐開。就連跟他們從山裡老家來的落羽和快水也選擇跟森林貓坐在一塊兒。只有月影例外，他蹲伏在高影旁邊，痛得全身抽搐，正虛弱地舔著傷口。

除此之外，兩邊都表現得很冷淡。灰翅捕捉到花瓣投來的憤怒目光，心想她八成還在氣他殺了她弟弟阿狐。鷹衝叼著一塊兔肉緩步走過去拿給冰霜，只見白色大公貓冷冷地點個頭，雖然領情，卻不願意友善以對。

這樣是不對的，灰翅心想道，**火災不是應該讓我們打破藩籬嗎？但看起來似乎沒有改變什麼。我們冒著生命危險去救他們，而這就是他們回報我們的？**

他朝清天走去，心裡隱約盼望他能做點什麼來打消彼此的敵意，卻在這時瞄見高影揮著尾巴示意他過去。

灰翅快步朝他首領走去，後者坐在受傷的弟弟旁邊。灰翅近看月影的傷勢，這才知道黑色公貓的傷勢有多重，不免為他感到心痛。月影目光呆滯，呼吸粗淺。灰翅甚至不確定他知不知道自己身在何處。

「灰翅，你坐下。」高影喵聲道。「有件事我必須告訴你，」灰翅在她身邊坐了下來，而她的目光依舊緊盯著她弟弟。「從現在起，我必須專心照顧月影。」她繼續說道。「他非常需要我。」然後轉頭，看著灰翅的眼睛。灰翅被她看得有點不安。「灰翅，」她問道，「你可以接任首領這個職務嗎？」

灰翅驚詫不已，彷若被火紋身一樣全身刺痛。

「妳確定？」他問道。

他的首領眼神充滿痛苦與懊悔。「你難道看不出來這是勢在必行嗎？」她問道。「其他貓兒早就不再想要我當首領。就連風兒也在阿班想加入我們時自以為是地代我發言。」她深嘆一口氣。「而在這場火災裡，我的領導角色又在哪裡？」她繼續說道。「我嚇得躲在火牆後面，要不是雷霆和寒鴉哭，我也許早就死了。」

「那是因為妳不願意離開月影半步，」灰翅反駁道。「要是妳不管他，妳現在就會好過點嗎？」

高影只是彈彈尾巴拒絕回答。灰翅看得出來她充滿愧疚。

「妳一直是個很優秀的首領，」他試圖說服她。「妳向來擅長謀略，過去也幫忙帶領我們走出山區。蔭苔死後，妳是最適合接任他的貓兒。」

「那是以前，」高影的肩膀垮了下來。「你難道看不出來我有多疲累嗎？守住這座營地是我之所以能撐下去的唯一動力。」她無助地搖搖頭。「現在是適當的時機。灰翅，你必須接任，別再推辭了。」隨即又苦笑地補充道：「但也要拜託你別揭我的瘡疤，好嗎？」

「妳應該很瞭解我，」灰翅輕聲回答。「我從來沒有想要傷害妳。」他很想告訴她，他也在這場火災裡受傷了，他的腳爪到現在都還很痛，呼吸也不順暢。

可是高影已經轉頭過去，繼續舔她弟弟的耳朵，試圖安撫他的疼痛。**我要怎麼拒絕呢？**他難過地想道，同時起身離開兩姊弟，讓他們彼此照顧。**這就是尖石巫師在我夢裡所預言的嗎？縱然我心裡仍有疑慮，卻一定得接下這首領的職務？**

雲點和斑皮正穿梭於貓群，檢查大家的傷勢。灰翅注意到冰霜有條腿嚴重燒傷。頓時一股責任感油然而生，不過他明白自己根本幫不上忙，該幫的斑皮和雲點都幫了。

我需要睡一下。雖然仍是日正當中，天光明亮，灰翅還是蹣跚地走向臥鋪。他甚至慶幸全身都被疲憊爬滿，連腳爪的疼痛也被疲憊多少壓制住。**也許睡一覺起來一切就會好多了，我也會更願意接下高影的首領工作。**

但灰翅還沒走到臥鋪那裡，就注意清天正站在坑地上方眺望高地。鋸峰在附近徘徊，顯然很想鼓起勇氣上前跟他說話，不過他若希望清天注意到他，還不如站到另一頭比較快。

灰翅沒看見清天的表情，因為他哥哥背對著他。**不過我知道他一定很難過被迫離開森林裡的家，我應該過去陪他聊一聊……**

他拖著身子爬上邊坡，四隻腳比石頭還沉重。但他爬到坑地邊緣時，卻瞄見雷霆正快步朝清天走去。他趕緊低下身子旁觀。

雷霆在清天身邊坐下來，很是尊敬地垂下頭。

清天轉頭看他。「我聽說你在這場森林火災裡指揮若定，」他喵聲道。「向其他貓兒示範如何躍過火牆。你應該感到自豪。」

雷霆兩眼發亮地抬頭看著他父親。「換作別的貓兒也會做同樣的事。」他回答道。「不，只有你才會。你的狩獵技術也很厲害。和你在一起，我很開心。」

灰翅注意到鋸峰很想加入他們，壓低了身子，慢慢爬上去。

清天也瞄見他弟弟，隨即轉身面對他。鋸峰頓時嚇了一跳。

「那你呢？你做了什麼來證明自己？」清天質問道，語調和眼神都很不屑。「看來，你只是活下來了而已，你只能做到這個地步。」他冷笑道。

鋸峰的肩毛聳了起來。「事實上，」他開口道。「我的責任是照顧營地以及貓兒……」

「所以你留在營地裡，只待在安全的地方。」清天打斷道。

灰翅再也無法袖手旁觀。他跳了起來，快步走上前去。「不管鋸峰的腿有沒有受傷，他都幫了我們很大的忙，」他尖銳說道。「他保護留在坑地裡的貓兒。還有要是你沒注意到的話，請容我提醒你，是他在營地裡幫忙安頓了森林貓，而且做得非常好。清天，他是我們的好幫手。」

清天轉向鋸峰，用那雙嚴厲的藍色眼睛看了他良久。「對不起，」他告訴鋸峰。「我收回我剛剛說的話。」

但鋸峰的目光仍然充滿痛苦與憤怒。「太遲了！」他呸口道。「你顯然認為我是多餘的。不然你為什麼把我趕出森林。現在我開始證明我自己了，你卻需要靠灰翅來告訴你我做了什麼。」他搖搖頭，「反正我在你眼裡永遠都不夠好。」

「我已經跟你說對不起了……」清天開口道。

但鋸峰不聽，轉身背對清天，一跛一跛地回去找雨掃花。

清天看著他的背影，嘆了口氣，然後轉身迎視灰翅的目光。「我不是故意的……」他的聲音越說越小。

灰翅惱怒地抽動鬍鬚。「你從來都不是故意的，不是嗎，清天？」

「我只是盡我所能地為每隻貓兒著想！」清天反駁道，立刻語帶防備。

「所以就可以羞辱你弟弟？」

旁邊雷霆全程看著他們對話，每句話都聽進他耳裡。灰翅很高興有機會讓雷霆親眼看見清天的不完美。但這念頭也令灰翅心裡著實不安。**我為什麼這麼在意？為什麼不能讓雷霆開開心心地跟他父親團圓？**

「我也沒辦法啊。」清天厲聲道，頸毛跟著豎起。「鋸峰從樹上掉下來又不是我的錯。每隻貓兒都得做出貢獻，體弱多病的貓兒一點用處也沒有。」他甩了一甩他的尾巴。「這關係到生存！」

灰翅爪子戳進土裡。「我們都懂得怎麼生存。」他直言道，並強迫自己冷靜下來。「這裡有足夠的獵物餵飽所有貓兒，尖石巫師當初要我們離開山裡的決定是對的，我現在已經明白了。至於你也該讓自己放鬆一下，我們該做的都做了，現在可以好好享受了。」

「沒錯，我們是熬了過來，」清天喵聲道。「但誰知道明天會發生什麼事？我們必須做好準備……隨時做好準備。」

清天一說完，立刻回頭看雷霆的反應，後者眼裡流露出認同的神色。灰翅看見他們關係如此親密，不由得心情低落，但又努力告訴自己不能有這種感覺。**是我要他們多認識彼此，甚至還鼓勵他們。**

「你正在長大，將來一定能成一個膽識十足又擁有精良戰技的鬥士。」清天語帶稱許地說道，同時用尾尖碰碰雷霆的肩膀。「我欣賞有膽識的貓兒。風暴也很有膽識，我很欣慰她的兒子也一樣。」

雷霆兩眼發亮，注意力全在清天身上。「多告訴我一點我母親的事。」他懇求道。

「有時間再說吧。」清天回答道，然後猶豫了一下才又問道：「你想跟我一起住在森林嗎？」

「不行！」灰翅抗議道，但他們沒有聽進他的話。

雷霆瞪大眼睛看著他父親：「你說的是真的？」

「當然，」清天告訴他。「誰不希望有一隻年輕力壯又膽識十足的貓兒加入自己的陣營？你將會是我們的寶貴資產。」

「雷霆，」灰翅覺得有點難啟口。「你還在長大。也許你該等到大一點的時候再做決定。」他心裡氣憤難平。要不是他灰翅，小時候的雷霆早就死在高地上了。

雷霆轉身看著他，「我不是小貓了。」他喵聲道。

「怎麼樣？雷霆？」清天趕在灰翅開口之前問道。「你要跟我去森林裡住嗎？還是留在坑地裡陪別的小貓？」

灰翅豎起全身毛髮等候雷霆的答案。

雷霆猶豫了一下，眼裡猶帶疑問。「你說的是真的嗎？」他終於開口問清天。「你說我們都不知道明天會發生什麼事？」

清天瞥了灰翅一眼，好似在徵求他的許可。但灰翅沒有回答，甚至連鬍鬚都沒有抽動。

「是的，是真的，」清天回答道。「現在是不缺食物，一切都過得很愜意，但誰知道以後會發生什麼變化。譬如你們跟狗不就發生過小衝突？」

雷霆驚愕地張大嘴巴。「你怎麼知道？」

「我交遊廣闊，」清天喵聲道。「自有辦法得知各種消息。你們和幾隻狗起了衝突，不是嗎？」

雷霆點點頭。「那經驗好可怕，」他全身發抖地說道。「不過我挺過來了，我們都挺過來了。」

「沒錯，你絕對挺得過去。」清天的聲音充滿稱許。「所以你應該幫助其他貓兒也挺過去。雷霆，我希望你加入我的陣營。前路迢迢，未來還有很多問題等著我們去解決，若能有更多身強體壯的貓兒加入我們，未來就會更安全。」

旁邊的灰翅必須緊緊閉住嘴巴才有辦法不開口打斷他們。**清天為什麼要跟雷霆玩這**

些把戲？說什麼挺不挺得過去？還故意讓他想起被狗攻擊的事？任何貓兒聽到他這番話，都會以為我們仍住在山裡，快要餓死，命在旦夕。清天愛怎麼說都可以，但住在這裡的我們大多時候很安全，也吃得很飽啊。

灰翅雖然憤怒地甩打著尾巴，但仍然保持沉默。**這得由雷霆自己決定，他曾控訴我不懂他想要什麼，那這次就由他自己決定吧。**

他看見雷霆仍用一種焦慮不安的神情望著清天，這令他多少寬慰。「還有一件事……」他的語氣猶豫。「我小時候，你不要我，把我趕走。要不是灰翅，我可能早就死了。」

灰翅起初以為他哥哥一定回答不了這個問題，但清天似乎並不擔心。「恭喜你通過考驗。」他喵嗚道。

雷霆一臉不解。「什麼考驗？」

哦，不，灰翅突然恍然大悟，**清天在開什麼玩笑。**他真的要這樣騙他兒子嗎？說這一切都是他計畫中的一部分？

「你不可以這樣……」他正要開口打斷，他哥哥卻搶先一步。

「你看不出來嗎？小夥子？」清天的聲音流暢，充滿說服力。「我想知道若是沒有我，你是不是挺得過來。你辦到了，所以現在我們可以團圓了。我這麼做全都是為了你。」

這是我這輩子聽過最荒謬的話……灰翅心想道。這個曾拒絕接受雷霆的父親，現在竟說服這隻年輕的貓，他這麼做全是出自於愛。

雷霆伸長脖子，似乎想親膩地蹭蹭他，但隨即打住，顯然不確定清天是否喜歡這舉動。其實就連灰翅自己也不確定，不過雷霆顯然是認同了清天這番話，灰翅一點反對的機會也沒有。雷霆已經做了決定。清天盯著灰翅看，灰翅看得出來他哥哥眼裡的挑釁……他從沒想過他哥哥會這樣挑釁他。

雷霆很快就要離開了，我只能幫他做好準備……

第十五章

「請大家到這裡集合，我有話要說！」高影喊道。

她站在岩石上，高地上的太陽正要沉入地平線，她的身影輪廓就襯在猩紅的天空下。這一天歷經了火災重創，總算就要接近尾聲。

清天和雷霆所帶給灰翅的衝擊令他身心交瘁，他後來跌跌撞撞回到自己的臥鋪，睡了大半天。

等他醒來時，發現雨掃花和碎冰已經和花瓣、快水去過森林勘查那裡的損壞情況。根據他們的回報，穿著亮色毛皮的兩腳獸和全身發亮的怪獸合力跟大火搏鬥，最後制服了大火。現在那裡安全了，但到處都是焦黑的廢墟，空氣裡仍瀰漫著燒焦的味道。

雲點和斑皮去過河邊，帶回很多傍水生長的藥草。貓兒們也出去狩獵過了，生活逐漸回到常軌。

現在貓兒們聚集在大岩石四周，等候高影發表談話。灰翅注意到他們還是分成兩派：森林貓和高地貓。他看到的那一瞬間，心情頓時沉到谷底，尤其他還看到雷霆一直跟在清天身邊。

「大家都知道昨晚火災所發生的事了，」高影繼續說道，「我沒有表現出首領該有的作為，更何況現在我弟弟傷勢嚴重，我沒有時間也沒有心力再繼續為大家服務。」

灰翅皺起眉頭，因為他知道她接下來要說什麼。他已經有心理準備，但還是很怕被單獨點名。

高影環顧貓群。「謝謝你們這陣子以來對我的支持。」她繼續說道。**或者說對她的質疑吧，**灰翅心想道，同時瞥了碎冰和寒鴉哭一眼，後兩者一臉很有興味地盯著高影看。

「從現在起，灰翅就是你們的首領。」黑色母貓結尾道，隨即跳下岩石，坐在月影旁邊。

驚嘆聲和讚許聲從貓群裡傳來。灰翅環目四顧，發現清天那幫貓兒的神情尤其顯得驚訝。**真奇怪，為什麼她要在他們面前宣布這件事呢……我想她一定有她的理由。**不過他也知道自己並不想深究背後的原因。

有根尾巴拍了拍灰翅的肩膀，他轉頭看見旁邊站著碎冰。「時候也到了。」灰白色公貓說道，「恭喜你。」

「是啊，你一定會成為偉大的首領。」寒鴉哭站在碎冰旁邊補充道。

灰翅的目光越過他，瞄見龜尾正在她的窩穴入口看著他，旁邊坐著她的小貓，眼裡盡是崇拜。

灰翅感覺到自己的情緒正慢慢平靜下來，卻在轉身時發現自己面對著清天。他做好心理準備，心想對方一定會出言挑釁，沒想到清天卻點點頭，然後對他說：「灰翅，你表現得很好。」

「謝謝你。」灰翅總算又放鬆了下來。他哥哥的語氣雖然不算友善，但至少沒有敵意。「這句話對我來說意義重大。也許我們兩邊從現在起可以更密切地合作？」

他屏住呼吸，想聽清天怎麼回應，但對方只是垂下頭。

「也許吧，」清天說道，那語調難以解讀，隨即他又甩甩身子。「我們也該走了，祝你們一切順利，謝謝你們。」

森林貓開始集合，準備徒步穿過高地。這令灰翅有點意外，他原本以為他們至少會待上幾個月才回去那個殘破的家園。

「你們這麼快就要走了？」他問道。「留下來不是比較好嗎？至少等森林復元了再走。」

清天搖搖頭。「森林才是我們的家，」他說道。「什麼也阻擋不了我們。」隨後他抬高音量讓所有貓兒聽見。「謝謝你們昨晚幫助我們，」他喵聲道，「也謝謝你們的招待。」他環顧四周，最後找到鋸峰。「尤其要謝謝鋸峰幫了很大的忙，讓我們有賓至如歸的感覺。」

鋸峰默默地注視他好一會兒，然後別過頭去。

「現在我們必須告辭，回去看看自己的家園還剩下什麼。」清天繼續說道。然後他又小聲地對灰翅說：「我想私下跟你說幾句話。」

灰翅對即將到來的對話有不好的預感。「好啊。」他喃喃說道。

清天帶頭爬上邊坡，來到高地上，停在離坑地有幾條尾巴之距的地方。「我希望你別誤會，」他開口道，「不過這場火災改變了一些事情。」

「我知道，」灰翅回答道，「雖然你們要離開了，但我希望我們以後可以更常見面。」他試著語氣樂觀。他從不覺得讓兩個陣營更密切地合作，會有什麼困難可言。至少有很多緊張的勢態可以就此結束。**而且我就可以常見到雷霆了……**

「我必須對你老實說，」清天輕聲說道。「我不覺得我們以後會更常見到彼此。我必須為未來可能的挑戰做好萬全準備。灰翅，你也應該這麼做，你現在是首領了。或者高影還是首領？抑或是那隻惡棍貓？她叫什麼名字來著？風兒？我聽說她很有領導天賦。這陣子實在很難搞清楚究竟誰才是你們這裡的老大。」

清天這番話像是一記耳光狠狠打在灰翅臉上。他們昨晚騰出營地供他們休息，竟然還被他說得這麼難聽？這麼諷刺？他怎麼會變成這樣？「你說什麼？」灰翅倒抽口氣。「你在暗示什麼？」

「沒什麼，」清天喵聲道，還瞪大眼睛故作無辜。「只是覺得你的陣營也許需要……更有組織一點。」

要是這話是別的貓兒說的，灰翅早就甩對方耳刮子了。**但清天是我哥哥，**他心想道，同時強迫自己冷靜下來，爪子刨著地面，深怕自己會忍不住往灰色公貓的身上抓。**要是我在坑地裡跟他開戰，這場面未免太難看了。**

「我不認為你有權利告訴我們如何組織自己，」他冷冷地說道。「我們的組織夠強，甚至強到足以救你們一命。」

清天點點頭。「的確夠強。不過危機無處不在，現在的我必須集中所有心力，確保我的貓兒們安全無虞，返回我們合法擁有的家園。」

灰翅一聽到清天用合法擁有這幾個字，頸子上的毛便豎了起來。現在要他不發脾氣，真的越來越難了。**我們都是遠離原生家園的高山貓，只是在找一個更容易生存的棲身之所。**清天和他的貓兒們沒有權利說森林是他們的，就像灰翅和他的貓兒們也沒有權利說高地是自己的。**這裡只是我們選擇住下來的地方。**但他又不願讓清天是在跟他互有爭執的情況下離去。

「我們很慶幸像風兒和金雀花這樣的惡棍貓從未排斥我們住在這裡，」他輕聲提醒他哥哥。「不然現在的情況恐怕不是這樣了。」

清天哼了一聲，不屑地大笑。「憑那幾隻瘦成皮包骨的貓？我真不懂你們幹嘛操心他們？他們只會跟我們搶珍貴的獵物。」

灰翅還記得風兒和金雀花曾告訴過他的話。「但是……你允許他們在森林裡狩獵，不是嗎？」他問道。「我意思是，他們比我們早來這裡欸。」

清天過了一會兒才回答他的問題，但目光沒有看著灰翅。「沒這回事，」他緩緩說道。「他們不能再到森林裡狩獵了。」

「因為你不准？」灰翅質問道。

清天這次還是沒有立刻回答。他旋身一轉，面對灰翅。「你聽好……你必須瞭解一點，」他開口道。「雷霆會跟我走。」灰翅張嘴想要抗議，但清天繼續說道。「我知道他小時候我曾把他打發走，但那時我只是想考驗他。他已經長大了，變得很聰明很勇敢，這都歸功於你——我知道我應該謝謝你——但我是他的父親，我現在要補償他。」

他凝視著灰翅，似乎想從臉上表情讀出他的想法。「你不會想阻攔我吧？」

我能說什麼呢？灰翅反問自己。

「那就好，」清天說道。「我知道我可以相信你，你絕對不會破壞我們父子之間的關係。」說完他就走開了。

不能這樣結束！灰翅想喊他哥哥回來，可是當他張開嘴巴時，竟覺得自己喘不過氣，腹部抽得死緊，彷彿肋骨越縮越小，快被壓碎。煙霧的味道在他嘴裡瀰漫，他說不出話來。

恐懼攫住灰翅全身。他上氣不接下氣，但還好這種被壓碎的感覺慢慢消失。可是這時清天已經走了。

灰翅按壓下內心最深層的恐懼，獨自走回坑地。清天正站在坑地中央，集合森林貓。一開始，灰翅沒看見雷霆，後來才注意到他在坑地盡頭陪著閃電尾。兩個小夥子正假裝潛行追蹤地上的卵石，他們匍匐前進，腹毛刷過地上，動作很慢……然後猛然往前一躍！

灰翅看著他們，心中滿是喜悅，可是這種喜悅的感覺瞬間被悲傷淹沒。**閃電尾很崇拜雷霆……要是他走了，閃電尾該怎麼辦？**

灰翅跳進坑地，喊雷霆過來。年輕的薑黃色公貓快步朝他走來，閃電尾像平常一樣跟在後面。灰翅抬起一隻腳制止他。「我想單獨跟雷霆談談。」

閃電尾表情有點驚訝，隨即點點頭，跑到旁邊找橡毛，後者正在窩穴入口拍打著一根羽毛玩耍。

灰翅領著雷霆走到首領岩石後方僻靜的角落。「清天和他的貓兒們馬上要走了，」他開口道。「我想你也會跟他們去吧？」

雷霆低頭看著自己的腳。「你怎麼知道？」他問道。

灰翅伸出腳爪，輕輕拍打雷霆的鼻子。「我比你還瞭解你自己。你是我養大的，你忘了嗎？」

雷霆抬起頭來，眼裡射出怒火。「我絕對不會忘，絕對不會！」然後才放低音量說：「可是我已經不再是小貓了。我想清天很清楚這一點，他會好好栽培我的。」

所以你覺得我不會栽培你囉？灰翅感到心痛，但他盡量壓抑住自己的情緒。就算說出來讓雷霆內疚，也於事無補了。

「我相信他會的，」灰翅停頓了一下才說道。「我只是要你知道，你是帶著我最大的祝福離開的。」

雷霆的尾巴豎得筆直。「真的？」他問道，聽起來鬆了一口氣。

「沒錯。」灰翅向他保證。「不過你必須幫我做一件事，我要你去跟鷹衝好好道別。她為你付出了很多，把你當親生兒子一樣對待。」灰翅用耳朵指向正坐在窩穴外，看著橡毛和閃電尾玩角力遊戲的鷹衝。「現在就去吧。」

雷霆會意地垂頭。「謝謝你教會我的一切。」他喵聲道，隨即快步朝鷹衝走去。

灰翅聽不見他們在說什麼，但是當他看見鷹衝表情的變化和聽見閃電尾悲傷的嚎叫聲時，總覺得自己的心也跟著碎了。

鷹衝驚恐地瞥了灰翅一眼，後者只能輕輕搖頭。**別試著阻攔他，**他在心裡默默地告訴她。**我們現在能為雷霆做的就是在他上路時，好好祝福他。**

「森林貓，快點集合！」清天喊道，同時大步繞著坑地，集合那些掉隊的貓兒。「我們要走了。」

森林貓迅速集合，表情顯得有點困惑和驚訝，只能跟高地貓匆匆地互道再會。灰翅環顧四周，尋找高影，但她正俯身照顧月影，完全沒理會清天。

當然啦，月影會留在這裡，灰翅苦澀地想道，**清天對受傷的貓向來不假情面。**

森林貓往邊坡走去，清天目光掃過空地，射向雷霆，後者仍站在鷹衝旁邊猶豫不決。「你到底來不來？」他問道。

「呃……我想我需要多一點時間跟其他貓兒道別。」雷霆回答道。

清天肩膀上的毛豎了起來。「太感性對你來說沒好處，」他喵聲道。「快過來我這兒，不然就留在舒服的坑地裡繼續陪小貓好了。」說完便轉身跟著其他貓兒離開，沒打算等他。

雷霆歉意地看了灰翅一眼，隨即跳上前去，追在他父親後面。

灰翅看著他趕上其他貓兒，消失在坑地上方。**不知道什麼時候才能再見到雷霆。**

第十六章

太陽已經下山，星子現身夜空。和風徐徐吹過高地，帶來祝融後的森林特有的煙灰味。

天光消逝，灰翅再度被疲憊所襲，他爬上邊坡，來到坑地上方，一路上試著抬高頭顱和尾巴。

「你要去哪裡？」雨掃花叼著一隻老鼠從他旁邊經過時這樣問道。

「我今晚想睡在空曠一點的地方。」灰翅回答。

雨掃花神情愉悅地點點頭，隨即快步離去。

灰翅爬上高地。他沒有騙雨掃花，但他也沒對她說出全部實情。他的本能告訴他，高地上的新鮮空氣或許能幫助他清除嘴裡煙霧的味道，讓他的呼吸順暢點。除此之外，他也不想讓其他貓兒察覺到他痛到全身發抖或者正在舔受傷的後腳。

既然高影要我接下首領職務，我就絕對不能讓他們看見我的脆弱。

灰翅一離開坑地，立刻找到一處適合睡覺的地方，那個一個長滿青苔的小坑，旁邊有座大圓石可遮風擋雨。他舔洗完自己之後就蜷伏下來，但躺了很久還是睡不著。他的身體疲累，但腦子裡的思緒停不下來。

雷霆過得好嗎？他還那麼小！那清天呢？總覺得他的眼神裡有某種東西……而且當他侮辱鋸峰，還有告訴雷霆為什麼必須跟他走時，語調顯得好冰冷。

懊悔和憂愁在灰翅心裡翻攪，淹沒了正悄悄爬上來的睡意。

這時灰翅突然愣了一下，有個細微的聲音正警告他有東西接近。他張開嘴巴嗅聞空氣，**聞起來好像是另一隻貓……**

「驚喜！」龜尾喵嗚道，同時跳下小坑找他。

灰翅滿心歡喜地看著她，但也察覺到在他身邊安坐下來的龜尾眼神憂慮。

「快跟我說森林裡發生了什麼事。」她喵聲道。

灰翅盡量簡短說明火災經過。他的腳掌很痛，再加上掛心雷霆的離去，所以很難說得流暢詳盡。

「你是不是被燒傷了？而且很痛？」她低聲道。「我幫你舔腳掌。」

灰翅感覺到龜尾的舌頭溫柔地摩搓著燒傷的腳掌，身子隨即放鬆下來。**這種感覺真舒服……**

「小貓呢？」過了一會兒他問道。龜尾從不單獨留下他們。

「別擔心，他們很好。」龜尾暫時停下動作。「他們在我的窩穴裡睡覺，雨掃花和鋸峰會幫我看著他們。」

「妳不介意嗎？」灰翅問道。「我意思是鋸峰全部心思都擺在妳的小貓身上？」他注意他弟弟花很多時間陪小貓，不知道這樣會不會冒犯到龜尾？他知道幫鋸峰找份工作來做很重要，但也不能讓別的貓兒覺得不舒服。

「不會啊。」龜尾回答道，表情有點驚訝。「我很高興有他幫我，當媽媽真的是件很辛苦的事。再說，我……我也想多花點時間跟你相處。」她坐了起來，用那雙綠色眼睛溫柔地看著灰翅。「我很感恩你為我做的一切。」

雷霆離開了，現在的灰翅反倒覺得自己跟龜尾還有她的小貓們更親近了。「我也很高興我能幫你。」他告訴她，同時用尾巴碰觸她的肩膀。

龜尾心滿意足地嘆了口氣，偎著灰翅蜷起身子，閉上眼睛，很快進入夢鄉。

母貓昏昏欲睡的喵嗚聲令他寬心，多少起了點催眠作用。**我再也不要孤家寡人**，他終於頓悟。他試圖告訴自己那是因為他很想念雷霆的緣故，但又覺得不是。有另一隻貓陪在身邊的感覺真好。**龜尾這麼善良敦厚，而且又聰明機靈……**

夜裡的空氣越來越冷，灰翅還是沒睡著，但他全身很放鬆，原本的疲憊像陽光下的冰霜融化了，目光怎麼樣也無法從龜尾身上移開。

龜尾突然被驚醒，她睜開眼睛。「你在想雷霆，是不是？」她低聲道。「快睡吧，這又不是你的錯。雷霆想跟他父親在一起，你是攔不住的。」

一股悲傷頓時襲來，但灰翅也同時得到了解脫。他的確還在難過雷霆不想待在他身邊這件事，但聽見龜尾告訴他，這不是他的錯，肩上的重擔就突然卸下了。**她說得沒錯，這種事我根本無能為力。**

他雖然疲憊，卻滿心歡喜，就在他閉上眼睛，沉入夢鄉之際，耳裡猶能聽見龜尾的喵嗚聲。

夢見自己正在太陽底下穿過長草堆的灰翅被低語聲驚醒。他費力想要醒過來，發現那聲音很熟悉，不具威脅。他睜開眼睛，眨眨眼，看見雨掃花帶著梟眼、麻雀毛和礫心圍成半圈，站在小坑四周，低頭看著他，毛髮在野風裡翻飛。

雨掃花的眼裡帶著淘氣。「原來在這裡！」她大聲說道。「你們兩個終於默認啦，其實你們之間的事我們早就看在眼裡了。」

灰翅的目光滑向旁邊，看見龜尾，這才想起他們昨夜同眠共枕。他尷尬地垂下頭。

「睡在這裡，看起來挺舒服的。」雨掃花揶揄道。

「你以後要搬來我們的窩穴跟我們一起住嗎？」麻雀毛問道。

龜尾這時也醒了，她看著灰翅，綠色眼睛滿是歡喜。三隻小貓發出興奮的尖叫聲，紛紛跳進小坑裡，爬上灰翅和龜尾的身子，偎進他們的毛髮裡。

「看來你們可有得忙了。」雨掃花下了註解，然後尾巴一掃，快步離開。

暖意漫過灰翅全身。**也許我和龜尾真的屬於彼此**，他心裡想道。

第十七章

雷霆很努力地要讓自己醒過來，就像一條魚正從幽暗水池深處費力游上來。他眼睛都還沒睜開，便能感受到四周貓兒的緊張關係和隱約的敵意。他一時之間有點搞不清楚狀況，然後才突然想起……**我是住在我父親的營地裡**。

自從前一天雷霆跟著清天和他的貓兒們回到森林裡之後，他就察覺到別的貓兒老是用懷疑的目光覷看他。他心想可能是他們都感同身受清天對未來的憂慮，所以防備心很重。**回到家的他們感覺好像如釋重負，但又看不出來很開心**。雷霆試圖不去理會這種氛圍，可是因為只有幾隻貓兒肯跟他說話，而且話都很簡短，所以很難揮卻這種感覺。

雷霆爬出臥鋪，弓起背，伸了一個大懶腰。明亮的陽光隔著葉縫灑下來，樹枝風中搖擺，林地上光影斑駁，營地中央的水池閃爍著粼粼波光。清天的貓兒們已經開始活動，但全不理會雷霆。

雷霆聳聳肩，試著不去在乎他們的冷漠，逕自坐下來梳洗自己。他用力扯著身上一坨打結的毛髮，這時清天朝他走了過來，後面跟著一隻叫葉青的黑白色公貓。

「你跟著我還有葉青去展開晨間巡邏。」清天大聲說道。

雷霆刻意藏起失望的表情。昨晚葉青對他特別兇，雷霆不過是不小心碰到他的尾巴，他就揮了爪子過來，齜牙低吼。

他們出發離開營地，雷霆故意走在最後面，不想讓葉青覺得他有威脅性或試圖取代他的地位。

清天這時回頭看了一眼。「很好，雷霆。」他喵聲道。「有膽識的貓兒才會殿後壓隊，因為他有自信可以制服任何偷襲。我說得對不對，葉青？」

葉青心不甘情不願地低聲附和，琥珀色眼睛隱約有怒火。雷霆倒抽口氣，**我又不是這意思。**

清天帶路繞過荊棘叢，穿過濃密的蕨葉。雷霆看見這裡沒有燒毀的痕跡，整座營地也完好如初。「你們怎麼會被大火困住？」他問他父親。「如果你們待在營地裡，不就很安全嗎？」

葉青瞪著他。「你是罵我們很笨囉？」他吼道。「說我們是懦夫？」

「我不是這意思。」也許雷霆的問法不夠有技巧。

清天朝著葉青彈彈尾巴。「夠了。雷霆，你說得沒錯。要是我們留在營地裡，是很安全，可是當時情況看起來並非如此。野風把火勢往我們營地吹，我們只能盡快逃離。但後來風向改變了，路就被阻斷了。」

「滿意了嗎？」葉青質問道。

雷霆點點頭。「謝謝你，這樣說有道理。不過我剛剛的意思並不是……」

「別再浪費時間了。」清天繼續前進，雷霆只得跟上。

也許從現在起，我還是閉上嘴巴比較好。

雷霆還是壓隊殿後，跟在葉青後面，他注意到路旁有很多燒毀的矮木叢和焦黑的蕨葉，這才明白當時清天和他的貓兒們一定以為大火正要撲食他們的家園。

「看……有松鼠！」葉青嘶聲說道，打斷了雷霆的思緒。

清天抬起尾巴，示意他們停下來。雷霆目光越過他，看見前方不遠處有隻松鼠正頭下腳上地從山毛櫸的樹幹上爬下來。葉青已經匍匐在地，悄悄爬過去。

「別過去，」清天低沉地說道。「讓雷霆去抓。我看過他的捕獵技巧，這是個機會可以讓他證明自己。」然後很小聲地對雷霆說：「要融入他們的最好方法就是證明給他們看，你對我們來說是寶貴的資產。」

葉青懊惱地彈彈尾巴，坐了起來，那雙琥珀色眼睛始終怒瞪著雷霆。雷霆看著他，試圖表現歉意。**這應該是葉青的獵物，是他先看到的。**

清天不耐地抽動耳朵。「快去抓吧，」他對雷霆喵聲道。「難道你想等牠自動走到你的腳底下嗎？」

雷霆緊張到腳掌微微刺痛。他試著不去理會黑白色公貓的敵意。松鼠已經爬到樹底下，正在樹根處刨抓。雷霆朝牠衝過去，從荊棘叢旁邊穿過去，加快速度。

但還是不夠快。他還沒跑到山毛櫸那裡，松鼠便被驚嚇到，朝他方向瞥了一眼，立刻逃上樹幹，尾巴拖在後面。

雷霆在樹底下剎住腳步，松鼠消失了，只能從葉叢的窸窣作響聲得知牠藏身何處。他想爬上樹，但樹皮太滑，最低矮的樹枝也離他頭上有幾條尾巴之距。

他垂頭喪氣，懊惱不已，腳步沉重地走回清天和葉青的等候處。他低著頭，尷尬到全身發燙。**我是怎麼搞的？我又不是不知道林子裡狩獵時是不能用這一招的。**

「我……我想我要學習的地方還很多。」他走過去，結結巴巴地說道。

「你說得沒錯，你要學的東西的確很多。」清天的藍色眼睛不掩失望。「也許我當初應該早點帶你回森林，」他嘟囔道，然後又對葉青說：「我還有別的事得忙。你們兩個自己去巡邏，在沒抓到任何獵物之前，不准回營地。」

說完昂首闊步地走進矮木叢裡。

葉青朝雷霆轉身，瞇起琥珀色眼睛。「你跟我來，」他厲聲道。「還有下次別再那麼笨手笨腳了。」

雷霆快步跟在黑白色公貓後面，往森林深處走去。他的所有感官都保持警戒，並張開嘴巴嗅聞空氣，豎直耳朵傾聽任何可疑動靜，目光隨時掃視左右。他決心彌補之前追捕松鼠的失敗經驗。

但森林裡靜悄悄的。最後葉青長嘆一聲，在蕨葉叢底下躺下來。「被你剛剛那樣瞎攪和，獵物都跑光了。」他喵聲道。

雷霆停在他旁邊。「我們也許應該耐心等候，」他回答道。「獵物總會回來的。」

「你沒注意到我現在就是在等嗎？」葉青嘶聲道。「我又不是鼠腦袋，不用你來告訴我。我比你還熟這座森林。」

「對不起……」雷霆開口道，但心裡仍不免納悶，為什麼他父親旗下的這群貓兒都那麼容易生氣。

「你應該再專心點，」葉青打斷他的話，顯然不接受他的致歉。「我是說如果你想學會首領所必備的所有技巧的話。」

雷霆張大嘴巴，驚訝地瞪著他。**其他貓兒也都這樣想嗎？清天帶我回來的目的是要我日後接替他的位子？**「你搞錯了，」他反駁道。「我不想當首領。我相信這也不是清天……」

「安靜點！」葉青齜牙低吼。「你的名字或許叫雷霆，但這不表示你可以一直製造噪音。」

雷霆忍住嘆氣的衝動，在公貓旁邊的蕨葉叢裡安坐下來，目光緊盯著森林，鼻子隨時留意各種氣味。**從現在起，我會好好狩獵，做好我分內的工作。**不過他也向自己承諾以後一定要讓其他貓兒明白，他不是來這裡接管這個陣營或者消滅他們。**我只是想融入他們，**他心想道，**這樣的要求應該不為過吧？**

等到葉青和雷霆回到營地時，已經快日正當中。葉青嘴裡叼著一隻松鼠，那是他施展精湛的潛行技巧之後，在空地中央所捕捉到的獵物。雷霆把他抓來的老鼠放在旁邊，這時清天從荊棘叢裡的窩穴走出來，快步過來檢查成果。更多貓兒跟著出現，他們一看到獵物，便互看彼此，表情欽羨。

「做得很好！」清天喵聲道，藍色目光很是稱許地停在雷霆身上。「你的狩獵技巧真厲害！」

雷霆瞪著他看。他父親是不是忘了他第一次抓松鼠時的失敗經驗。「我只抓到這隻老鼠，」他解釋道。「松鼠是葉青抓的。」

清天好像沒聽見他的話。「看來該由我親自訓練你森林裡的求生之道了，」他繼續說道。「你很有天分。」

「但那不是我……」雷霆試圖解釋，但清天已經轉身離開。

其他貓兒上前來分食獵物，雷霆鼓起勇氣覷看葉青。他希望黑白色公貓能夠諒解，**我很抱歉剛剛所發生的事……我曾試著要跟清天解釋**。但葉青只是轉過身去，琥珀色眼睛有委屈也有憤怒。

雷霆嘆了口氣，他沒有去吃獵物，反而退到一旁，看著其他貓兒，心裡的委屈壞了他的食欲。他的腦海裡浮現親如手足的玩伴閃電尾和橡毛，彷彿可以看見他們明亮的眼睛和淘氣揮動的尾巴。

「我真好奇他們現在在做什麼，」他嘆口氣。**高地上的生活自在快活多了……**

第十八章

雷霆跟著清天的腳步往河流的支流上游走去。昨天他才跟葉青有過一次慘痛的狩獵經驗，今天他父親就首度帶著他出外展開訓練。天空多雲，偶有陽光灑下。冷風吹得樹葉窸窣作響，帶來了森林燒焦的氣味。

清天一直等到他們走到頹圮的森林邊緣才停下腳步。燒得漆黑的地面和倒在地上的焦黑樹幹橫梗在前。有些樹木仍矗立原地，只是葉子都被燒光，樹枝搖晃不定，看來隨時可能折斷。

溪流對岸，雷霆隱約看見林子外起伏的高地。他知道他們現在離上次灰翅叫清天和他的貓兒們過河的那地方很近。他張嘴想問清天要不要過河看看灰翅是不是也在附近狩獵，但隨即改變心意，沒有開口，因為他直覺知道清天會怎麼回答。

「今天早上你得加強練習你的跳躍技巧。」清天大聲說道，這是他們離開營地後他第一次開口。

「好啊。」雷霆回答道，決定拿出自己最好的表現。「你要我怎麼做？」

清天朝燒得焦黑的森林揮動尾巴。「我想看到你從一棵樹上跳到另一棵樹上。如果你要抓松鼠甚或小鳥，這個技巧很重要，而且這也是躲開敵人的好方法。樹上的葉子都燒光了，你可以看得清楚你要跳到哪裡。」

意思是在光禿的樹上跳，對我來說比較容易嗎？雷霆心想道，一臉沮喪地抬眼看著那棵被火燒得精光，離他們最近的樹。**它能承受得了我的重量嗎？**

他還在猶豫時，清天走過來看著他。「我看得出來你眼裡有疑慮，」他嘶聲道。「這就是為什麼你現在必須立刻爬上那棵樹。你要在森林裡活下來，唯一方法就是無懼。」清天的藍色眼睛充滿熱情。「恐懼就像獵物……只有在被捕捉和被獵殺的時候才存在。恐懼沒有逮住我和其他離開山裡的貓兒。」

雷霆伸長身子，用爪子攀住燒焦的樹幹，可是一碰觸，黑色木屑便跟著剝落。他猶豫了一下，但又不想轉身看見他父親眼裡的失望或憤怒。

雷霆把心一橫，往上一躍，爬上了那棵樹，每次爪子戳進去，都有樹皮灑落。最後他攀上了樹枝，緊緊抱住，感覺身子底下的它不斷搖晃。他根本不敢往下探看。

「動作快！」清天朝他喊道。「你也未免太敬愛那棵樹了吧。」

在那當下，由於樹枝被風吹得不斷擺動，雷霆抓得更緊了。他心裡其實很想說，**我覺得我好像應該更敬愛這棵樹才對**。他知道跳躍不是他的強項，再說他根本不知道哪些樹枝能夠承載得了他的重量？又有哪些樹枝會突然折斷，害他跌進下面的矮木叢裡。**所以敬愛這棵樹很合理啊！**

「現在就給我跳！」清天吼道，語氣盡是不耐。

雷霆深吸一口氣，設法無視樹枝的嘎吱聲響和枯朽的木頭臭味，用力往前一躍，笨拙地落在另一棵樹上，前爪緊緊巴住其中一根樹枝，後腿懸在半空。他死命抓緊，身子撐了上去，直到終於能蹲伏在樹幹和樹枝之間的交接處。

「動作太慢了！」清天的叫聲從下方傳來。「照理說你現在應該已經跳過兩棵樹了。」

這嘲諷的語氣刺痛了雷霆的心，他往下窺看他父親，後者站在樹底下甩著尾巴。

「這到底有什麼意義？」他質問道。「鋸峰不就是因為從樹上掉下去，才從此瘸了腿？」

清天根本不回應這件事。「你是打算住在上面，光是問一些蠢問題嗎？」他喵聲道。「還是你要繼續學習新的技巧？你難道不想學到最厲害的狩獵方法嗎？」他用尾巴指著下一棵樹。「證明給我看你有多強！」

被激怒的雷霆決定讓他父親徹底見識自己有多強，於是強迫自己按壓下心裡的恐懼，後腿一蹬，撲向另一棵樹。

這就可以證明給他看了……我又跳上另一棵樹……然後再換另一棵……

啪地一聲！

雷霆的腳爪才撞上樹枝，它便硬生折斷。雷霆感覺到自己正在墜落，他在空中慌亂地扭身，試圖轉正身體，腦海裡突然閃現鋸峰拖著傷腿一瘸一瘸走在營地裡的畫面，接著便痛苦哀嚎地砰的一聲撞上林地，腳先著地。樹皮和黑色的木塊灑落四周。

清天用失望的眼神看著他。「你在樹上的表現是很勇敢的，」他喵聲道，同時垂下頭。「但輕率魯莽只會害你受傷。」說完話便頭也不回地離開，走回營地。

雷霆一跛一跛地跟在後面，小心翼翼地試踩著腳，確定自己的傷不會太嚴重。他心裡憤憤不平。**如果我動作太慢，就說我對那棵樹過於敬愛，我動作快一點，又說我魯莽**

輕率。我到底要怎麼做才能讓我父親開心？

他的憤怒和困惑已經到達頂點，再也無法忍受，於是停下腳步。「清天！」他怒喊道。

他的父親停下來，回頭瞥看他。「又怎麼了？」他煩躁地問道。

雷霆決心不受他父親語氣的威嚇。「我只是照你說的話做，你為什麼要罵我行事魯莽？」他質問道。

清天嘆了口氣，快步折回去。「你真的不明白嗎？我帶你回來的目的是因為我想給你最好的……那就是讓你融入這裡，成為這群貓兒裡頭不可或缺的一份子。我是在激勵你，讓你發揮潛能。」

說完轉身離開。

當他們快走到營地時，一支狩獵隊伍從林子裡出來。花瓣為首，後面跟著冰霜和落羽，全都叼著獵物。

「你們的訓練進行得怎麼樣？」落羽嘴裡含著田鼠問道。「你學會林子裡的狩獵技巧了嗎？」

至少她的語氣聽起來很友善，雷霆心想道。

「是啊，還不錯。」他回答道，暗自希望他的失望心情沒被察覺到。**我會證明給清天看，也會證明給所有貓兒看！我要展開更多訓練，但下次由我自己來……**

第二天早上，曙光才剛滲進森林，雷霆便溜出了營地。草地上仍有露珠，沾溼了從草叢中經過的雷霆。林間霧氣裊裊，每株灌木都結了蜘蛛網。

雷霆決定今天早上獨自狩獵，等他叼了一堆獵物回來，應該就能得到他父親的讚美。他匍匐穿過森林，躡腳前進，盡量不發出任何聲響，試圖讓自己猶如陰影一般穿行林間。

但這畢竟不像他想得那麼簡單。自從他上次和碎冰進森林探險之後，他的個子又長大許多。於是只要他踩到枯葉，或者有小樹枝在他腳下折斷，他便趕緊靜止不動，身子貼在地上，深怕清天跟在後面聽見。

他停在一棵橡樹旁，小心嗅聞獵物氣味，但卻聞到貓的味道，還聽見有毛髮刷過矮樹叢的聲音。一開始雷霆以為是他父親帶狩獵隊來了，後來才發現這氣味很陌生。

雷霆繞過橡樹的樹身窺看，發現有兩隻貓兒走進空地。為首的是銀毛公貓河波，就是那隻曾幫助他們逃離火場的貓兒，跟在旁邊的是一隻黑白色母貓，雷霆從沒見過。

雷霆不確定該怎麼辦。他知道清天不喜歡別的貓兒進森林，**但這地方大到足以餵飽所有貓兒**，他心裡想道。**我不想趕他們走，尤其河波還有恩於我們**。

雷霆轉身走另一個方向。但才走幾步，便又停下來，因為刺藤叢附近出現一隻陌生的黑色公貓。

黑色公貓伸長舌頭，發出威脅的嘶聲。雷霆霍地轉身逃開，卻發現黑色公貓緊追在後。

雷霆在灌木叢和蕨葉叢裡來回閃躲，卻怎麼樣也擺脫不了黑貓。這時他瞄見一棵枝葉低矮的白蠟樹，於是一躍而上，抓住樹幹往上爬到樹枝處。

後方傳來怒吼聲，雷霆轉身低頭探看，竟發現黑色公貓也跟在後面爬了上來，他驚恐萬分。

雷霆伸出爪子，等對方一趨近，就立刻揮爪。但公貓低身躲過攻擊，撲向雷霆，差點害他從樹上掉下去。雷霆反擊，張嘴咬住公貓肩上的毛，但隨即放聲大叫，因為他感覺到黑色公貓的爪子劃過他腰腹。

接著他就發現腳爪正往下滑，他從樹上掉下來，倉皇鬆開跟著他一起墜落的黑貓，在空中胡亂揮動腳爪和尾巴。

雷霆好不容易讓自己四腳落地，觸地的那一剎那，嚇得緊閉眼睛。黑色公貓趺趴在地上，雷霆立刻跳上去，用前腳壓制住黑色公貓的肩膀。

「你這隻笨毛球，我又沒要找你麻煩，」雷霆嘶聲道，接著就抬眼看見河波和他的同伴走了過來，正在幾條尾巴距離之外的地方觀看他們。「我根本不想……」

矮木叢裡的衝撞聲打斷他的話。清天一馬當先地跳出來，剎住腳步，目光犀利地掃過三隻陌生貓兒。

「現在就給我滾，不准再回來！」他吼道。「雷霆，你可以放開那隻癩痢貓了。」

雷霆聽命，退開來。黑色公貓費力爬了起來，清天跳上前去，推他一把，讓他又趴回地上。

黑色公貓好不容易又爬起來，倉皇逃走，母貓緊跟在後。河波也打算離開，但臨時停下腳步，回頭用深長的目光冷冷地看了清天一眼。

清天不為所動。「敢攻擊我兒子的貓都得受到懲罰。」他齜牙低吼。

「你不能再這樣下去，」河波簡單說道。「老是一意孤行。」

「有種你過來再說一遍！」清天挑釁道。「我愛做怎麼做就怎麼做。」

雷霆不敢相信他聽見的內容。他的親生父親竟如此蠻橫。

「我相信……」雷霆才要開口，清天射來的凶狠目光立刻嚇得他把話吞了回去。

河波仔細打量他，「請說，」他說道。「我倒是很想知道年輕小夥子的想法。」

「雷霆的想法是什麼，不關你的事！」清天嘶聲道。「雷霆沒有想法。」

雷霆的胃霎時縮緊。他的父親真的這麼想嗎？河波仍然看著他，雷霆只得別開目光。沉默當頭罩下，過了一會兒才被河波離去的腳步聲打破。

清天等到河波消失在矮木叢裡，才朝雷霆轉身。「恭喜你！」他喵聲道。「你剛剛幫忙擴張了我們的領地。那些貓不敢再回來了，希望他們會把話傳出去，告訴大家我們絕不容忍不請自來的訪客。」說完揮揮尾巴要雷霆跟上，隨即轉頭折回營地。

我幫忙擴張了領地？他心裡納悶。「容忍」這字眼從沒出現在雷霆的腦袋裡過。

雷霆覺得自己很倒楣，好好一個早上全毀了。他沒能自我訓練完之後，得意洋洋叼滿獵物回營地，反倒跟惡棍貓打了一架……而且還牽連到當初救過他們的那隻貓。**我已經打趴了黑色公貓**，他憤憤不平地想道，**清天大可不必這麼大驚小怪……而且把我貶成**

那樣。

「你知道嗎，我剛剛其實沒事，」他緊張地說道，不想惹清天生氣。「勝負已經定了，你沒必要再推他一把。」

「沒事？那些貓進到森林裡來，不是嗎？」清天不耐地嘶聲道。「怎麼會沒事呢？」

「可是惡棍貓在我們之前就住在這裡了，」雷霆回答道，神情顯得驚慌。「他們要去哪裡都可以啊。」他遲疑了一下，最後決定說出來：「而且我有我自己的想法。」

清天停下腳步，瞪大眼睛看著雷霆，爪子戳著草地。「你難道沒把我告訴過你的話聽進去？為了將來著想，我們必須好好保護自己，這意思絕對不准訪客不請自來。」接著又放軟語調。「你當然可以有你自己的想法。但我只是要那隻貓滾出森林……你不必把我的那句話當真。不過你也必須了解一點，我們真的得很小心地保衛自己的家園。你懂了嗎？」

「呃……懂了。」雷霆還能說什麼？他當然希望森林貓能擁有一個安全又快樂的家園……儘管現在不是很快樂。

雷霆垂著尾巴，跟著他父親走回營地。

我做了什麼？他反問自己。心中閃過一絲疑慮，**也許我當初應該留在灰翅身邊。**雖然只是一個念頭，雷霆卻覺得自己好像背叛了他們，變成了儒夫。**我真的不知道自己在做什麼……到現在都還搞不清楚。**

雷霆看著前方他父親的背影，心情沉重到彷彿壓了塊石頭。**我已經來到這裡，沒有回頭路了**。和他父親重逢團圓，曾經是雷霆最大的夢想，但現在卻成了肩上的重擔。他好奇河波和其他貓兒如今到哪兒去了？正在告知其他貓兒他們的遭遇嗎？

希望不是，雷霆心想道，**我真希望這件事從沒發生過**。

第十九章

灰翅坐在他和龜尾同居的窩穴入口，把腳舒服地塞在身子底下，看著三隻小貓在坑地裡玩耍。金雀花叢的碎屑和小樹枝散落一地，三隻小貓就在雜亂的地上撲跳著彼此，興奮的尖叫聲不斷飄送過來。

雨掃花曾說我們以後可有得忙了，她說對了，他心想道，**我都忘了以前沒有小貓的我是怎麼填補日子的空白。**

溫暖的陽光滲進灰翅的毛髮，就在他快打瞌睡時，突然瞄見麻雀毛衝上邊坡朝他跑來。「灰翅，過來陪我們玩！」她在他面前剎住腳步，懇求道。

灰翅站起來，張開下巴，打了一個大呵欠。「好吧，」他咕噥道，「要玩什麼？」

「梟眼當狐狸，」麻雀毛跳下邊坡，同時回頭看著灰翅解釋道。「我們要在他攻擊時翻滾逃開。」

這倒是個不錯的訓練遊戲，灰翅突然明白，**也許有一天這一招真能派上用場。**

灰翅和麻雀毛走到坑地裡面時，梟眼正奔向礫心，齜牙咧嘴，發出細細的尖聲嚎叫。「我是狐狸，」他大聲喊道，「我要吃你了！」

「不要！」礫心尖叫。梟眼撲過來的時候，他趕緊跳到旁邊，結果四腳朝天，四隻腳爪在空中不停揮舞。

梟眼旋身一轉，改撲麻雀毛。他姊姊一直等到最後一刻才往旁邊閃開，放聲大叫，在地上散落的小樹枝上不停翻滾。

梟眼齜牙咧嘴，霍地轉身，面對灰翅，尾巴前後甩打。「我是森林裡最兇猛的狐狸！」

灰翅露出尖牙，也吼回去。「那我就是森林裡最魁梧的狐狸！」

梟眼貼平耳朵、瞪大眼睛。「我好害怕哦！」他放聲大笑，聲音都顫抖了起來。灰翅撲了上來，梟眼趕緊跳到一旁，順勢朝灰翅的耳朵揮出爪子，再馬上翻滾逃開。

「做得好！」灰翅站了起來，甩甩身上的碎屑。「不錯嘛，竟然懂得收起爪子。」

他倏地轉身，腳下小樹枝應聲折斷，作勢攻擊麻雀毛，但就在要撲上前去的時候，胸口突然劇烈疼痛，腳一軟，跌在地上，側癱在地，上氣不接下氣。

三隻小貓圍了上來，緊張地瞪大眼睛。毛絨絨的身軀緊偎著他，害他很難呼吸。他很不舒服，但又不敢把他們推開。

上次我試著推開他們，結果差點和龜尾吵起來。我不能再犯這種錯。

「快走開！」龜尾的聲音從營地盡頭某處傳來。「給灰翅一點呼吸的空間。」她快步朝他走來，輕輕推開小貓們。「又是呼吸的問題嗎？」她問道。

灰翅無法說話，只能點頭。

礫心把鼻子探進他母親身上，「我想灰翅可能需要一點款冬來幫助呼吸，」他喵聲道。「我去看看雲點有沒有，好不好？」

龜尾不解地轉頭看她兒子。「你怎麼知道款冬這種東西？」她問道。

「斑皮告訴我的。」小貓回答。

他母親的鬍鬚驚訝地抽動，隨即點點頭。礫心立刻跑開去找雲點。

梟眼和麻雀毛緊偎著灰翅，用鼻子輕觸他的鼻子。「你一定要好起來哦。」梟眼懇求道。

灰翅的呼吸稍微緩和，足以開口讓他向害怕的小貓們保證：「我一定會好起來，」他沙啞說道，「我保證我會。」

「我們沒有一個像你一樣的爸爸，」麻雀毛補充道，尾巴輕輕蹭著他的腰腹。「你……你就像我們的爸爸一樣。」

兩隻小貓專注看著灰翅，眼裡滿是盼望和愛意，灰翅的心頓時好痛，比呼吸困難更令他痛。他張嘴想回答，但說不出話來，也不知道是因為急症發作暫時封住了喉嚨，還是情緒太激動，以至於說不出話來。

龜尾的目光越過小貓們的頭顱，與灰翅交會。「他當然會好起來，」她輕快地喵聲道。「他是每隻小貓夢寐以求的好爸爸。」

礫心嘴裡叼著大坨款冬回來，剛好聽見他母親說的話。於是放下藥草，撲向母親，開心地扭著身子。

「這是我聽過最棒的形容詞了！」他大聲說道。「現在我們終於知道我們的爸爸有多棒了！」

雲點緩步跟在礫心後面走來，他揮揮尾巴，要小貓們讓開。「該讓灰翅好好休息了。」他告訴他們，同時向龜尾垂頭致意。「我來照顧他，妳別擔心。」

「是啊，你們睡午覺的時間也到了，」龜尾集合小貓，跟他們說道。「晚一點再來看灰翅。」

龜尾正趕著小貓們回臥鋪，灰翅就在後面虛弱地喊道：「沒錯，等我身體恢復了，就可以再訓練你們了。」他看著小貓們消失在窩穴裡，這才朝雲點轉頭。「老實告訴我，我會很快好起來吧？」他問道。

雲點翻翻白眼。「你現在也許病了，但這不代表你的腦袋裡長了蜜蜂，可以胡說八道。你當然會很快好起來，你不也熬過了山裡老家的苦日子嗎？」然後哼了一聲又說：「肺裡積了點煙，是不會死的，再說，不只小貓們需要你，別忘了，你現在是我們的首領，也要履行責任啊。」

雲點最後這句話被爪子的抓扒聲打斷。灰翅抬頭一看，發現礫心又回來了。「我可不可以幫忙治療灰翅？」他懇求道。

雲點猶豫了一下，但礫心等得不耐煩，腳爪在地上不停蠕動。

「好吧。」黑白色公貓終於回答。「去把款冬葉拿來，先嚼一嚼，再把汁液滴進灰翅的嘴巴裡。」

礫心熱切地照做，先嚼爛葉子，再把汁液滴進灰翅張大的嘴裡。

「夠了，」雲點最後說道。「做得很好。」

灰翅幾乎立刻就能感覺到疼痛的緩解，呼吸也順暢許多，他終於又能站起來了。

雲點滿意地點點頭，「接下來這個月，盡量別做一些需要費力的事情，」他命令道。「這樣一個月後，你就會跟這些小貓一樣活力充沛了。」

灰翅低聲道謝，不過他也不確定自己究竟是慶幸還是仍有疑慮。不過有一件事他倒是很篤定：**我開始覺得生活充滿了希望。**

✦✦✦

灰翅睜開眼睛，張開嘴巴，打了一個大呵欠。金色陽光斜射他的窩穴，他發現龜尾和小貓們都不見了。**怎麼覺得自己好像睡了好幾個月**，他心想道，同時起身，伸了一個很舒服的大懶腰。

他全身舒坦，這時聽見窩穴外面的營地傳來開心的喵嗚聲和喊聲，灰翅好奇地走出窩穴張望。

貓兒們大多圍在營地中央，風兒和金雀花也在裡頭。灰翅突然覺得不安，但仍強迫自己甩開這念頭。好像有什麼事逗得大家很開心，當然囉，若真有什麼危險，他們怎麼可能坐在一起。

灰翅低頭看，好奇究竟發生什麼事。閃電尾從貓群裡跑出來，衝上邊坡找他。「你一定要來聽聽這個！」年輕公貓興奮喊道，同時用尾巴示意灰翅過來加入他們。「雲點提議我們幫兩隻惡棍貓重新取一個像我們高山貓一樣的名字。你如果答應的話，我們就幫他們取。」

灰翅一頭霧水地走下去加入他們，鑽到龜尾旁邊。

這主意好像不錯，他在心裡對自己說道，**要是風兒和金雀花能有個像我們高山貓一樣的名字，也許大家就會認同他們，願意讓他們加入。**

他想到這裡就不由自主地瞥了高影一眼。前任首領正靜靜地坐在大岩石上，像以往一樣守護著高地，表情莫測高深。

「真高興你們在這裡，」雲點對風兒和金雀花說道，這時灰翅正跟著閃電尾坐下來。「不過我想我們都認為你們的名字太普通了，如果你們以後想常跟我們在一起，最好取一個像我們高山貓一樣的名字。」

風兒和金雀花都很有興味地發出認同的呼嚕聲。

「好啊，」金雀花喵聲道。「風兒，那我們應該叫妳什麼？追兔進洞的風大俠？」

風兒伸腳拍打他。「那我情願以後不追兔子了，免得名字又臭又長。你自己為什麼不改名叫腳老被刺到的金雀花？」

雲點哈哈大笑。「喂，你們兩個可不可以認真點？」

「風兒，我覺得妳應該改名叫風奔，」雨掃花喵聲道。「妳的速度真的很快。」

風兒歪著頭想了一下，隨即點點頭。「好啊！」她決定了，一臉愉悅。「現在起，風奔就是我的名字囉。」

「那金雀花呢？」寒鴉哭問道。

「金雀叢？」鷹衝提議道。「金雀尾？」

「金雀毛怎麼樣？」龜尾補充道。「因為你頭頂上的毛豎起來就像金雀花的刺一樣。」

金雀花看著她好一會兒。「可以啊，」他決定道，隨即舔舔腳掌，順順他頭上像刺一樣的毛髮。「謝了。」

閃電尾對著兩隻惡棍貓眨眨眼，一臉若有所思，接著長嘆一聲，原本的興奮像陽光下的露水消失了。

「你怎麼了？」灰翅問道。

閃電尾猶豫一下，好像很不願意說。「我真希望雷霆也能在這裡目睹這一切。」他終於說了出來。但為了表現出樂觀的模樣，他又加了句：「至少現在坑地裡有新的貓兒可以幫忙領導這個陣營了。」

灰翅頓時憤怒地豎起毛髮。「領導？」他問道。「我還以為那是我的工作。」他說這話的時候才發現，不管他之前有多不想接下高影的職務，但這份工作現在對他來說已經變得很重要了。

「我的意思不是……」閃電尾想反駁。

「那你的意思是什麼？金雀毛和風奔都還稱不上是我們的成員，你就開始妄想讓他們來領導我們？」

閃電尾表情受傷，灰翅不免擔心自己是不是對這隻年輕公貓太兇了一點。「我的意思只是……」閃電尾朝風奔和金雀毛瞥了一眼，後兩者正站在貓群中間，接受大家對新名字的道賀與稱許。「……要是我們有更多強悍的貓兒，對我們而言就越有利，不是嗎？」

灰翅還是覺得心裡不舒服。「你的強悍是什麼意思？」他問道。

閃電尾用前爪刮著地面，表情越來越緊張。他環顧四周，突然大聲喊道：「你看，橡毛在那裡！我有話要跟她說。」

灰翅伸出一隻腳擋住正要跳開的閃電尾。「你還沒回答我的問題，」他喵聲道。「你說的強悍是什麼意思？」

閃電尾朝灰翅轉身，憤怒到鬍鬚微微發抖。他用爪子狠刮地面，彷彿正在發洩心裡的怒氣。「我的意思是強悍到可以對抗得了清天！」他終於說了出來。「好了，我說出來了！我真的萬萬想不到在聽了那傢伙那麼多可惡的行徑之後，雷霆竟然還願意跟他走。」他迎視灰翅的目光，頸毛蓬了起來。「不要假裝你不懂我在說什麼，」他吼道。「大家都很清楚清天一直在欺負我們。」

灰翅站在那裡瞪著他看，驚訝到說不出話來。橡毛蹦蹦跳跳地朝他們跑來，一臉疑色地看看灰翅又看看她哥哥。「怎麼啦？」她問道。「你們兩個在吵什麼？」

「沒有，」灰翅回答道，他的情緒介於驚訝和憤怒之間，語氣很是冰冷。「我為什麼要跟一隻乳臭未乾的貓兒吵架？」

閃電尾一聽見他出言侮辱，身子立刻往後彈開，正張嘴想說什麼，隨即改變主意，轉身昂首闊步地朝風奔和金雀毛走去，他妹妹一臉困惑地跟在後面。

灰翅站在原地。他的憤怒漸漸消失，突然明白機會稍縱即逝。**要是我未來想領導他們，就得先確定他們是支持我的。**

他衝過營地，躍上大岩石，站在高影旁邊，根本不管雲點曾警告過他別做太費力的事。岩石上的黑色母貓驚訝地看他一眼，隨即騰出空間給他。

灰翅面對貓群，先找到風奔和金雀毛，向他們垂首致意。「恭喜你們有了新的名字，」他開口道。「我希望新的名字更能鞏固我們未來的友誼。」

我很想直接歡迎他們成為這個陣營的一份子，他在心裡對自己說道，**可是我不確定大家是不是都準備好了。而且在我讓風奔加入之前，我得想確保自己的領導地位，因為我相信她一定很想取而代之。**

「謝謝你。」風奔回答他。

這時貓兒們都察覺到可能有什麼意料之外的事情會發生，全都朝岩石轉身，抬頭仰望灰翅。灰翅在等他們安靜下來才要開口。還好沒多久，他就看見每隻貓兒都在屏息以待。他瞄見龜尾一臉驚訝地站在貓群後方。

我沒有告訴她我要發表談話，不過我也是前一刻才決定的。

岩石上的灰翅盡量挺直身子，清清喉嚨：「當我哥哥帶雷霆離開這裡時，他曾說太感性沒有用。我不確定我是不是認同這句話。」

他停頓一下，目光掃過貓群：他的三隻小貓挨著鋸峰身邊；橡毛出於保護地站在閃電尾旁邊，而後者因為剛吵過架，毛髮仍顯凌亂；金雀毛和風奔相偕而立。

最後灰翅的目光定在龜尾身上。他一看到她，感情頓時澎湃了起來，彷若老家山洞外的瀑布那般強勁。

「感性當然有用，」他繼續說道，聲音在營地裡鏗鏘迴盪。「要是我們沒有了彼此，這一切又有什麼意義呢？你們願意與風奔、金雀毛結交朋友，我為你們感到驕傲。」

那個當下，他感覺得到坐在岩石邊緣的高影，目光從後面緊緊盯住。他知道她向來提防那兩隻高地貓，但他也知道她最後一定得接納他們，所以他現在並不在意她的想法。

「但如果我真的得當你們的首領，」他繼續說道。「我得先確定你們全都支持我。」他停頓了一下，這才提出那個對他來說萬分重要的問題。「你們支持我嗎？」他說完，立刻閉上眼睛，等候答案。他的胃開始翻攪，總覺得現場的沉默似乎沒有盡頭。**要是我錯了怎麼辦？**

空氣裡突然被熱情的歡呼聲和愛戴聲打破，他倏地睜開眼睛。

「說得好，灰翅！」

「我們支持你！」

「灰翅！灰翅！」

灰翅眨眨眼睛，俯瞰他們，驚愕之外更是感動不已。他察覺到高影從後方走了過來，溫暖鼻息吐在他耳畔，低聲對他說：「我想你現在應該下去了。」

那瞬間，灰翅覺得自己的腳好像黏在岩石上動不了。但他提起精神，用力往下一蹬，躍入貓群裡。他們圍了上來，毛髮刷拂過他的身子，尾巴搭在他肩上，或者鼻頭蹭著他。鷹衝、寒鴉哭、碎冰、雨掃花……他們的誓言效忠令灰翅頓時充滿信心。

最後他發現自己來到閃電尾面前。「這就是我的意思，」灰翅告訴他。「這才叫做真正的強悍。」

閃電尾領會地垂下頭，敵意全消。「我們一定完全服從你的領導。」他喵聲道。

這正是我想聽到的，灰翅心想道。

第二十章

曙光喚醒了灰翅，他跟龜尾、小貓們一起躺在窩穴裡。他們都還在熟睡，小貓們或躺或趴地偎在媽媽身上，龜尾的尾巴蓋住鼻子，鼻息徐徐。

灰翅看著她，心裡漲滿了愛。他記得那時他們從山裡老家出來，他追上他們隊伍的時候，她有多開心。而且她一直在旁邊默默看著他愛上風暴，現在灰翅終於瞭解當初為什麼她要離開高地去和阿班及兩腳獸住了。

她是被我逼走的，他終於明白，**一直以來，她對我的關心早就超過了友誼，結果我做了什麼？我從頭到尾忽略她。我再也不會了**，他下定了決心。

龜尾後來從兩腳獸那裡逃了出來。自從他們同居一個月以來，她所帶給他的快慰，著實令他刮目相看。龜尾自始至終都對他不離不棄。

我們互相關心，不，不只是關心，灰翅知道他愛這隻貓兒。

「嘿！」有隻腳爪在戳他腰腹。「跳蚤貓，去幫我抓隻獵物好嗎？」

龜尾醒了，明亮的綠色眼睛正淘氣地看著他。灰翅大笑。

「妳叫誰跳蚤貓？好啦，好啦，我去啦！」

灰翅站了起來，甩甩毛髮，緩步走向窩穴入口。他一走到外面，黎明的冷空氣便瞬間將他包覆。淺白的天空點綴著幾縷雲彩，粉粉嫩嫩的晨光告知了太陽即將在何處升起。

灰翅朝坑地外面走去，覺得精神百倍。他的傷腿已經痊癒，就連呼吸問題也似乎好了許多，儘管最近還是發作過一次。**離開山裡老家的確是我這輩子做過最好的決定。**

灰翅知道要是自己沒有做出那個決定，絕對不可能成為麻雀毛、礫心和梟眼的父親，而如今他已將他們視如己出。只要接下來的嚴寒季節跟上次一樣不會太難熬的話，這幾隻小貓一定可以健康快樂地長大。他在山裡從來不敢這樣奢想，因為那裡的天候嚴寒到足以致貓兒於死地。

灰翅才爬出坑地，正要走進高地，便聽見後面傳來腳步聲和語調高亢的尖叫聲。他停下腳步，轉身一看，果然不出所料。

三隻小貓朝他爬了過來。

「我們想跟你去狩獵。」梟眼大聲說道，鬍鬚微微抽動。「這次要真的狩獵，不要再假扮狐狸了。」

灰翅搖搖頭。「抱歉，你們太小了。」

「拜託啦，」麻雀毛那雙綠色眼睛哀求地看著他。「學習好的狩獵技巧，是不分年齡的。」

灰翅表情嚴肅地看著她。**這句話她是從哪兒學來的？**「除非你們能說服得了我……」他開口道。

「我們一定會很乖！」礫心喵聲道，一邊說一邊跳上跳下。

灰翅發現自己抗拒不了他們。「好吧，」他同意道。「但不要走散，緊跟著我，確實照我的話做，聽懂了嗎？」

三隻小貓都熱切地點點頭。

「那就走吧。」

灰翅帶路爬上高地，耳朵和鼻子隨時警覺獵物的蹤跡。小貓們真的都緊緊跟著他，表現得很聽話，只有從他們顫抖的鬍鬚和那一雙雙炯亮的大眼睛裡才看得出他們的亢奮。

灰翅很快察覺到兔子的氣味，隨即看見牠在河邊的長草堆裡。起初他只看到黑色的耳尖，最後才逐漸從草堆裡看出牠的身形，看來這隻兔子還沒完全長大。

「安靜，」他對小貓低聲說道，同時用尾巴指。「你們看那裡。」

小貓朝他尾巴指的方向看。礫心轉過身來，苦惱地眨眨眼睛。「那是隻小兔子。」他喵聲道。

「是啊，要是牠沒回家，牠媽媽和爸爸一定會很難過吧？」麻雀毛緊接著說。梟眼表情也很沮喪。

灰翅一時之間竟不知該如何回答，於是坐下來，用尾巴將小貓們圈圍過來。「我懂你們的感受，」他喵聲道。顯然他們並不像他們所想的已經做好狩獵的準備。「可是如果我們想活下去，狩獵時就不能心軟。我們得夠狠。我曾經看過貓兒餓死……」他的聲音微微顫抖，因為他想起了他妹妹鷚鳥。「我不想再看見同樣的事情發生，你們懂嗎？」

小貓們互看一眼，表情猶豫。「我……我想我應該懂。」梟眼最後回答。

「那我就讓你們見識一下怎麼抓兔子。」灰翅精神抖擻地說道。「你們要記住，千萬別小覷兔子的危險性，牠們的後腿很有力，只要用力一踢，你的脊椎就斷了。好，現在看我的。」

灰翅再度查探兔子的動靜，發現它正背對他而坐，距離遠到根本沒注意到他們。「風正往我們這邊吹，」他低聲說道。「你們知道為什麼這風向對我們有利？」

三隻小貓都想了一會兒。

「因為我們聞得到兔子，」麻雀毛興高采烈地說道。「但是牠聞不到我們。」

「答對了。」灰翅看見小貓自豪地挺起胸膛，又緊接著說：「現在待在這裡，不要亂動。」

灰翅小心地朝兔子潛行過去。他和兔子所在的長草堆之間沒有任何遮蔽物，他不想因為動作太大而驚擾到兔子。

他走了約一半的距離，兔子才猛然坐直身子。灰翅知道牠已經察覺到他，索性以最快的速度衝上去，趁兔子正要從長草堆裡跳出來時撲將上去，同時不忘閃過牠的後腿，再張嘴一扭，折斷牠的脖子。兔子當場倒在地上，動也不動。

灰翅轉頭用尾巴示意小貓。他們快步朝他走來，這時灰翅眼前突然冒出黑點，視線頓時漆黑，胸口一陣劇痛，根本無法呼吸。**又來了！**

小貓們圍著他，發出不安的尖叫聲，毛絨絨的小小身軀全緊挨著他。

「你又生病了嗎?」其中一隻小貓問道。

他想呼吸空氣，只好一把推開他們。是啊，是啊……但這次比較沒那麼嚴重。**只要我撐得過去就好**，卻在這時他聽見有隻小貓發出痛苦的嚎聲，這才發現他剛剛動作過於粗魯。大概是自己驚慌失措到又忘了拿捏力道。

「對不起，」他氣喘吁吁。「我不是故意的。」

小貓們看著彼此，最後梟眼咕噥道。「沒關係啦。」

礫心爬了過來，丟了一小坨東西在地上，小心趨近灰翅。「我可以聽一下你胸口嗎?」他問道。

灰翅狐疑地覷他一眼。**我沒心情跟你玩**。但礫心的表情很認真，而灰翅的直覺也告訴自己應該答應。「好吧。」他喵聲道，又躺了回去，翻身仰躺在地，讓礫心用耳朵抵住胸口，仔細聽他的呼吸。

過了一會兒，礫心抽開身。「情況不算太壞，」他喵聲道。「我帶來了杜松漿果，多少有點幫助。」他拾起小小的漿果，放在灰翅旁邊。

灰翅看了漿果一眼，眨眨眼睛。**我想吃下去應該沒什麼關係吧……**他把漿果舔進嘴裡，嚼一嚼，吞了下去。

灰翅才吞下最後一顆漿果，喘不過氣的感覺頓時緩解。他驚訝自己的胸口竟然不再那麼痛了。「你怎麼知道這漿果有效?」他坐起來問道。

礫心看著自己的腳，表情靦腆。「我自己發現的。」他承認道。

灰翅突然有點擔心。「你可別為了想知道藥效如何，就開始隨便試吃路上的花草。」他喵聲道。

「沒有，」礫心語氣稍微輕鬆了點。「我聽斑皮和雲點說過，所以我知道哪些藥草有幫助，哪些很危險。」

灰翅若有所思地點點頭。礫心很特別，像他這個年紀的小貓根本不會想學藥草的知識，更不可能知道該及時摘什麼藥草來緩解症狀。他想起山裡的尖石巫師，最近她才來夢裡探訪過他。**我知道她有時候會看到異象**，他心想，**我好奇這孩子是不是未來也會走上尖石巫師的路？**

「你做過夢嗎？」他輕聲問小貓。

礫心立刻別開頭。「沒有。」

灰翅很清楚礫心沒說實話，不過他決定不再問下去。**以後還有機會可以跟他好好討論，最好趁其他小貓不在的時候。**

「謝謝你，」他喵聲道。「我覺得好多了，我們回營地吧。」

他抓起兔子，小貓們也幫忙扛著獵物，跟著他走回坑地。他們到家時，龜尾正坐在窩穴外面梳理自己。小貓們一看見她，立刻丟下兔子，跑過去找她，緊緊偎著，讓她舔舔他們的耳朵。

「你們在發抖！」她大聲說道，目光隨即越過小貓，看向緩緩走近的灰翅，然後開口問道：「剛發生了什麼事？」

灰翅把兔子放在她面前。「妳應該為妳的小貓自豪，」他問道。「他們第一次的狩獵成果就這麼棒。」

龜尾目光深長地看著他。「回答我的問題，」她喵聲道。「剛發生了什麼事？」

灰翅還沒想到該怎麼回答，麻雀毛就脫口而出：「灰翅宰了一隻兔子，可是他又突然不能呼吸了，然後就把我們推開。」

「後來礫心拿漿果給他吃。」梟眼接著說道。

灰翅看見龜尾眼裡有怒火一閃而逝，不過聲音倒是十分平靜。「小貓們，把兔子扛到營地中央分給大家吃。現在就去！」小貓們遲疑了一下，龜尾立刻厲聲催促。

「我去幫他們。」鋸峰提議道，隨即快步上前。「來吧，小貓們！」

「謝謝你，鋸峰。」龜尾喵聲道。

灰翅懊惱地抽動著尾巴。**每次小貓們需要幫忙時，鋸峰總是適時伸出援手。**

麻雀毛、礫心和梟眼在鋸峰的監督下動手拖離兔子。龜尾和灰翅四目相對。等到小貓們一離開聽力所及範圍，龜尾立刻站起來。

「我們出去走一走。」她帶頭爬上邊坡，沒停下來等灰翅。

龜尾一路上都沒說話，直到他們走到坑地上方邊緣的金雀花叢底下才朝他轉身。

「到底怎麼回事？」她質問道。

灰翅很清楚她在質問什麼，但不知道該怎麼回答。「呃……我不懂妳的意思？」他問道，希望能拖點時間。

龜尾尾巴一甩。「我們兩個已經浪費太多時間，從來沒有好好溝通。」她開口道。「我不是笨蛋！自從森林大火之後，我就發現你呼吸有困難。你甚至沒辦法教導自己的小貓……或者說你視如己出的小貓如何狩獵，因為你每次都有狀況。而且一發作，就把他們用力推開？你到底在想什麼？」

灰翅覺得好像所有事情都壓在他身上，脾氣頓時像山崩了一樣爆發。

「妳知道盡全力讓全營的貓兒都過著幸福快樂的生活，這件事有多難嗎？」龜尾話一說完，他立刻反問道，「我總是問自己，高影要我接任首領，這決定是對的嗎？我從來沒想過要當大家的首領，結果現在我每天都因為擔不完的心而夜不成眠。所以妳真的認為我有必要讓大家知道我的呼吸有問題嗎？」他長嘆一聲。「我不覺得自己像首領，」他繼續說道。「上次森林大火，我根本沒那本領帶貓兒們逃出森林。要不是雷霆率隊和河波的大力幫忙……」他難過地垂下頭，聽著自己粗嘎的呼吸聲。

等他再度抬起頭來，竟看見龜尾眼裡的怒火消失了。「對不起，」她低聲道。「我不是故意要害你難過。只是因為我太在乎了。我不想看見你病得越來越重，我也不想再聽見小貓說你推開他們。」

「不會再發生這種事了，」灰翅感到沮喪，自信低落，但仍強壓下這些念頭。「我當時只是需要一點空氣呼吸，僅此而已。」

「那下一次呢？」龜尾問道。

「不會再有下一次了。」灰翅向她保證。他感覺得出來他的呼吸正在慢慢改善……

他很確定這一點。

他迎視龜尾那雙冷靜的眼睛，還好她沒再繼續跟他爭辯。

他們互蹭身子，毛髮刷拂彼此，然後相偕轉身，朝營地走回去。

龜尾開口正想說點什麼，矮木叢裡突然傳來搔抓聲響。某種熱呼呼的噁心氣味竄進灰翅的喉嚨。

「有狗！」他大聲喊道。

兩條氣喘吁吁的野獸從灌木叢裡跳出來，站在他們前面的小路上低聲咆哮。灰翅趕緊將龜尾朝附近一棵矮小的荊棘樹推過去，也跟在她後面爬進枝葉裡。

狗兒看到了他們，繞著荊棘樹嗅聞，不時撲上樹幹。灰翅低頭看，不敢輕舉妄動。兩條狗的體型都很大，黑色毛皮油油亮亮還有大大的垂耳。牠們張開下顎，垂著舌頭，氣喘吁吁地想抓貓兒。

「我們現在該怎麼辦？」龜尾問道，她嚇到不敢動，爪子戳進樹枝裡。

灰翅沒有回答。他想起蔭苔曾這樣形容過狗：**你絕對不會想遇見這種動物。**結果這裡竟然有兩隻，而且離營地只有幾條尾巴的距離！

他的胸口突然一陣抽緊，彷彿狗兒的出現是要來證明龜尾的論點是對的。他眼前影像又開始模糊。**千萬別掉下去！**他絕望地想道。

龜尾覺察到他的不適，趕緊用身子撐住灰翅，輕輕地將他固定在樹幹上。「謝了，」他輕聲說道，心想要不是她及時扶住，他早就掉下去了。

金雀花叢後方傳來響亮的腳步聲，有兩腳獸正放聲大喊。其中一條狗回頭看了一眼，但還是不願意離開這棵樹。

這時路的盡頭出現了兩頭兩腳獸，牠們大步朝狗兒走來，語調嚴厲地大聲咆哮。灰翅聽不懂牠們在說什麼，但感覺得出來很生氣。兩腳獸從自己的毛皮裡掏出兩條很長的藤狀物，繫在狗的脖子上，硬是將牠們從樹旁邊拖走。

狗兒不斷反抗，腳爪抵著地面，低聲咆哮，不斷朝兩隻貓兒齜牙咧嘴。兩腳獸只得用力一扯，兩條狗不再反抗，乖乖地跟牠們回去。

灰翅吁出一大口氣，總算鬆口氣。「我無法想像被兩腳獸這樣拉著走！」他嫌惡地大聲說道。「那些狗真可悲。兩腳獸一定是腦袋長跳蚤了，才會想要養狗。」

完了，他突然想到龜尾以前也住在兩腳獸巢穴裡。她已經爬下樹幹，回到地面。灰翅趕緊跟著下去，腳爪滑過粗糙的樹皮。「對不起，」他喊道。「我不是那意思。」

龜尾轉身面對他，灰翅慶幸她眼裡竟然帶著笑意。「沒關係，你別緊張。」她告訴他。「不過你剛不是說狗很可悲嗎，那你怎麼看起來挺怕狗？」

灰翅鬆了口氣，他很怕再跟龜尾吵起來。他一想到剛剛的狩獵還有他對小貓的粗暴行為曾令她火冒三丈，就覺得好像有雙利爪戳進了他的心。

「謝謝妳願意幫我再保守這個祕密一陣子。」他陪著龜尾走回營地時，這樣喵聲說道。走在前面幾步的龜尾回頭看了他一眼。

「我可從沒答應過你哦。」她直言。「走吧，我們回家吧。」

第二十一章

灰翅一回到營地，便讓龜尾去看她的小貓們，自己則快步走到大岩石那裡一躍而上。「請大家集合，我有話要說！」他喊道。

鷹衝從窩穴裡出來，橡毛和閃電尾跟在後面，他們揮著尾巴，快步走到岩石底下坐好。鋸峰拖著身子走過來坐在附近。正在整理藥草的雲點和斑皮抬起頭來張望。雨掃花走過去找龜尾，兩隻母貓將小貓們集合起來，要他們安靜坐下。寒鴉哭和碎冰嘴裡叼著老鼠。只有高影沒理會灰翅的召集，仍蹲在始終動也不動的月影旁邊。

「我和龜尾剛剛遇見兩條狗，」灰翅等到同伴們都聚攏了，才大聲說道。「後來兩腳獸帶牠們離開的，但我們還是得小心一點。所以接下來幾天，最好不要單獨行動，也盡量不要遠離坑地，直到確定那些狗已經跟著牠們的兩腳獸回家了。聽懂了嗎？」

「沒問題，灰翅。」碎冰回答道，其他貓兒也低聲附和。

「我是狗，我要來抓你了！」麻雀毛吱吱尖叫，撲上梟眼。

龜尾拉開兩隻小貓。貓群散了，灰翅跳下岩石。他緩步走向高影，告訴她事情經過，但他發現她有點心不在焉。她表情緊繃，神色憂傷，一逕看著她弟弟。月影的呼吸又急又淺，雙眼緊閉，毛髮暗沉。身側的傷口雖敷了藥草，卻沒有痊癒，到現在都還在滲血，傷口上的葉泥也被染黑。

「有什麼需要我幫忙的嗎？」灰翅問道。他可以感受得到高影身上散發的悲苦氣味。

她聳聳肩，「除非你突然變得醫術高明，否則幫不上忙的。」她回答道。如今的她看上去老了好多，他只能用尾尖碰碰她的肩膀。

「他會慢慢好起來的。」他喵聲道。

「你不用安慰我，」高影斷聲道。「你根本不知道他會不會好起來，就連我也不知道，所以拜託你別管我們好不好。」

她在她弟弟旁邊躺下來，目光始終盯著他的呼吸。灰翅知趣離開。

他走回自己的臥鋪時，胸口又開始痛，恐怕是因為剛剛爬樹的關係，不過至少他的問題沒月影那麼嚴重。到底為什麼會發生火災呢？這場火災害貓兒不是生病就是受傷，甚至連雷霆也跟清天走了。**不知道他們現在在做什麼？**

他一進臥鋪，礫心就爬上來找他。「你還好嗎？」他問道。

「我很好。」灰翅回答道。

「你知道嗎？他一直很留意你。」龜尾過來找他時，這樣喵聲道。

「不錯哦，」灰翅的尾巴刷過虎斑小貓的頭。「只不過今天我不想再談生病的事了。」

✦✦✦

他在睡鋪上躺下來，鑽進枯乾的蕨葉裡。**獵物就給大家吃吧，我現在只想睡覺。**

等灰翅醒來時，太陽已經被雲層遮蔽，頭頂烏雲密布，一片灰濛。空氣潮溼，彷彿大雨將至。

臥鋪旁出現細微動靜，灰翅轉頭去看，發現礫心睡在他旁邊，身體不停抽動，腳爪也不安份，彷彿正在睡夢中奔跑。

他的夢一定很真實，灰翅心想。

他不想吵醒小貓，因為他知道把貓兒從夢裡叫醒是很危險的。再說，**如果我猜得沒錯，礫心八成具有什麼異能，這夢或許很重要。**

灰翅耐心等待礫心自己醒來。突然間，小貓用力一蹬，跳了起來，睜著斗大的眼睛。他嘶聲作響地朝灰翅轉身，灰翅伸出腳爪安撫他。

「別緊張，」他低聲道。「你只是做夢而已。」

礫心漸漸清醒，目光緊緊盯住灰翅。

灰翅看得出來他眼裡的痛苦。「你以前也做過同樣的夢，是不是？」他問道。

礫心的回答竟然是縮成一球，緊緊挨著灰翅。灰翅感覺到他在發抖，於是用舌頭溫柔地舔他，試圖安慰。「沒關係，」他低聲道。「你可以告訴我。」

礫心漸漸不再顫抖。「這陣子我一直在做夢，」他承認道。「梟眼和麻雀毛向來睡得安穩，所以我知道只有我在做夢。這些夢境帶給我的感覺……好像不是夢。我是不是鼠腦袋啊？」他很沒自信地問道。

灰翅搖搖頭。「當然不是，跟我說說你的夢吧。」他喵聲道。

礫心開始回憶，眼神頓時變得遙遠。「有一個夢特別奇怪，我已經做了好幾次了。」他開口道，「我走在一條又黑又深的地道裡，盡頭有光閃爍，就好像地底下藏了一顆很亮的星星。」

「你很害怕嗎？」灰翅問道，同時用尾巴搓搓小貓的背。

「沒有！」礫心的眼睛亮了起來。「我覺得很刺激！我真的很想走到地道盡頭，看看那究竟是什麼。感覺好怪哦……我看不到任何一隻貓，但我總覺得有貓兒在那裡，他們想跟我說話，只是我聽不見他們說什麼。我想如果我能找到那個像星星一樣的東西，就會懂了。可是每次我做這個夢，總是在我還沒抵達地道盡頭前就醒了。」他說完了，語氣失望。

灰翅完全不懂這個夢的意義何在。「你別擔心，」他向礫心保證道，「不只有你會做夢。你還記不記得我跟龜尾跟你提過山裡老家的尖石巫師和那裡的貓兒？」礫心點點頭。「尖石巫師也會做類似的夢，跟你一樣。」

小貓的眼裡閃著興味。「真的假的？」

「真的，而且她很有智慧。」他猶豫了一下又問道，「那你這次做的是什麼夢？」

「打鬥場面……規模很大。」礫心回答道，說著說著又開始發抖。「貓兒們都在尖叫，用利爪狠狠攻擊彼此。我好像有看見清天。以前我也夢過一次。」

憂慮像爪子似地緊緊攫住灰翅，不過他還是小心不讓小貓看見他的擔憂。**這是某種預警嗎？**

「沒關係，」他安慰礫心。「你不必勉強自己說出來。」

灰翅瞥了窩穴入口一眼，發現鋸峰蹲伏在附近，盡責地守護著他們。**這距離太遠了，他應該聽不見我們的談話，但即便如此……**

灰翅出於保護地用身子將礫心圍起來，同時彎下身子藏住他們的臉。因為他不希望鋸峰或其他貓兒看見。

要是礫心很特別，就得格外小心他的安全了，他心想。

「這件事先暫時別告訴其他貓兒，」他喵聲道，「但如果你又做夢了，可以告訴我……」

他的話被營地另一頭的哭嚎聲打斷。他趕緊跳起來，看見高影正站著低頭看她弟弟。其他貓兒都衝向她。

灰翅帶著礫心快步過去找她。月影動也不動地躺在地上，四條腿外張，彷彿最後一刻仍在痛苦掙扎，嘴巴旁邊的地上有一灘快要乾掉的黏稠血跡。

不！他一定是在我和小貓們睡覺時死掉的，灰翅心想。

他從貓群裡擠進去，走到高影旁邊。黑色母貓身子搖搖晃晃，悲痛欲絕，伸出爪子狠狠戳地面。

「他死得太早了！」她悲鳴哀嚎。

貓兒們圍了上來，默默地站在旁邊，全瞪大著眼睛看，驚愕不已。灰翅知道現在只剩一件事可做，他伸出腳爪，碰觸月影的屍體，發現他逐漸冰冷。灰翅頓時難過了起來，他不忍卒睹任何一隻貓兒的死亡。

我們必須埋了他，灰翅想到他們以前曾把鷚鳥的屍首埋在石堆底下，心跟著抽緊。這件事越早處理越好。「妳準備好了嗎？」他輕聲對高影說。

黑色母貓根本不用問他這話什麼意思，她這一生已經經歷過太多貓兒的死亡。

灰翅環顧四周，看見鋸峰，於是揮動尾巴示意他過來。「我們要去埋葬月影，」他弟弟鋸峰瘸著腿走過來，於是他這樣告訴他。「我要你待在這裡照顧小貓，他們太小了，埋葬過程還是別讓他們看見比較好。」

鋸峰挺起身子，一臉自信。「灰翅，你放心，我會好好照顧他們。」

梟眼和麻雀毛爬上來找礫心，後者難過地看著月影的屍首。灰翅看得出來礫心很清楚這件事其實已經無力回天。

「我們離開營地時，鋸峰會留下來照顧你們。」灰翅喵聲道，同時用尾巴聚攏小貓們。

「太好了！他知道好多好玩的遊戲。」麻雀毛開心說道。

「但為什麼我們不能一起去？」梟眼問道。

「有些事情不適合小貓參與。」灰翅告訴他。

「沒錯，」龜尾快步過來找他們。「你們就跟著鋸峰待在這裡，」她猶豫了一下，才看著灰翅的弟弟。「謝謝你，」她說道。「要是沒有你，我們真不知道該拿小貓們怎麼辦。」

他垂頭致謝，甩甩身子。「來吧，小貓們！」他喊道，一跛一跛地帶他們離開。

小貓們蹦蹦跳跳地圍在鋸峰旁邊，跟著他穿過營地。灰翅和高影扛起月影的屍首。灰翅很驚訝月影的重量竟出乎意料之外的輕。顯然這隻貓兒生前受傷時從未好好進食。他們神情肅穆地緩緩前進，扛著屍體爬上邊坡，走出坑地。其他貓兒跟在後面，四周靜悄悄的，只聽得到輕軟的腳步聲。

才剛爬上高地，灰翅就看見金雀毛和風奔正在幾條尾巴外的地方，朝著他們走來。

「我們來幫忙。」金雀毛立刻提議，同時加入送葬的行伍。

「謝謝你。」他感激地喵聲道。

「好了，大家排成一行，」風奔立刻接管全局。「不要推擠月影，請尊重一下死者。」

有幾隻貓兒驚訝地瞥了風奔一眼，但由於過於悲傷，所以都沒出聲抗議她自以為老大。灰翅倒是很感激她的沉著應對，**她知道該如何辦理喪事，畢竟她是局外人，不若我們傷心過度。**

灰翅和高影扛著月影走到一塊岩石底下，其他貓兒跟在後面。風奔和金雀花開始動手挖掘地上的土石，其他貓兒都退到一旁。

他們終於挖出一個深到足以掩埋月影的坑洞。灰翅和高影將月影丟了進去。灰翅一看見沾在沙土上的血跡，不禁皺起眉頭。**不該有貓兒這樣慘死的。**

月影的肚子袒露在外，貓兒們都看得到那可怕的傷口。高影懊惱出聲，爬下洞，試圖幫她弟弟翻身，想藏住傷口。但那個坑洞不夠大，而他的身體也早已僵硬。

龜尾走到坑洞邊緣。「上來吧，高影，」她輕聲喊道。「別翻動他了。」

高影一臉憤怒地抬頭看她，但那憤怒漸漸被說不出來的痛苦取代。她心不甘情不願地跳出坑洞，木然地看著寒鴉哭和碎冰搬石頭蓋住坑洞，直到再也看不見月影。

灰翅總覺得光這樣還不夠。**這是我們來到高地上的第一場葬禮，我一定得說幾句話才行。**

於是他趁寒鴉哭和碎冰退到後面，清理腳爪上的泥巴時，轉身面對其他貓兒。「月影是隻勇敢的貓，」他開口道。「他熬過了山裡的苦日子，也熬過了漫長的旅程來到這裡。他的死象徵著我們離開山裡老家之後所經歷過的一切變化。但我知道未來的變化更多，可是不管發生什麼事，我們都會永遠記得月影，這一點我很確定。」

他的話還沒說完，高影已經轉身離開，走回營地。灰翅看見她孤單的背影，覺得心都快碎了。

其他貓兒跟在後面。灰翅最後才回到營地，他在坑地上方短暫停留，看著其他貓兒各自散開。這時鋸峰蹣跚爬了上來，只見他毛髮豎得筆直，一臉憂心忡忡，藍色眼睛瞪得斗大。

「灰翅！」他上氣不接下氣。「梟眼不見了！」

灰翅不敢相信。「不見了是什麼意思？我不是要你看著三隻小貓嗎？」

鋸峰表情慚愧，眼神愧疚。「我正在訓練他們，教他們怎麼爬上岩石，但因為我沒辦法親自示範，只能用指導的。結果我在幫忙礫心和麻雀毛爬上去的時候，突然發現梟眼不見了。」

灰翅焦慮地將爪子戳進地上。「那不是理由。你應該看好他們。」鋸峰被他嚇得縮起身子。灰翅知道自己的話太嚴厲了，但他心焦如焚，顧不了那麼多。他的目光掃過坑地，另外兩隻小貓相偕站在幾條尾巴距離之外的坡底，眼睛瞪得斗大，滿臉驚慌，但不見梟眼的蹤影。

「你查看過所有窩穴了嗎？」他問鋸峰。

鋸峰緊張地點點頭。「他不在裡面。」

龜尾快步走上來站在灰翅旁邊開口對鋸峰說話，神情和語調都很冷靜……**根本是過於冷靜**，灰翅心想。「你不要擔心，」她告訴鋸峰，語調哽咽，幾乎說不出話來。「這不是你的錯。」

灰翅用尾巴示意兩隻小貓。「你們知道是怎麼回事嗎？」他問他們兩個。

礫心搖搖頭。麻雀毛用前腳刮著地上的表土，垂著頭。

「麻雀毛！」她的母親厲聲喊道。「如果妳知道什麼，一定要告訴我們！」

「梟眼說他要去外面抓兔子。」玳瑁色小貓心不甘情不願地承認道。

「兔子？」龜尾朝灰翅轉身，眼睛瞪得斗大，表情驚恐。「他個子才多大，怎麼可能應付得了兔子？更何況是自己去抓？」

「而且高地上有狗，」灰翅緊接著她的話說道。他一想到梟眼可能的遭遇，便覺得自己的胸口又快要不能呼吸。「妳為什麼不告訴鋸峰?」他問麻雀毛，語調嚴厲，既憤怒又恐懼。

小貓嚇得縮起身子。「因為我以為他是隨便說說!」她哭著說道。「我以為他只是吹牛!我根本不知道他會這麼鼠腦袋地跑出去。」

灰翅停頓了一下。他知道梟眼天生具有狩獵的本能，但決定單獨外出這件事著實是他聽過最魯莽的行為。「我們得把他追回來。」他說道。

我絕對不能讓一隻小貓被狗攻擊或者和兔子格鬥到丟了性命。

灰翅揮揮尾巴，召集其他貓兒過來。「龜尾，風奔，你們待在這裡照顧小貓，」他無視鋸峰受傷的眼神，逕自下令道。**我不能再把小貓交給他照顧!**「寒鴉哭，我要你跟我去。金雀毛，另一支隊伍由你來帶，可以嗎?」

貓兒們開始進行分組。灰翅趁這時快步過去找高影，唯獨她剛剛沒理會灰翅的召集令。她一直坐在大岩石底下，望著遠方。

「高影，梟眼自己跑去高地狩獵，」灰翅解釋道。「我們得去找他回來，妳能跟我去嗎?」高影沒有立刻回答，於是他又說：「我知道妳還在悼念月影，但我現在需要妳幫我。」

高影站了起來，甩甩身子，彷彿想要甩掉身上的刺。她轉身看著灰翅，兩眼炯亮。

「我弟弟已經埋起來，」她喵聲道。「我不能再眼睜睜看著別的貓兒死去。我當然要幫你。我們從哪裡著手?」

第二十二章

灰翅帶隊爬上邊坡時，順道停下腳步對瞪大著眼睛、表情憂慮的雨掃花說道：「幫我照顧他，好嗎？」同時用耳朵指指鋸峰。

雨掃花點點頭。「別擔心，灰翅，我會的。」

灰翅在坑地嗅聞，好不容易聞到梟眼的氣味。「走這邊！」他喊道，同時揮動尾巴，示意高影和寒鴉哭。

可是當這三隻貓兒穿過高地時，卻發現小貓的微弱氣味被狗的臭味完全掩蓋。

「照這樣下去，我們永遠也找不到他。」寒鴉哭咕噥道。

恐懼爬滿灰翅全身，彷彿身上的血液都化成了雪水。他環顧四周，這才知道根本不可能趕在小貓陷入危險之前找到他。**或許已經太遲了**。

「看來他好像走這個方向。」他喵聲道，找到了氣味的走向。

隊友們跟著他往前探索。他打開所有感官，極力尋找小貓的任何一絲蹤跡線索。穿梭在金雀花叢小徑裡的他，瞄見低矮的樹枝底下有一抹血痕。他當場愣住，無法動彈，深怕那就是梟眼的血。

高影走了過來，嗅聞血跡，喵聲道：「抱歉，狗的味道太濃了，我分辨不出這是誰的血。」

這話並未帶給灰翅多少安慰，但他還是勉強自己繼續往前走。

三隻貓兒來到金雀花叢的另一頭試圖找出梟眼的氣味。最後高影抬起尾巴。「這裡有味道！」她喊道。「這條路是通往森林的。」

灰翅望著遠方的林線。清天的營地就在森林某處。**要是梟眼遇到危險，他會保護小貓嗎？**

高地緩緩向下傾斜，形成山谷，一條小溪沿著谷底涓涓流淌。狗的氣味在這裡沒那麼濃。眼前一切看似平靜，但灰翅還是擔心到腳爪微微刺痛。

這裡太平靜了……

他環顧四周，這才發現要是他們遭到攻擊，根本沒有地方可以躲，連一棵樹或一株灌木也沒有，唯一的遮蔽物只有水邊稀疏的蘆葦叢和長草叢。

他們循著梟眼的氣味朝下游走去，這時灰翅聽見有尖銳的聲音喊他。他愣了一下，目光掃過小溪，瞄見梟眼的頭在蘆葦叢間探了出來。

「看我抓到了什麼！」小貓得意洋洋地喊道，同時把一隻死田鼠丟到空中。

灰翅頓時鬆了口氣，但隨之而起的是憤怒。「你這隻笨毛球！」他吼道，同時躍過小溪，跳向小貓。由於緊張過度再加上費力奔跑的關係，他的胸口又開始痛了起來。

高影和寒鴉哭跟在他後面涉過小溪。但才剛找到梟眼，高地上方盤踞已久的烏雲終於瀉出雨水。斗大雨滴打在灰翅身上，滴滴答答地彈在水面上。

「這下我們要淋成落湯雞了！」寒鴉哭抱怨道。

灰翅的胸口傳出喘鳴聲。他沒辦法這樣一路跑回高地躲雨。雨勢越來越大，他拱起肩膀，意外瞄見小溪的邊坡上面有個洞。「去那裡躲雨！」他對梟眼厲聲吼道，同時將小貓推到他前面，跟著小貓鑽進洞裡。「快過來！」他朝其他貓兒喊道。

洞的入口有微光滲入，隱約聞得到陳腐的兔子味。裡面還有空間可以往前移動。灰翅的毛髮拂過兩側泥牆。他聞得到後面的高影和寒鴉哭氣味，但回頭看，只能隱約望見高影在幽光中的剪影。

沒過一會兒，突然傳來東西滑落的聲響，洞口的光頓時不見，洞裡漆黑一片。

「怎麼了？」灰翅喊道，他驚恐到胃揪成一團。

「入口坍了，」寒鴉哭回答道，語調聽起來懊惱多過於驚恐。「一定是大雨害土石鬆動了。」

「那我們不就被困住了？」高影粗聲道。

罪惡感頓時淹沒灰翅，猶如外頭的大雨來得又急又快。這裡這麼安靜，他又氣喘吁吁，他知道他們一定聽得到他的哮喘聲。他第一次覺得自己一無是處到了極點。**要不是我呼吸的問題，我們早就在回營地的半路上了。**

「我……我很抱歉……」他哽咽說道。「我應該……」他挫敗到聲音不停顫抖，根本沒辦法把話說完。

「這不是你的錯。」寒鴉哭語氣堅定地說道。「這沒什麼大不了。我們只要繼續走，一定可以找到另一個出口。」

灰翅開始往前爬，一路輕輕推著前面的梟眼。「這裡好刺激哦！」小貓吱吱尖叫，然後又說：「去它的老鼠屎！我竟然忘了帶走河邊那隻田鼠！」

灰翅發現這片漆黑正漸漸被灰濛的光取代，那光來自於頭頂。可是他也聞到一種奇怪的味道……一種像是狐狸但又不全然是的臭味。他頸上和肩上的毛不由得豎了起來。

等到再往前走幾步，地道竟豁然開闊，貓兒們又能並肩而立。他們環顧四周，發現目前所在的這個洞還另外連著多條地道，有光從穴頂上方的縫隙滲灑而下，成團樹根牢牢抓住土壤，地上覆滿乾枯的葉子和蕨葉。灰翅聞到這裡的臭味，不禁皺起鼻子。

「這裡好臭！」梟眼大聲說道。「我不喜歡。」

寒鴉哭輕輕拍他耳朵。「誰叫你不聽鋸峰的話，跑到這裡來，都怪你。」他喵聲道。「不是告訴過你不可以離開營地嗎？你一定要服從灰翅的命令，尤其他現在是我們的首領，是全營地裡最受敬重的貓兒。」

灰翅知道寒鴉哭只是想讓他覺得好過點，於是更覺得愧疚。**敬重？我根本不值得敬重！**但他知道他得保持沉默，不能讓梟眼發現他的感受有多糟。

「我只是好玩而已！」梟眼反駁道。「而且我真的抓到一隻田鼠。」

「好玩？」寒鴉哭大聲喊道。「你這隻小貓腦袋裡長蜜蜂了嗎？你……」

「夠了，你們兩個！」灰翅打斷。「我們得決定走哪條地道。」他繼續說道，同時用尾巴示意眼前的幾條地道。**我想盡快找到出口，這裡的空氣太潮溼，我的胸口越來越痛。**

可是就在他帶隊穿過穴洞，朝最近的一條地道走去時，裡頭出來傳出聲響。灰翅看見一頭動物停在地道入口，牠的頭很小，黑色毛髮上的白色條紋，一路延伸到頭顱中間，鼻頭溼潤，有一對像珠子一樣的小眼睛和一雙小耳朵，四條腿粗短，腳爪雖鈍卻孔武有力。

灰翅愣在原地，既恐懼又好奇。「這是什麼？」他低聲問道。

「那是獾，」高影語調嚴肅地回答他。「我記得蔭苔告訴過我，牠們像我們一樣群居，個性很兇猛。」

而我們卻走進牠的窩穴裡，灰翅驚覺。他試圖釐清自己的思緒，看來他們只剩一個優勢：速度。這頭龐然大物不可能像貓兒一樣動作靈活。**我們被困在地道裡……但我們得試著脫逃。**

獾從地道裡擠出來，在貓兒面前用後腿撐起身子，張嘴露出巨大的黃牙。

「快跑！」灰翅尖聲喊道。

他先確定梟眼跟在他後面，然後就朝另一條地道衝進去，但隨即發現自己犯了錯。他的呼吸問題影響了他們的跑速，他沒辦法跑更快。

我應該讓其他貓兒先跑的，然後趁他們脫逃時，直接迎戰那頭獾。

但現在太遲了，地道窄到其他貓兒根本沒辦法從他旁邊擠過去。

還好他發現再往前跑幾條尾巴的距離，空間就又變得開闊，兩側還連著另外兩條地道。灰翅扭身轉進彎道，暗自希望獾沒再追上來。穴頂有很多縫隙，所以有足夠的光源供他看清楚前面的路。

灰翅聽見後方傳來痛苦尖叫，接著是扭打聲，他愣了一下。**有貓兒受傷了！**但他沒辦法停下來幫忙，他必須繼續往前跑。

最後灰翅終於看到前方有不規則的光亮地帶，這才確定出口已近。他加快腳步，衝向出口。

外頭的大雨已經變成毛毛細雨。灰翅在霏霏細雨中看見他們其實離森林邊緣很近，有棵樹甚至只有幾條尾巴距離之近。他回頭很快地瞥了一眼，確定所有貓兒都已跟上，隨即當機立斷地撲向那棵樹，爪子戳進樹幹，爬了上去，渾身顫抖地躲進樹枝裡，大口喘氣。他的同伴們也陸續爬上來，藏在葉叢裡。

灰翅低頭探看，發現那頭獾正把牠那條紋鼻子伸出地道口，邪惡的小眼睛打量附近環境，然後哼了一聲，退回地道。

高影吁了口氣。「牠走了！」

「梟眼，你還好嗎？」灰翅問道。

小貓緊緊挨著他，嚇得全身發抖。灰翅瞄到他後腿被抓傷，有點滲血。「你受傷了！」他大聲說道。「原來是你在慘叫。」

「沒什麼，我很好。」梟眼勇敢地喵聲道，不過牙齒仍在打顫。

寒鴉哭縮張著爪子。「我小小教訓了那頭獾。」

灰翅不敢相信梟眼這麼小就受傷。**都是我的錯**，他絕望地心想道，**我算什麼首領？連自己的小貓都保護不了？**

雨終於停了，雲層開始散去。灰翅看見太陽正沉下地平線。

「我想獾不會再回來了，」他喵聲道。「我們最好回營地去。要是天黑還在外頭逗留，恐怕會遇到更多麻煩。」

高影率先跳下樹，然後帶隊穿過高地。灰翅和梟眼殿後。灰翅仍在費力呼吸，梟眼因為腳被抓傷，一路跛行。

「對不起。」梟眼低聲道，他眨眨眼睛，一臉歉意地看著灰翅。「我不應該私自離開營地。」

灰翅抽動耳朵，認同小貓的話，但沒有力氣開口說話。

他抬頭望見高岩山的輪廓就鑲嵌在夕陽裡，令他不禁想起山裡的老家。**要是尖石巫師在這裡指導我就好了**，他心想，**可是她離得這麼遠，根本幫不上忙**。

灰翅終於抵達坑地上方，其他貓兒緊跟在後。他看見坑地裡的貓兒們都聚在營地中央不安地交談，雨掃花這時抬頭看見了他們。

「他們回來了！」她喊道。

龜尾立刻衝上邊坡，撲上梟眼，不停地舔他。「你要把我氣死嗎？」她喵聲道。「你到底在想什麼？私自離開營地？你受傷了！」

「我抓到一隻田鼠。」梟眼驕傲地大聲說道。

「我不想聽。」

龜尾推著她兒子走下坑地，其他貓兒跟在後面。坑地裡的貓兒都圍上來，問他們事情經過。灰翅仍覺得呼吸困難，於是坐下來交給高影回答。

他注意到鋸峰一聽聞過程中他們曾慌忙地爬上樹，立刻皺起眉頭，心想他八成又想起自己受傷的往事了。

礫心和麻雀毛朝他們的哥哥奔來，鼻子埋進他的毛髮裡。礫心一看見梟眼身上被獾劃傷的傷口，立刻伸舌不斷舔它。

「這樣可以防止感染，」他一邊舔一邊很有自信地說道。「你必須保持傷口的乾淨。」

「你怎麼懂這些？」梟眼問道。

「雲點告訴我的，」小公貓回答道。「他也教我很多藥草的事。他說等我再大一點，他要帶我跟他還有斑皮一起去採集藥草。」

這時灰翅發現龜尾正在瞪他。「你怎麼會讓他受傷？」她質問道。「我們的孩子可能被獾殺死欸！」

「我？」灰翅突然忘了自己曾發過誓，再也不跟龜尾吵架。「這怎麼會是我的錯？我跑去救他欸！要不是梟眼自己跑出去……」

他的聲音越說越小，他的胸口從沒那麼悶過，悶到甚至難以呼吸。他覺得自己的身子正搖晃，開始眼冒金星。

「你們快看！」龜尾放聲喊道。灰翅在亮晃晃的視線裡看見她朝其他貓兒轉身，聲音高亢，蓋過其他不安的低語聲。「你們快看灰翅！難道你們看不出來他都快站不直了嗎？你們都沒聽見他很喘嗎？他病了……病得很重。難道只有我看得出來嗎？」她怒瞪著其他貓兒，尾巴氣憤地甩動。「要是灰翅不願面對現實，那就由我來面對，」她繼續說道。「他需要時間復元。他沒辦法再領導你們。他沒辦法……」

吼叫聲彷若森林裡呼嘯而過的野風在灰翅的耳裡響起，直到他再也聽不見龜尾的聲音。他的視線慢慢變暗，他隱約知道自己的身體快要癱倒在地。

整個世界縮成一個小光點，然後眨眼不見。

第二十三章

雷霆快步穿過矮樹叢，跟著冰霜和花瓣一起巡邏清天的領地。隔著林子，他看見天空斑駁的烏雲。空氣潮溼陰冷，腳下的地面溼軟，他的腳掌一沾到地上冰涼的水，整張臉便皺了起來。

他跟冰霜、花瓣在一起比跟清天的其他貓兒在一起自在多了，不過他們的謹慎小心也多少對雷霆造成了影響……如今他對誰都不太信任。

他為冰霜感到難過，自從上次森林大火，冰霜不小心踩到著火的樹枝之後，到現在走路都還一拐一拐的。那個傷口一直沒有癒合，白色公貓的眼裡始終隱忍著痛苦。

雷霆此刻的思緒又一如往常地飄回以前的高地還有和灰翅在一起的時光。**要是他現在看到我，會怎麼想？**清天他們覺得邊界能帶來安全感，能得到保障，但雷霆知道灰翅不喜歡這些例行的巡邏工作，總認為沒有必要僵化貓兒狩獵的範圍。

他聽說過花瓣弟弟阿狐的事，是因為灰翅擅自越界才枉死。當時灰翅為了自我防禦，結果阿狐死在那場打鬥裡。**我相信灰翅不是故意的，**雷霆心想。

他很想衝動地詢問花瓣和冰霜那件事，但他也明白這問題有多蠢。**那根本不關我的事，搞不好還會把自己搞得狼狽不堪。**

帶隊的冰霜聽見矮木叢裡傳來搔抓聲響，於是停下腳步。雷霆的毛髮頓時豎了起來，因為他聞到陌生貓兒的氣味。他覺得這味道很熟悉，但又不記得是在哪裡聞過。

「出來吧！」花瓣厲聲喊道。「我們知道你在裡面。」

前方的蕨葉叢突然頓時不再出聲，過了一會兒，葉叢一分為二，一隻瘦巴巴的玳瑁色母貓走了出來。

「阿班！」雷霆大聲喊道。「妳在這裡做什麼？妳不是寵物貓嗎？怎麼沒住在兩腳獸那裡？」

「你認識這隻貓？」花瓣厲聲說道，一臉狐疑地看著雷霆。

完了……她會認定我是寵物貓的朋友！「呃……她來過高地上的營地一次。」雷霆回答道。

「我不是寵物貓……不再是了。」阿班驕傲地挺起身子。「我告訴高地貓我不再回兩腳獸巢穴，所以我就沒回去，真的沒回去。我現在是野貓了。」

雷霆不免注意到阿班比上次去高地要求收留時瘦了很多，肋骨都突了出來，她雖然語氣自豪，但眼神裡盡是絕望。她似乎對不回兩腳獸巢穴的這件事太執著了。**她是想說服我們她現在是野貓了……還是想說服自己？**雷霆不免好奇。

「不管妳是不是野貓，都不能待在這裡。」

「沒錯，」冰霜跟著說道。「妳越界了，這裡是清天的領地。」

阿班猶豫了一下，憤憤然地來回看著冰霜和花瓣。「我愛去哪就去哪。」她回答道，但聲音明顯在發抖。

冰霜沒有回答，只是伸出爪子，不懷好意地上前一步。阿班跟他對峙了一會兒，試著勇敢地挺起胸膛，但花瓣才出聲低吼，她便轉身一溜煙地跑了。

「給我滾出去，別再回來！」冰霜跟著花瓣追上去，嘴裡同時吼道。

雷霆仍留在原地，看著其他三隻貓兒消失在矮木叢裡。過了一會兒，他撥開蕨葉想跟上去，一隻小鳥突然驚叫一聲飛了起來，然後一切又歸於寂靜。

希望他們別傷害她，他憂心忡忡地想道，**為什麼他們不能放她一馬呢？**

微弱的嗚咽聲飄進雷霆的耳裡，他認出那是阿班的聲音。聽起來她沒有受傷，而是害怕，還有因被拒而自覺受傷。

過了一會兒，冰霜和花瓣又出現了。「諒她以後再也不敢來了。」冰霜得意洋洋地揮動尾巴說道。

「沒錯，」花瓣附和道。「她只是一隻搞不清楚狀況的寵物貓，反正她也抓不到什麼東西。她越早滾回兩腳獸那裡，對她越好。」

但雷霆還是甩不開心裡的焦慮。**阿班現在好瘦！**「其實我們剛剛可以幫她一點忙。」他有點像在自言自語地低聲說道。

花瓣不屑地哼了一聲。「我媽媽死的時候，也沒有貓兒幫我或我弟弟啊。那時候的我們還只是小貓呢。」

「那種感覺一定很孤單。」雷霆喵聲道。

花瓣眼神堅定。「是很孤單，直到清天救了我們。我一輩子也報答不了他的恩情。如果報答他的意思就是用盡我所有力氣為他捍衛邊界，那麼我責無旁貸。因為這是我欠清天的。」

「我們繼續走吧。」冰霜嘟囔道。

他們沿著邊界往前走，烏雲開始散去，悄悄露臉的太陽已經快要沉入地平線，淡紅色的霞光探進森林。

「我們最好走快點，」花瓣低聲道，聲音裡隱約有著興奮。「清天馬上要召開會議，我們得趕回營地。」

冰霜的眼睛一亮。「是啊，我也不想錯過。嘿，雷霆，你知道這次集會的目的是什麼嗎？」

雷霆搖搖頭，他是在清天今天早上公開宣布此事時才得知的。

「你少來了，」花瓣催促他。「你是清天的兒子，他一定有跟你說過。」

「對不起，真的沒有，」雷霆回應，心裡隱約失望他父親不夠信任他。「他什麼話也沒跟我說。到時我們就知道了。」

花瓣翻翻白眼，好像不全然相信他的話，但也沒再繼續追問下去。「你覺得清天開會的目的是什麼？」她問冰霜。

「也許想要求我們擴大邊界，」冰霜揣測道。「如果把邊界擴充到四喬木的坑地那裡，那就太棒了！」

雷霆很是驚駭。**這邊界也被擴張得太遠了吧！到時怎麼防禦領地？再說以前就在那裡狩獵的貓兒到時要怎麼辦？他們要吃什麼？**但他很小心地藏起自己的表情。

「我不這麼認為，」花瓣說道。雷霆聽見她這麼說，倒也鬆了口氣。然後花瓣繼續說道：「我覺得清天可能想拔擢某些貓兒。」

「嗯……也許吧。」冰霜的語氣半信半疑。「你覺得是哪一個呢？」

花瓣表情似在盤算。雷霆心想她一定認為她自己是其中之一。「落羽和快水打從一開始就跟著清天，」她開口道。「不過快水膽子小的要命，只要腳被弄溼就哀哀叫。落羽還好，但沒什麼特別之處。」

「也許是葉青，」冰霜提議道。「他是隻很不錯的狩獵貓。」

「你這麼認為嗎？」花瓣不屑地抽動鬍鬚。「我倒認為他的狩獵技術很爛。」

「倒也是。說到打架，我一定扳得倒他。」冰霜喵聲道。「你知道嗎？我認為要是清天想拔擢一些貓兒，我跟你應該比那些中看不中用的毛球有更大的機會出線。」

雷霆再也受不了了。「你們怎麼可以這樣背後批評自己的同伴？」他語調吃驚。

冰霜和花瓣不約而同地停下腳步，一臉訝異。

「你這兩個月的日子都白過啦？」冰霜反問他。「你父親什麼也沒教會你嗎？大家都知道我們在營地裡有各自的角色，而這角色到底是什麼，就得看清天對我們的欣賞程度。打從他第一天搬進森林裡，就把這個立場說得很清楚了……只有他的意見才算數。」

雷霆搖搖頭，完全一頭霧水。「我認為……」

「他不用懂這些，」花瓣語調惡毒。「他是清天的兒子，很快就能一步登天。」

她話語剛落，前方便出現動靜，一隻老鼠從枯葉底下竄出來。雷霆還來不及反應，花瓣便追了上去。

是誰幫她取名「花瓣」的？雷霆納悶，**她根本一點也不像花瓣那麼嬌柔。**巡邏終於到了尾聲，三隻貓兒打道回府。雷霆殿後壓隊，不想再聽冰霜和花瓣的談話內容。但他才走了幾步，便隱約聽見身後窸窣聲響。他回頭一看，瞄見矮木叢裡有雙黃色眼睛正在窺看。沒過一會兒，有隻貓兒走了出來。那是一隻精瘦結實的棕色母貓，她毫不猶豫地穿過邊界，站在那裡豎直耳朵，張開嘴巴，似乎正在搜尋獵物。

風兒！

雷霆發現母貓沒注意到被荊棘叢半擋住的他。他知道他應該趕她走，但他想起她的親切友善，更何況她還幫過高地貓很多忙。他不想跟她變成敵人。

雷霆的其中一隻腳爪就這樣停在半空中，他希望風兒可以自行走開，以免惹出一堆麻煩。

冰霜和花瓣不會像對阿班那樣輕易放過她的越界之舉，她也沒那麼容易被驅趕。

但雷霆還沒來得及打定主意，冰霜就衝上來，從他旁邊擠過去，直接挑釁風兒。

「快滾出去！」他齜牙低吼。

儘管冰霜一馬當先，但雷霆還是看得出來冰霜其實正忍著傷口的痛。**要是他對別的貓兒好一點，反而對他有好處，**他心想，**他根本沒那個能耐開戰。**

但風奔也不是省油的燈，她不屑地瞪了冰霜一眼。

「你越界了，跳蚤貓！」冰霜齜牙低吼。「快滾出我們的領地！」

風奔瞪大眼睛，假裝不解地看看四周。「我叫風奔，」她喵聲到。「早在你們來這裡之前，我就住在這兒了。我看該滾開的是你們吧！」

她冰冷的語調顯然激怒了冰霜。後者放聲一吼，撲了上去。兩隻貓兒嘶聲作響地在林地上打滾，拉扯著對方的毛髮。

雷霆上前兩步，又停下腳步，不知道該如何處理。他看見花瓣也過來了，那雙綠色眼睛冷靜地看著他們打鬥。雷霆心想要是冰霜占下風，她應該就會出手。

不過花瓣根本沒必要出手，因為冰霜塊頭兒很大，又孔武有力，沒兩下就將風奔壓制在底下。雷霆藏起訝異的情緒，萬萬沒想到帶傷的冰霜打起架來竟然也如此可怕。

風奔翻著白眼，看著雷霆，後者無助地旁觀，他很清楚她是在向他無聲地求援。

救救我！

可是雷霆察覺到花瓣正在一旁觀察他，隨時準備向清天舉報他的背叛。

還好風奔幫他省了舉棋不定的麻煩，只見她脖子一扭，尖牙戳進白色大公貓的腳爪，冰霜痛得立刻鬆開對方，風奔趁機掙脫。花瓣馬上衝了過來，但風奔瞬間消失在附近的兔子洞裡。

雷霆頓時鬆了口氣。**她會順著地道逃走，不會有事的。**

但輕鬆的感覺沒持續太久，因為冰霜和花瓣將矛頭指向他，交相指責他。

「你看到那隻貓！」冰霜指控他。「為什麼不早點攻擊她？」

「是啊，你是來巡守邊界的，不然為什麼要跟我們出來？」花瓣質問道。

雷霆不想為自己辯解。他想像得到他們會怎麼加油添醋，他不希望回去還要跟清天報告經過。**要是我保持緘默，也許他們就不會再說什麼了……**

花瓣和冰霜瞪了他好一會兒，最後花瓣才不屑地哼了一聲。「走吧，我們回去。我們可不想錯過清天的重大宣布。」她轉身快步離開，冰霜亦步亦趨地跟在旁邊。

雷霆沮喪地走在後面。

✦✦✦

黑暗籠罩營地。雷霆小心翼翼地坐在荊棘叢底下，清天的其他手下猶如黑夜裡的流動液體圍著空地中央的水池而坐。貓兒們低聲交談，氣氛有點亢奮，大家都在揣測集會的目的。

就在雷霆再也等不下去時，清天終於跳上樹墩，那是他平常向貓群發表談話的地方，此刻他就站在那裡打量貓群，那雙眼睛在月光下閃閃發亮，灰色毛髮泛著銀光。雷霆深吸一口氣，敬畏地看著他父親，後者一臉權威地俯瞰所有貓兒。

清天等低語聲都消失了，才開口道：「大家好，我今晚召集大家的目的是因為我決定調整領地的邊界。」

雷霆聽見有幾隻貓兒驚訝地倒抽口氣。他感覺到肚子不安地翻攪。**清天這話是什麼**

意思？

「森林大火過後，狩獵變得比以前來得困難，」清天繼續說道。「基於首領的職責所在，我必須確保我的貓兒們都不會挨餓。」他的表情痛心。「否則我永遠不會原諒自己。」

雷霆聽見有一兩隻貓兒表示同感。冰霜抬起頭大聲喊道：「清天，你不必自責，只要告訴我們該怎麼做就行了。」

清天垂頭致謝。「謝謝你，冰霜，你的忠誠對我來說意義重大。」

雷霆全身不自在，彷彿有螞蟻在身上爬。**他說要調整邊界，但我知道他的意思其實就是擴張邊界。**雷霆環顧其他貓兒，想知道他們是否也覺得不妥。但每隻貓兒都熱切看著他們的首領，只有快水的目光瞥了過來，與雷霆的交會，但隨即別過臉去。雷霆眨眨眼睛，**為什麼我對他有所質疑？他是我父親啊！**

「領地的調整從明天一早開始，」清天繼續說道。「黎明時我會親自挑一批貓兒幫忙我展開第一次的探索作業。現在你們只需要好好睡上一覺，因為誰也不知道明天要面對的是什麼？」

貓兒們各自散開回自己的臥鋪，現場再度瀰漫著興奮的低語聲。清天仍留在樹墩上等貓兒全都散去。然後用尾巴示意。「雷霆，你過來！」

雷霆既驚又懼地跳起來，快步穿過空地，走向樹墩。

清天跳下去與他會合。「跟我來。」他喵聲道，隨即帶頭走進營地外一棵橡樹樹根的樹洞裡。他環顧四周，確定四下無貓，才又繼續說道：「雷霆，我先前一大早帶你出去受訓是有原因的。我要你加入第一批隊伍，黎明時跟著他們出發標示新的邊界。」

雷霆張口結舌。「我？」

他的父親點點頭。「我召集你加入這場行動，是因為這是很光榮的事……你可以勝任嗎？」

雷霆覺得自己好像被撕成了兩半。他不確定擴張領地這種事到底對不對，但同時他又很想向他父親證明自己。

「我……我知道森林需要時間復元，」他結結巴巴。「但是我也還沒看到有誰因為這件事餓肚子啊。」

清天又像以前一樣懊惱地別過臉去。雷霆知道自己又說錯話了，只好默默等候，直到他父親轉頭過來直視他。父親的藍色眼睛炯炯發亮，雷霆被他盯得連眼睛都不敢眨。

「你當然看不出飢餓的跡象。」清天耐心回答。「因為你從來不曾為了食物的不足掙扎求生過，所以不可能看得出來飢餓正殘酷地……慢慢地逼近我們。」

「可是……」雷霆試著打斷，因為他很清楚這裡的獵物有多容易抓，每次狩獵隊出去，從來沒有空手而歸過。

清天無視他的打斷。「我太清楚那種感受了，因為我是山裡長大的，」他繼續說道。「今天一隻貓兒看起來健健康康的，但過了幾天，你會發現他肋骨都突出來了。我已經在這裡看到一些預警。」他將爪子戳進地面。「我絕不讓山裡的飢餓悲劇在這裡重演。」

雷霆看見他父親如此激動，不免後悔自己竟然質疑他。**我們才團圓兩個月而已，**他心想道，**我必須學會信任他的判斷。**

「我明天當然會陪你去，」他喵聲道，試著裝出興奮的語氣。「我會盡力幫忙。」清天垂下頭，用鼻子輕觸雷霆的耳朵。「那我們黎明見囉。新領地邊界的第一次標示作業，就由你來負責吧。」

第二十四章

林間薄霧裊裊，沾溼了草地和矮木叢，雷霆快步穿過營地，寒氣直竄毛髮。清天在空地邊緣等他，他的目光遙遠，似乎正看著某樣只有他才看得到的東西。

冷冽寒氣襲上雷霆，彷彿全身上下的血都化成了冰。**我父親的盤算到底是什麼？**

雷霆來到他父親旁邊，清天點頭招呼，但沒有離開的打算。雷霆靜靜地坐在旁邊，這時肚子突然咕嚕叫了一聲，他全身尷尬，後臀挪動了一下。

過了一會兒，長草叢裡一陣窸窣作響，宣告花瓣的到來。

「很好，」清天喵聲道。「我們走吧。」

他帶隊走出營地，穿過樹林，朝四喬木的空地方向走去。**他想把那裡劃為自己的領地嗎？**他們穿過舊邊界時，雷霆不禁納悶。

可是清天在溪邊停了下來，這裡離四喬木還很遠，溪岸上長滿青蔥的蕨葉和刺藤。「這將是我們的新邊界，」他大聲說道。「雷霆，第一次氣味記號的標示任務就交給你了。」

雷霆聽見花瓣冷哼一聲，彷彿認定這項任務本來應該交給她來辦才對。他只得盡量不動聲色地照他父親的話來做。

不過還好這種任務不涉及打鬥，他開始沿著溪邊作業，一邊走一邊標示。沒多久，就來到水邊一大叢荊棘那裡，他得繞著它才能在岸邊標示氣味記號。

清天發出懊惱的嘶聲，「你不能把氣味記號標得離溪邊近一點嗎？」他問道。

是哦，那我的皮不就會被刺刮到？雷霆心想，但又不敢大聲說出來。「好吧，我會……」但他才開口，一隻灰白色母貓便突然從荊棘叢裡跳出來，站在他面前，齜牙咧嘴地低吼。

「滾開，你這個大便臉！」她呸口道。

雷霆瞪著她，被她的挑釁姿態給嚇得一時之間不知如何反應。

「怎麼了？」清天從他後方吼道。「你還在等什麼？快上啊！」

雷霆蹲伏下來準備撲上去，但灰白色母貓竟然迅雷不及掩耳地伸爪往他臉頰猛力一揮，害他跌倒在地。他蹣跚地爬了起來，耳朵還在嗡嗡作響。他全身發燙，覺得好丟臉。

「交給我！」這時花瓣低聲一吼，從他旁邊衝了過去。「我認識這傢伙！」她撲上灰白色母貓，兩隻貓兒在荊棘叢旁翻滾扭打，互相呸口，狠刮彼此，爪子和尾巴揮來打去，森林裡迴盪著憤怒的尖叫聲。

雷霆終於好不容易站了起來，甩甩身子。他知道他應該上前幫忙花瓣，但兩隻母貓打得難分難解，如果他硬要插手，恐怕會誤傷自己的同伴。他往前走了幾步，有點不太確定，直到一個聲音制止他。

「別插手，」清天喵聲道。「這不關你的事。」

雷霆的父親正在兩條尾巴距離之外觀看這場打鬥。他表情冷靜，彷彿早就看慣貓兒們之間激烈的拚殺。

「花瓣跟這隻母貓以前有過節，」他過了一會兒才解釋道。「她叫迷霧。花瓣和她弟弟還是小貓時，母親就過世了。他們向迷霧求援，但她拒絕了。花瓣永遠忘不了這件事。」

「我不怪她。」雷霆低聲道。**要不是灰翅，我小時候也可能落得跟她一樣的下場。**

這時花瓣已經將她的對手壓制在地。迷霧在她腳下不斷掙扎蠕動，綠色眼睛射出怒火。兩隻貓兒的腰側都在流血，鮮血從迷霧的鼻口滴了下來。

「這裡現在是我們的領地了，」花瓣嘶聲道。「妳只要滾出這裡，就不會受到傷害。」

「癩皮貓，鬥兒都沒有！」迷霧低吼，隨即一個使力，將花瓣甩開，反撲回去，牙齒狠咬花瓣的耳朵。花瓣尖叫，猛踢後腿，但就是搆不到對方。

「真是狐狸大便了！」清天撲了上去，加入戰局，推開迷霧，讓她鬆開花瓣。然後和花瓣合力將她箝制在地上，花瓣壓住後腿，清天單腳箝住肩膀，另一隻腳爪抬了起來，準備攻擊喉嚨。

「讓她走吧！」雷霆倒抽口氣，以為致命一擊就要落下。

清天瞥了他一眼。「我們不是沒給過她機會。妳會乖乖離開嗎？」他問迷霧。

「想得美！」灰白色母貓回答。

迷霧突然一個使力，齜牙咧嘴地撐起身子，騰出腳爪對準清天的臉。但清天動作更快，揮爪撕扯她的喉嚨，戳了進去，鮮血當場噴出，像泡泡似地不斷湧現。迷霧試圖吼叫，卻倒了回去，癱死在地，鮮血濺污草地和荊棘叢。

清天退了下來。「笨貓！」他喵聲道。「要是她不這麼固執，就不會死了。」他的言語雖然殘酷，但語氣聽起來倒像他真的為她的死感到遺憾。他瞥了花瓣一眼，後者已經站起來，正在甩掉身上的屑渣。「妳表現得很好，」他彈彈尾巴，表示肯定。「她終於為以前的惡行付出代價了。」

花瓣沒有回答，只是點個頭。

雷霆告訴自己別在他父親轉身朝他走來時，表現出膽怯的模樣。**他會不會因為我沒加入戰局，就認定我是個膽小鬼？但要不是他阻止我，我早就跳下去幫忙了。**

但令他驚訝的是，清天竟兩眼炯亮地對他說。「恭喜你，迷霧被打敗時，你展現出對她的憐憫，這需要勇氣……首領才具備的勇氣。」

他繞著雷霆轉，仔細打量，但雷霆並未因他父親沒有動怒而鬆口氣，反倒全身不自在。「我在你身上看到很多我的影子。」清天說道。

雷霆緊張到全身毛髮都豎了起來。**為什麼這話聽起來好像在威脅我？**

「灰翅把你調教得很好。」清天繼續說道，來到雷霆面前站定。「但我更進一步地把你調教成一位稱職的首領。今天我已經看到你的潛能。好了，花瓣，我們去標示新的邊界吧。」他補充道，同時用尾巴指。「你走那頭。」

「遵命。」花瓣沿上游前進，連回頭看敵人的屍首一眼都沒有。

雷霆走到荊棘叢那裡，想找條路通往溪邊，同時在心裡強迫自己應該要很得意他父親的稱許。**可是到底還要死多少隻貓兒，清天才會滿意呢？**

正當他蠕動身子，試圖穿過荊棘叢外緣的藤蔓時，突然聽見深處傳來微弱的吱吱叫聲。**有老鼠！**他滿懷希望地想道，而肚子這時剛好也咕嚕咕嚕地叫，提醒他今早還沒進食。**清天應該不介意我們暫停一下，先抓點東西吃吧？**

不過當他嗅聞空氣，想找出獵物的位置時，卻發現迷霧的血腥味掩蓋了一切。但他還是聽得到那細微的叫聲，於是直接鑽進去查探。

沒過一會兒，他倏地停下腳步，一顆心狂跳不已。荊棘叢裡有兩隻小貓躺在蕨葉臥鋪上，他們張大嘴巴，發出尖銳的哭聲，眼睛雖然已經張開，但雷霆看得出來他們年紀還很小。

難怪迷霧死命抵抗！他心想道，**原來她不肯離開是有原因的。她是在保護她的小貓……而我們卻殺了他們的媽媽。**

雷霆清清喉嚨。「清天！」他喊道。「你最好過來看看！」

他身邊一陣窸窣作響，過了一會兒，清天鑽了進來。「搞得我一身都是刺，這件事最好很重要，不然我……」嘴裡咕噥抱怨的他，頓時中斷，瞪大眼睛。「天啊，真是鼠老鼠屎了！」他輕聲說道。

「怎麼辦？」雷霆問道。小貓可憐兮兮的哭聲聽得他心疼。

清天好一會兒說不出話來，最後上前一步，俯視著小貓。「至少先把他們弄出去再說，」他喵聲道，同時叼起其中一隻小貓的頸背。那是一隻灰白色小母貓，很像她母親迷霧。清天叼走她時，她不斷用腳爪胡亂揮打著自己的小耳朵。

雷霆叼起第二隻小貓——那是一隻薑黃色的小公貓——然後小心翼翼地退出荊棘叢，確保樹枝上的刺不會刮到小貓。

等他走進空地時，清天已經把小母貓擱在地上，眼神陰鬱地打量著她。雷霆把小公貓放在小母貓旁邊。兩個小東西在草地上緊偎彼此，發出驚慌又尖銳的喵喵聲。

「我們不能把他們留在這裡，他們活不下去的。」雷霆喵聲道，同時擋在迷霧屍體前面，坐了下來，以免小貓們看見他們母親的屍體。

清天還沒開口，跑去上游標好氣味記號線的花瓣跑了回來。「你們找到什麼？」她問。

清天沒有回答，只用尾巴指指小貓。

「迷霧有小貓？」花瓣的聲音顯得吃驚。「難怪她打鬥時那麼拚命，」她一副若有所思，又緊接著說：「她很勇敢……」

雷霆從清天的藍色目光裡看得出來他正在苦惱。「沒有貓媽媽，他們根本活不了。」清天喵聲道。「也許我們應該宰了他們，免得他們受苦。」

「不行！」雷霆大聲拒絕。

「那麼你的建議是什麼？」清天問道。「就我所知，營地裡沒有母貓可以授乳。」

花瓣上前一步，站在小貓和清天中間。「我來照顧他們。」她語氣堅定地說道。清天瞪著她看。「可是迷霧在你和阿狐小的時候曾拒絕幫助你們。」

「現在迷霧死了，」花瓣反駁道。「這兩隻小貓是無辜的。我來照顧他們，因為我很清楚無助的小貓若沒有大貓提供食物或溫暖，或者不願意教他們生存的方式，那種感覺是什麼。」

雷霆好奇地打量黃色虎斑母貓，他以前向來認為花瓣生性苛刻又很難相處，原因可能出自於她弟弟阿狐的死，卻從沒想過她也會憐憫仇敵的小貓。

「我可以幫妳，」他脫口而出。「妳在照顧小貓的時候，我可以代替妳出去狩獵。」

花瓣垂下頭。「謝謝你，那就麻煩你幫我叼其中一隻回營地。」她低頭看那兩隻不停蠕動、驚慌不已的小貓，低聲說道。「小東西，別害怕，馬上就有溫暖的臥鋪，還有好吃的東西可以吃了。」

她叼起小母貓，用牙齒輕輕含住頸背，往營地走去，連回頭看清天一眼都沒有。雷霆猶豫了一下，不確定他父親會作何反應。

但清天只是聳聳肩。「去吧，」他對雷霆喵聲道。「照她的話做。」

雷霆隨即叼起薑黃色小公貓，跟在花瓣後面。他穿過矮木叢，小心翼翼地不讓小貓不停揮舞的小腳爪碰到草地，但是腦海裡一直擺脫不去迷霧曝屍野外、躺在血泊裡的畫面。

她其實是枉死的，他難過地想道，**清天根本不需要擴張領地，要是我們沒來這裡，這一切就不會發生。要是花瓣沒提議收養他們，清天真的會狠下毒手殺了小貓嗎？**

驚恐宛若冰冷的真菌爬滿他全身，因為他不知道答案是什麼。

第二十五章

灰翅在青苔和蕨葉鋪成的臥鋪裡伸了一個很舒服的懶腰，然後吞下最後一口兔肉，那是鷹衝剛帶給他的兔肉。太陽在高地上方升起，他曬著溫暖的陽光，天空湛藍，幾乎沒有一絲雲彩。

我生病這段期間，貓兒們都很同心協力，表現良好，他心想道，**他們對我真的好到……我都覺得自己很沒用了。**

他瞄見閃電尾正拖著一隻兔子穿過營地，朝他走來，看著儼然已經是優秀的狩獵貓。**不過他還搬不動個頭兒這麼大的獵物。**

灰翅站了起來，快步走向閃電尾，幫忙他把兔子搬到營地中央，雨掃花和碎冰剛帶回獵物，大部分的貓兒都聚在那裡。但他們一看到他就退後一步，等他先開動。

「不用了，你們吃吧。」灰翅喵聲道，用尾巴示意眼前的兔子。「我已經吃過了。」

他剛吃了一部分的兔肉，他的胃口到現在還沒恢復，即便遭逢那頭獾已經是好幾天前的事了。

橡毛鑽進貓群，來到她哥哥身邊，其他貓兒也擠了過來。灰翅注意到龜尾正在營地的另一頭看著他。前幾天他帶著梟眼回到營地，第一次見識到她發那麼大的脾氣。**她說我不適合擔任首領，她說得沒錯。**還好她現在已經不再那麼氣他了。

灰翅突然覺得難過。**我不是有意讓龜尾不開心！**他甩甩身子，強迫自己要更有自信一點。自從被強迫休息以來，他的呼吸問題改善了很多。**沒多久，我應該就能追老鼠了！龜尾會這麼生氣，只是因為她太在乎我。**

他目光定在龜尾身上，卻在這時感覺到有隻小腳爪在戳他腰側。他低頭看見礫心站在他旁邊，瞪大眼睛，一臉憂慮。

「怎麼了？」灰翅問他。

小貓挨著他。灰翅感覺到他在發抖。「我又做了一個夢。」他低聲道。

「什麼樣的夢？」灰翅輕輕將尾巴擱在礫心肩上。「又是打鬥場面嗎？還是又黑又長的地道？」

礫心搖搖頭。「都不是，比那還糟，森林邊緣有……很壞的東西。我想應該找貓兒去看看。」

灰翅很是不解。他仔細端詳小貓，發現這孩子顯然相信自己做的夢。但灰翅不確定自己能否光憑一隻小貓做的夢就派隊前去勘察，畢竟那裡離清天的領地很近。

「你有看到什麼嗎……」他才剛開口，便被跑到坑地上方的風奔打斷，金雀毛跟在風奔旁邊，只見她跳進坑地，爬上大岩石，其他貓兒慢慢圍了過去。鋸峰用一種崇拜的目光看著她。自從梟眼上次走失後，鋸峰便刻意跟小貓們保持距離，不願直接接觸。灰翅冷眼旁觀坑地裡的動靜，高影這時緩步走過來坐在他旁邊，整齊地捲起尾巴，蓋在前腳上。礫心退後一步，讓兩隻大貓私下談話。

風奔的聲音突然響徹營地。「所有貓兒都到大岩石這裡集合，好嗎？」

灰翅不安到腳掌微微刺癢。**打從什麼時候起，竟改由風奔主持集會了？而不是我或高影？又是打從什麼時候起，大家都這麼聽她的話了？**

閃電尾和橡毛一路蹦蹦跳跳地躍過空地，鷹衝和寒鴉哭跟在他們後面，在小貓們旁邊坐下來。碎冰遲疑了一下，彷彿也在納悶自己該不該過去集合，過了一會兒才昂首闊步地走過去找雲點和斑皮。

沒多久，龜尾也默默地從睡覺的地道口出來，過去加入他們。

灰翅緩步跟了上去。他察覺到大夥兒都在等他過來，但他覺得自己的步伐仍然不穩，無法走快。

鋸峰坐在大岩石底下。龜尾離他很近。灰翅注意到她正用一種冷酷的眼神意味深長地看著風奔。

哦，不，龜尾，別把事情鬧大。我知道風奔愛出風頭，不過看來她真的是有重大的事情要宣布。

灰翅一走到貓群那裡，風奔就甩甩毛髮，彷彿在說**終於來了，我們可以開始了。**

灰翅注意到有幾隻貓兒不安地看看他又看看高影，然後再看看風奔，似乎並不確定現在究竟誰是老大。雨掃花和雲點表情尤其不悅。高影別過臉去，不肯迎視他們的目光。

好吧，灰翅心想，**要是她不肯表現自己的權威，那就由我來吧。謝了，高影。**

「風奔，謝謝妳召集我們，」他喵聲道。「究竟有什麼消息？」

他希望他的語氣聽起來夠自信。**我從來不曾主動要求擔任首領**，他心想。**但現在風奔把自己的地位拉抬得這麼高……**灰翅這才驚覺他一點也不想放棄他已有的成就。**我不會讓惡棍貓大喇喇地進來篡位！**灰翅千辛萬苦地跟著大夥兒離開山裡老家，可不是為了躺在那裡，讓別隻貓兒侵門踏戶地奪走他一切的心血。

風奔對他尊敬地垂下頭。「狩獵現在越來越困難了，」她回答道。「你們也都知道，清天捍衛領地不遺餘力，甚至不惜派出守衛。我越界進入清天的領地，結果被他的貓兒挑釁。當我告訴他們，我住在這裡的時間比他們還久時，竟然遭到他們惡意的攻擊。你們看！」

她抬起其中一隻前腿，灰翅看到腿上有部分毛髮被扯落。貓兒們一看到這幅光景，驚呼聲四起。

「這是誰幹的？」鋸峰追問道，毛髮豎得筆直。「是誰？」

「是冰霜，清天其中一個手下，」風奔回答道。「我得像兔子一樣逃進洞裡才躲得掉。更過分的是……」她遲疑了一下，眼睛看著灰翅。

「你說，」灰翅回答道，心裡隱約不安。「把話說清楚。」

「呃……」風奔似乎有點為難，緊張地環顧貓群，爪子不停刮著岩面。「雷霆也在那群守衛裡，他跟花瓣都退到一旁，眼睜睜看著冰霜攻擊我。」

「不可能，雷霆不會！」鷹衝倒抽口氣。

「慘了！」高影低聲道。

龜尾瞪著灰翅看。灰翅感覺到自己有點站不穩，身子往旁邊倒，視線瞬間模糊了一下。**雷霆……我視如己出的小貓……他竟然也變得跟他們一樣。**

灰翅記得他跟阿狐打過架，就是那場架害灰翅和清天終於決裂。他懊悔當時失手殺了阿狐，不過他也始終相信要不是大公貓攻擊他，他絕不可能還手造成憾事。他一想到雷霆變成了那樣，便覺得全身上下的血彷彿都化成了冰。**但他已經加入了清天，我又能怎麼辦呢？**

灰翅環顧四周，這才發現貓兒們都看著他，等他給個說法。只有龜尾轉向風奔。

「你確定？」她問道。「很難相信雷霆會……」

「如果妳不相信我，」風奔打斷道。「也許妳該去看看我和金雀毛埋葬迷霧的地方。」

「迷霧是誰？」寒鴉哭問道。

灰翅一聽到另一隻死貓的名字，更擴大了心裡的隱憂。不過他還是沒說話，決定讓風奔把話說完。

「迷霧是惡棍貓，一隻灰白色母貓，」風奔開口道。「她大多住在森林邊緣。我和金雀毛發現她的屍體。她腰腹兩側有可怕的傷口，肚子也有，到處都是血。現場有清天的氣味，也有雷霆的。」

「他又在擴張領地，」金雀毛補充道，抬高音量讓他的聲音蓋過貓兒們的驚詫聲。

「而且這次靠殺掉一隻貓來達到這個目的。」

貓兒們傳出憤怒和懊惱的尖叫聲。寒鴉哭和碎冰跳了起來，焦躁地四處走動，雨掃花和斑皮也加入他們，貓兒們驚慌失措，三兩成群。整個集會變得秩序大亂。

「等一下……我話還沒說完。」風奔吼道，抬高音量要大家安靜下來。「迷霧有兩隻小貓。我和金雀毛在迷霧的臥鋪附近尋找，都沒看到他們的蹤影。他們不見了。看來要不是清天殺了他們，就是他們在迷霧死後走失了。他們年紀太小，根本無法生存。你們難道看不出來嗎？」她繼續說道，聲音緊繃，帶著憤怒。「清天正在擴張領地，他根本不管後果。要是我們不快點反擊，就會失去曾經擁有的一切！現在我們誰都不能信任……連雷霆也不能相信。」

曾經擁有的一切？風奔的話驚醒了灰翅。**我們離開山裡老家時，那一路上風奔什麼時候幫過我們？我們在打造這裡的營地，她又什麼時候幫過我們？**他靜靜地坐著，四周的憤怒和驚嘆聲不斷。

「殺掉小貓……簡直是罪大惡極！」龜尾大聲說道。

「我們要怎麼做？」碎冰問道。

灰翅很想叫大家安靜，不要驚慌憤怒，他朝礫心轉身，後者已經跟他走到岩石處，緊挨著他蹲下來。「這就是你在夢裡看到的嗎？」他問道。

已經被剛剛的聽聞嚇到的礫心，表情困惑。「不是……」他回答道。「我也不確定，但我認為夢裡那個不好的事情還沒發生。」

灰翅不解地搖搖頭。他很願意相信小貓，但他無法想像若是礫心的夢和母貓及小貓的死無關，那跟什麼有關？**森林裡有另一個壞東西？……而這一切會在那裡結束嗎？**

灰翅在和礫心對話的同時，貓兒們的抱怨聲漸漸消失。這時寒鴉哭大聲喊道：「我們需要有隻貓兒來帶頭！」

灰翅抬頭一看，發現大家的注意力都放在仍站在岩石頂上的風奔身上。就連高影也眼神不定地看看灰翅又看看棕色母貓。

灰翅不確定該怎麼辦。他很清楚自己還沒完全復元，而高影一直站在貓群外面，顯然不願意再扛起領導的工作。

但我們真的要風奔來領導我們嗎？她幾天前都還是一隻惡棍貓！

他清清喉嚨。「高影，妳願意……」他開口道。

但他的話被風奔打斷，後者直接對著四周的貓兒說話，連看都沒看灰翅一眼。「我建議我們組一支隊伍去找清天談一談，」她喵聲道。「我們需要查出那些小貓的下落。」

同意聲紛紛響起。

「要是他殺了他們，我會剝掉他的皮！」碎冰語帶威脅，爪子戳進地上。

「我幫你！」寒鴉哭附和道。

灰翅知道他必須取回主控權。「風奔，這主意很好，」他喵聲道，同時站了起來。「你和金雀毛可以跟我一起去嗎？龜尾和雲點也一起來。」然後轉身對碎冰和寒鴉哭說：「你們兩個別去，在查出真相之前，沒必要這麼火爆。」

「我們知道真相是什麼。」碎冰齜牙低吼，但還好兩隻貓兒都未質疑他的決定。**很好，既然當初你們堅持我當首領，那就由我來領導吧。**

灰翅低下頭，小聲對礫心說。「我會順便查探一下那個壞東西是什麼。你先回去找哥哥和姊姊，別擔心。」

「我來照顧他們，」雨掃花喵聲道，尾巴圈住礫心，帶他離開。「祝你好運，灰翅。」

龜尾跟了幾步。「再會了，孩子們，」她喵聲道，同時用鼻子逐一親吻他們的額頭。「要乖乖聽雨掃花的話。我很快就回來。」說完隨即轉身，快步跟在灰翅後面。

灰翅回頭環顧他的隊友，他們都圍著他，眼神熱切。「好，」他厲聲道。「我們走吧。」

第二十六章

灰翅帶隊橫越高地時，太陽正在升起，前方的森林彷若一面窸窣作響的綠牆，微風拂來綠色植物和獵物的濃烈氣味。一出發便以平穩速度大步往前跑的灰翅，發現他的呼吸順暢，胸口不再疼痛。「也許我這次真的好了。」他對龜尾說道。

他的伴侶貓抽動耳朵。「但願如此，不過以後要是不舒服，不准再隱瞞我。」

灰翅帶著隊伍奔向最接近清天營地的一處林子邊緣。當他們趨近時，他感覺到某種足以解釋礫心夢境的氛圍。**我相信他的夢，**他終於明白，**礫心長大後一定是一隻與眾不同的貓兒。**

他們經過外緣的第一層樹林，鑽進矮木叢裡。青蔥的蕨葉拂過灰翅毛髮，他小心查探附近有無清天的守衛。但什麼也沒有，直到一聲怪異的尖叫聲在他們前方響起，劃破早晨靜謐的空氣。

「那是貓的聲音！」龜尾倒抽口氣。

「走這裡！」風奔帶隊衝向聲音來源。

那尖叫聲沒有持續下去，但跟在風奔後面的灰翅仍隱約聽見貓兒痛苦的嚎聲。這時他突然聞到狐狸的氣味，**這就是礫心說的壞東西嗎？**他反問自己。他擔心他等下會看到的畫面，一顆心揪了起來。

風奔帶頭穿過兩棵橡樹，消失在蕨葉叢裡。灰翅他們跟著她鑽進去，結果竟跑進一處空地。被踏平的草地中央躺著一隻瘦骨嶙峋的玳瑁色母貓，四條腿外張，身上到處都在流血。

「阿班！」龜尾大聲喊道。「不！」

龜尾從風奔和灰翅旁邊衝過去，奔過空地，來到她朋友旁邊。「阿班，我們來了。」她喵聲道，鼻子緊緊抵住阿班的肩膀。「我們來救妳了。」

灰翅和其他貓兒也過來，站在受傷的貓兒旁邊。狐狸的味道濃到掩蓋了所有氣味。阿班半閉著眼睛，呼吸又急又淺，目光一逕盯著龜尾。

雲點擠了進來，檢查阿班的傷勢。灰翅看得出來她的肚子和兩側都有切口，鮮血緩緩流出。儘管他不像雲點那樣懂醫術，但他看得出來，如果只有一道傷口，也許不會致命，但傷口太多，終將失血過多，顯然她命已垂危。

雲點抬頭看他一眼，輕輕搖頭，確認了灰翅的想法。「我幫不上忙。」他低聲道。「任何藥草都救不了她。」

龜尾悲痛地看了他一眼，開始舔她朋友的傷口，就像在照顧小貓一樣低聲安慰她。

灰翅低頭貼近阿班。「是誰幹的？」他問道。「是狐狸嗎？」

阿班張口說話，但虛弱到只能輕輕吐出一口氣。

「我在這裡有聞到別的氣味，」雲點咕噥道。「另一隻貓的味道……」

灰翅小心嗅聞空氣，試著從狐狸的臭味裡辨別出別的味道。他發現雲點說得沒錯，他聞到阿班毛髮沾著別隻貓兒的氣味，他頓時驚恐不已，不敢相信。

「清天！」他倒抽口氣。**毫無疑問，這就是礫心夢到的壞東西。**

雲點瞪大眼睛，又聞了一次。「你說得沒錯，」他喵聲道。「是他！我真不敢相信。」

「我相信，」風奔冷峻地回答。她開始到處嗅聞這片被踐踏過的草地。「看來這裡曾發生打鬥。」

「所以是清天對阿班下的毒手？」金雀毛眼神懊惱。「她只是一隻可憐兮兮的寵物貓。她到底做了什麼，要被這樣對待？」

「也許不是他，」灰翅反駁道，他很想相信他哥哥還是良善的。「這裡到處都是狐狸的氣味……」

「不用為他辯解，」龜尾打斷道，同時跳了起來。「是誰決定擴張領地？完全不在乎有誰會受到傷害？是清天！而現在他連可憐的阿班都要攻擊！」她的聲音哽咽，又在她朋友旁邊蹲下來。

阿班再度張開嘴，這次總算能夠說話。她的聲音微弱。「都是我的錯，我太餓了……我沒有想清楚。我好笨，我不應該來這裡狩獵……」她的聲音開始顫抖，鮮血從她傷口不斷湧出。「那隻貓只是……」

「我只是在警告她。」一個銳利的聲音出現。

灰翅趕緊轉身，看見有隻貓半藏匿在空地邊緣一棵樹上的葉叢裡。他瞇起眼睛，想看清楚對方是誰，結果當場愣住。清天跳了下來，快步走向他們，眼裡燃著挑釁的怒火。

雖然旁邊的阿班命在垂危，但灰翅還是忍不住欣賞他哥哥的勇猛。**有哪隻貓兒敢像他那樣一無所懼地跳進一群很有敵意的貓兒裡頭。**

灰翅感覺得出來他的隊友們都在等他奪回主控權。「清天，這是怎麼回事，你知道嗎？」他質問道，聲音粗嘎。「是你打傷阿班？還是你知道這是誰幹的？」

「迷霧的小貓呢？」風奔甩著尾巴低吼道。「你殺了他們嗎？」

清天繞著他們轉，目光來回巡看。當他看到阿班時，表情有愧疚也有驚恐。灰翅受不了這種緊繃的氣氛，就在他忍不住要吼出來的時候，他的哥哥終於開口了。

「好久不見。」他停了下來，冷冷地看了灰翅良久。灰翅被他哥哥的目光盯得很不自在……感覺他哥哥似乎在指控他對他的背叛。

「花瓣正在照顧小貓，」清天繼續說道。「他們沒事。至於這隻貓……」他用耳朵指指垂死中的阿班。「你們認為呢？」他環顧他們，臉上表情難以解讀。「你們相信我會做這種事嗎？」

灰翅的隊友們面面相覷，似乎都不願意第一個開口回答。

灰翅深吸一口氣，鼓起勇氣。「不，」他喵聲道。「我不相信。」

風奔和金雀毛發出憤怒的嘶聲。灰翅感覺到身邊的動靜，接著就看到龜尾上前。

「我相信你會。」她吼道，頸子上的毛都豎了起來。「我相信你下得了毒手。自從我回到高地以來，聽到的都是你如何殘酷對待其他貓兒。清天，你已經被權力熏昏頭了。你為了達到目的，不擇手段。如今……你已不再是我當年離開山裡老家時所認識的清天了。你是……」她不停甩著尾巴。「貓類的奇恥大辱。」

其他貓兒都認同地發出低吼聲，他們縮張著爪子，肩毛聳起。彷彿正在發洩所有的憤恨。

風奔瞪著灰翅。「所以老大……我們接下來該怎麼做？」

灰翅焦慮到全身肌肉繃緊。**我只要動根鬍鬚讓他們知道我也在懷疑清天，他們就會發動攻擊，清天到時會被撕成碎片。但他是我哥哥！要是我們這麼做，那麼我們跟他又有什麼差別？我們試圖建立起來的新家園，不就全毀了。**

他上前一步，擋在清天和他的隊友中間，不確定自己到底該幫誰。「你滾吧！清天！」他下令道。

清天瞪大眼睛。「所以你相信我是無辜的？」

他的話令灰翅燃起一線希望。「如果不是你，那麼是誰傷害了阿班？」他問道。**除非清天能解釋清楚……**

「這隻寵物貓跑到我新擴充的領地上狩獵。」清天開口道，他說得很快，彷彿很高興有機會能夠說明整個事發經過。

灰翅聽到風奔發出低吼，但她沒有試圖打斷。**現在不是爭辯邊界這種事的時候！**

「我只是想給她一個警告，」清天繼續說道。「不大不小的警告，賞她一個耳刮子而已，哪知道她會餓得昏到。不過我聽到她的爪子還在動，心想她應該很快就醒來。於是我就丟下她回營地去。」他停頓一下，皺起眉頭。「後來我聽見狐狸的吠叫聲，趕緊跑回來，但我晚了一步。我正要去找幫手，就聽到你們趕過來的聲音。」

「騙子！」龜尾呸口道，她從灰翅旁邊擠過去，站在清天面前，弓起背，憤怒到毛髮都豎了起來。

清天與她對峙，齜牙低吼。「誰都不准說我是騙子！」他目光看向灰翅，等著他幫他說話。

我能說什麼？他反問自己，同時看著憤怒的隊友們。**我只會把事情搞得更糟。**

灰翅不作聲，清天只好甩著尾巴，高傲地離去。「我現在總算知道你們對我的觀感是什麼。」他離開時撂下這句話。

灰翅看著他哥哥離去。他很想喊清天回來，但他感覺得到隊友們的敵意。**若不讓他走，雙方一定會打起來。**

清天消失在蕨葉叢裡，龜尾隨即轉身，垂著尾巴。她在阿班旁邊蹲下來，避開地上那灘血，輕輕舔她頭顱。「我在這裡，」她邊舔邊說。「我不會離開妳。」

阿班一直看著龜尾。「對不起，我曾經傷害妳。」她低聲道。

「我希望妳過得快樂，」龜尾聲音顫抖地回答道。「但我知道妳沒辦法跟我們一樣在野外的坑地裡生活。可是當我得知妳在兩腳獸巢穴那裡受到欺負時，我真的好難過。」

龜尾話還沒說完，阿班就閉上了眼睛，氣喘吁吁，表情痛苦扭曲，身體不時抽搐，呼吸聲隨著每次心跳越來越淺，直到胸口再也沒有起伏。

「她死了。」雲點喵聲道。

即便灰翅從來不特別喜歡阿班，但還是覺得自己的心快要碎了。**這不單純是一隻寵物貓的死而已，她的死將從此改變我的同伴們對清天的觀感，並從此改變一切。**

灰翅瞪目看著隊友們，空氣裡迴盪著哀嚎。他從沒聽過這麼淒涼的哭聲……是龜尾在哭，她在為她死去的摯友而哭。

✦✦✦

「清天告訴我們，是狐狸殺了阿班。空地上到處都是狐狸的氣味。」

灰翅站在坑地盡頭的大岩石上，貓兒們都圍著他。他正要說完剛剛在森林裡的所見所聞。

「你相信他的話嗎？」雨掃花問道。

「我不知道該相信什麼。」灰翅承認道。「我只知道跟清天交戰，對誰都沒有好處。」

「所以你後來怎麼做？」寒鴉哭問道。

「我們埋了阿班就回來了。」

寒鴉哭發出憤怒的嘶聲，爪子劃過草地。「你的意思是你讓他一走了之？這不是腦袋長跳蚤嗎？」

「我也是這樣告訴他，」風奔跟他一樣一臉憤怒，尾巴甩來打去。「清天會認為我們很沒用！難道這是我們要的嗎？」

「不是！」鋸峰吼道。碎冰和寒鴉哭也跟著應和。

「等一下。」高影站了起來，緩步走到貓群中央。「因為阿班的死而對清天展開攻擊，這才真的是腦袋長跳蚤，畢竟她只是隻寵物貓。」

「可是她是我朋友！」龜尾反駁道。

「我知道。」高影聲音冷靜。「我的意思是，我們需要時間好好想想。」

「要是清天不給我們時間呢？」風奔質問她。

灰翅知道自己該介入了。他慶幸高影終於又重拾以前的領導本能，他這麼支持她，不是沒有道理的。

「高影說得沒錯，」他喵聲道。「我們必須先以靜制動。明天我們會派出更多巡邏隊前往森林，這樣就能密切注意清天的動靜。」他的目光定在風奔身上，多少希望她開口反對，但她猶豫了一下，最後勉為其難地點點頭。

灰翅很高興見到其他貓兒正慢慢冷靜下來。他從岩石上跳下來，緩步走向高影。「謝謝妳出聲幫忙，」他喵聲道。「妳說得對極了。」

高影垂頭致意。「需要談一下嗎？」她提議道。

灰翅低聲附和，帶頭朝金雀花叢的屏障走去。高地上的太陽已經西沉，但天空仍有紅霞。灰翅帶隊去森林時，顯然貓兒已經出外狩過獵，所以坑地裡才會堆滿獵物。大部分的貓兒都圍在那裡開始進食。風奔跳上岩石保持警戒，龜尾則回到窩穴去看自己的小貓。

「高影，妳認為我們現在應該怎麼做？」灰翅問道。

黑色母貓思考了一下。灰翅注意到現在的她看起來有活力多了，多少恢復了以前當首領的樣子。**她不必再擔憂月影，而且她比誰都清楚我們必須妥善處理清天的事情。**

「妳想重新接任首領的職務嗎？」他問道。

高影搖搖頭。「我寧願跟你一起分擔責任，灰翅。」她回答道。然後又苦笑道：「我甚至一點也不介意風奔先前召集大家的那個舉動。她的確很不錯。等這一切結束後，我想我們應該歡迎她和金雀毛正式加入我們。」

「好主意，」灰翅喵聲道，很是高興高影不再像以前那樣對其他貓兒很有戒心。**要想繼續往前走，攜手合作是最好的方法。**「我們需要大家都站在我們這一邊。」

「至於我們現在該怎麼做……」高影繼續說道。「恐怕得派一隻貓兒前去阻止清天造成更多傷害。」

灰翅點點頭。「妳說得對，但這任務並不容易。」

高影若有所思地舔舔腳爪，再用腳爪順順耳朵。「我得好好想一想。」她喵聲道。

灰翅快步走到獵物那裡，先勉強自己甩開某種不好的預感，然後挑了一塊兔肉，拎著它來到龜尾的窩穴，打算跟她還有小貓一起分食。

龜尾坐在地道入口，腳爪塞在身子底下，小貓們像團毛球似地睡在她身子後面。

「他們沒事吧？」灰翅問道，同時將獵物放在她面前。

龜尾嘆口氣。「他們都還好。我告訴他們阿班死了，他們都很難過。尤其礫心花了很久時間才睡著。」

灰翅看著他的伴侶貓，有點驚訝她語調裡帶著一絲指控的意味。

「這又不是我造成的，」他喵聲道。「我們根本不可能接受阿班成為我們的一員，她沒辦法在野外求生。」

龜尾肩膀垂了下去。「我知道，」她低聲道，聲音滿是悲傷，幾乎說不出話來。「我相信你，灰翅。我知道這不是你的錯。只是我看見她全身是血地躺在那裡，我的心都碎了。我真希望這一切沒有發生。」

灰翅緊挨在她身邊，不停地舔她耳朵，安慰她。「龜尾，對不起，害妳那麼難過。」他低聲道。「妳和小貓是我生命中最重要的。我從來不敢希求自己可以這麼幸福……」他喵聲道。「大火過後，我本來還懷疑我能不能再擔任首領，是妳強迫我休息，所以現在我準備重拾領導權……跟高影一起，我是說如果她願意的話。」

「可是你要怎麼領導？」龜尾問道，她抬起頭看著他的眼睛。「無辜的貓兒慘遭殺害……這是為了什麼？就為了讓清天和他的貓兒們有足夠的獵物可以吃？」

「不，」灰翅回答道。「我並不確定殺害阿班的兇手是清天，我認為是狐狸。再說，我也不相信這關係到狩獵的事。清天所擁有的領地已經比任何貓兒還多，我想他一定是在計劃什麼。我不知道那計畫究竟是什麼，但一定是在構思中。清天一定認為他這麼做有他的理由。」他發出一聲長嘆。「總得有隻貓兒去找他問個清楚。」

「而那隻貓是你？」龜尾問道。

灰翅對她眨眨眼。「不然是誰呢？」

第二十七章

雷霆鑽進矮木叢的樹枝底下，進入空地，嘴裡叼著一隻死老鼠。

他繞過營地中央的水池，快步走向花瓣。後者已經為自己和迷霧的小貓們在蕨葉叢底下做了一個新臥鋪。自從他們的貓媽媽死後，小貓們已經熬過了第三天。雷霆希望他們將來會長成健康的貓兒。

「給妳。」他喵聲道，同時將老鼠丟在花瓣面前。

「謝了，雷霆。」花瓣回應道，垂頭表示謝意。「我的肚子剛好餓了，在高地上八成都聽得到它咕嚕咕嚕叫的聲音。」

雷霆看見她把一些松鼠肉嚼爛，鼓勵小貓們舔舔看。小母貓別過頭去，挨著花瓣的肚子，想找奶喝。

「不行，小東西。」花瓣輕聲說道，用腳爪再把小貓引回松鼠肉這裡。「妳現在正在慢慢長大，必須吃這個。」

「現在是大貓了。」小母貓附和道，同時嗅聞被嚼爛的鼠肉，然後開始吸吮。

雷霆很驚訝花瓣眼裡所流露出的母愛。**花瓣……她可是一隻你所見過最悍的母貓！**

「妳幫他們取名字了沒？」他問道。

「取了，」花瓣回答。「小公貓叫白樺，小母貓叫赤楊。」

「名字很好聽。」雷霆喵聲。

清天手下的貓兒們大多懶洋洋地待在空地，曬著午後的陽光。快水蜷臥在一塊曬得到陽光的地方打瞌睡。落羽正在舔洗全身上下的毛髮。冰霜在舔火災造成的傷口，那傷口到現在還沒好。

現在一切都很平靜祥和，雷霆告訴自己。**也許清天會很滿意自己的新領地。**

不過他沒辦法說服自己。清天是營地裡唯一坐立不安的貓兒，他來回走動，不時停下來凝視林子，雷霆不知道他到底在看什麼。**自從他昨天回來之後，就一直表現得很怪……身上都是血腥味和狐狸的臭味。他一定有什麼事瞞著不告訴我們。**

雷霆朝他的臥鋪走去，但還沒走到，就被杉毬果和蕁麻攔下來，他們是半個月前才加入清天陣營的兩隻惡棍貓。

「有什麼事嗎？」雷霆問道。

「有件事想跟你商量……」杉毬果低聲開口道，同時鬼鬼祟祟地看了清天一眼，深怕對方聽見。「我們可不可以找個隱密一點的地方？」

「隱密？」雷霆覺得不安。「為什麼要隱密？」

「反正你先跟我們來，我們就會告訴你。」蕁麻緊張地喵聲到，示意雷霆到倒在地上的那棵樹的樹根底下談事情。

雷霆猶豫了一下，最後還是跟著兩隻公貓過去。**要是真有什麼問題，我還是應該先知道比較好。**

「是這樣的，」杉毬果來到樹根底下，才又繼續說道。「當初我們加入時，其實並不知道這是個什麼樣的陣營，也不知道自己能不能習慣。」

雷霆不懂他們跟他說這個做什麼。「你們不想留下來嗎？」他直言道。

「其實這裡還不錯，」蕁痲喵聲道。「我們很高興有了一整個陣營當自己的後盾，但有些事情……比如說驅趕貓兒……」

「或殺死貓兒……」杉毬果補充道。「總讓我們覺得……」

這時嘴裡叼著一大坨新鮮蕨葉的葉青正要回自己的臥鋪，他快步經過他們身邊，杉毬果趕緊住口。葉青停下腳步，好奇地看他們一眼。

「走開啦，我們聊天的對象又不是你。」蕁痲低吼道。

葉青丟下蕨葉。「你是皮癢是不是？」他質問道，毛髮跟著豎了起來。

「對不起，葉青。」雷霆趕緊打圓場。「他們不是故意的，只是還不習慣這裡的團體生活。」

「他們要是再不放尊重點，我看也快沒機會學習過什麼團體生活了。」葉青厲聲道，同時拾起臥鋪材料，又瞪了蕁痲一眼，才快步離開。

「你們千萬別去惹那些資歷比較深的貓兒。」雷霆咕噥道。「好吧，你們到底對清天有什麼意見？要我怎麼幫你們？我自己也不是很欣賞他現在的做法。」

「我們在想你是不是可以跟你父親談一談，」蕁痲提議道。「讓他明白他的手下也不是那麼樂見……」

「我們是很擔心他的做法可能帶來的後果。」杉毬果補充道。「我想再過不久，清天就會聽不進去任何貓兒的話。到時他要求我們做什麼，我們就一點選擇也沒有了。」

「而且他可能要求我們做任何事情。」蕁麻做出結語。

雷霆覺得這兩個小夥子未免太樂觀了一點，以為清天跟他聊一聊，就會照他的意思改變主意。

「我想你們說得有道理，」他嘆口氣。「我來看看我能怎麼做。」

雷霆緊張到肚子有點翻攪，因為他知道他即將面臨什麼。**我可能會挨耳刮子……或甚至更慘。**他怏怏地從狩獵隊抓回來的兔子身上撕下一塊肉，叼去找清天。

「有什麼事嗎？」清天問道，但眼睛沒有看著他。

「我希望你吃點東西。」雷霆把兔子放在他父親腳下。「你今天都還沒吃。」

「我想吃就會去吃，我現在還不餓。」清天嚴厲的藍色目光移回雷霆身上。「我看見你在跟那兩隻年輕的惡棍貓說話。是他們要你來找我的吧？」

雷霆猶豫了一下，清清喉嚨。**還真是夠隱密了！……**這時他發現其他貓兒也都一臉興味地看著他們，慢慢朝這頭趨近，想聽他們的對話。冰霜豎直耳朵，尤其好奇。落羽也停下梳理的動作，一隻腳爪停留在半空中。

「也沒有什麼事啦……」雷霆開口道，不想因為他父親的盤問便顯得畏畏縮縮。「我們只是在聊這森林看起來綠油油的。現在出去狩獵，都會看到被大火燒毀的地方開始冒出了新芽，相信再過不久，就看不出來這裡曾有過森林大火。還有你有沒有看到很多昆蟲和小動物也都回來了？所以不可能會有貓兒挨餓。所以其實沒必要再擴張我們的領地了，你不覺得嗎？……」

他的聲音越說越小，因為他看見清天正瞇起眼睛，打量四周貓兒。藍色的目光一掃到冰霜，後者立刻動都不敢動。雷霆這才知道貓兒們全都醒了，都在注意聽這場對話。蕁麻和杉毬果的表情尤其滿懷期待。

「所以雷霆是代替大家發言囉？」清天問道。「你們也都這麼想？全都認為我們現在做的事情只是浪費時間？」

沉默當頭罩下，大家面面相覷，誰都不敢回答。**難道只有我敢說出來？**雷霆感到沮喪。他不知道自己是該氣他們的臨陣畏縮？還是得意洋洋自己的膽識？

「為什麼我們不能只好好經營目前所擁有的？」雷霆脫口而出。「別再搞什麼領地擴張的事？」

清天上前一步，朝雷霆逼近。「現在想收手已經太遲了，」他喵聲道。雷霆總覺得他父親臉上似乎有一絲懊悔的神色一閃而過。「告訴我，這場森林大火……」清天繼續說道。「要是沒什麼大不了，為什麼有些地方到現在都還創痕累累？它們寸草不生，水池裡盡是灰燼，沒有貓兒敢喝池裡的水。」

「也不盡然都是如此，」雷霆反駁道。「也是有新芽冒出來……我們都有看到。」

他看著他父親那得理不饒人的表情，不免開始懷疑自己幹嘛挑這話題來說。但已經太遲了。而且他發現他說的每句話都是自己的真心話。**我並不是因為別的貓兒要我這麼說，我才說。**雷霆其實打從很早以前自己就有這種想法，昨天他父親一身血腥味地獨自回來，更加深了他的不安。**不管他們已經做了什麼，現在都該收手了，這是為了這個營地好，為清天好……也為我自己好。我離開灰翅，不是為了活在恐懼裡。我相信這也不是我父親希望我過的日子。**「我只是想幫你……」他繼續說道。「我只是想……」

清天揮揮尾巴，要他安靜。「冰霜，過來這裡。」他喵聲道。

白色大公貓本來在舔傷口，趕緊抬頭，隨即聽命站起身子，表情痛苦地一跛一跛走到清天旁邊。雷霆發現冰霜現在的行動比他們上次去巡邏時還要緩慢。

「把你的傷口給大家看。」清天下令。

冰霜驚訝地瞪大眼睛。最後他勉為其難地轉身過來，將他的傷腿出示給其他同伴看。那兒的毛髮還沒長回去，曝露在外的鮮紅血肉不時有液體滲出。

「這是森林大火所造成的傷，」清天大聲喊道。「也是治不好的傷。」

冰霜羞愧地低下頭。

「冰霜在大火裡受傷，又不是他的錯。」雷霆喵聲道。

「當然不是，」清天霍地轉身，怒瞪著他。「但你現在知道森林大火所帶來的危害有多大了嗎?它害冰霜再也不能履行任務，從此拖累我們。」

雷霆再怎麼不喜歡冰霜的行事作風，也還是不忍見白色大公貓受到這樣的屈辱。

「冰霜一直都在幫忙狩獵和巡邏，」雷霆反駁道，毛髮不安地豎了起來，因為他知道他正在跟他的首領唱反調。「他還是有他的貢獻，他的傷只要妥善醫治，就會慢慢好起來，不是嗎？」他環顧其他貓兒，希望有誰能站出來幫冰霜說話，可是他們都看著地面，不然就是假裝忙著梳理毛髮。**一群膽小鬼！**雷霆心想道。

正當他環顧四周時，不知道誰突然推了他的背一把。是清天！他把他壓在地上，讓他的鼻子湊近冰霜的腿傷，距離不過一隻老鼠的身長。腐肉味迎面撲來，他頓覺噁心。有幾隻貓兒發出不安的喵聲，但什麼行動也沒有。

「如果你那麼關心他，為什麼不乾脆幫他把傷口舔乾淨？」清天問道。

我不准你這樣羞辱我！

雷霆扭身掙脫他父親的箝制，轉身面對他。「你到底怎麼了？」他質問道。「為什麼你不再在乎冰霜？你不是常說，你最在乎的就是我們大家嗎？」

「沒錯，」令雷霆意外的是，快水竟然也站起來質疑清天。終於有貓兒願意挺身而出，表達自己的意見。快水和清天自小就認識。**要說有誰可以跟我父親講道理，自然非她莫屬。**「你到底在搞什麼？」她以堅定的語氣輕聲問道。「你是我們的首領，不是來折磨我們的。你有沒有想過靜雨……難道這就是她想看見的場面嗎？」

「不要把我母親扯起來。」清天齜牙低吼。

快水無視他的打斷。「當初我們離開山裡老家時，她祝你好運的目的就是為了今天這種場面嗎？」她質問道。

清天沒有發怒，反而深吸一口氣，目光掃過其他貓兒。「我欠你們一個道歉，」他喵聲道，同時退後一步。「但顯然你們並不瞭解我的想法，我早該解釋清楚的。」他朝雷霆和冰霜轉身，然後繼續說道：「冰霜應該離開我們，他該走了，以免把疾病散播給我們。這是為了大家好。」

冰霜驚訝地倒抽口氣，張大嘴巴，不敢相信地看著清天。

「雷霆。我要你護送他到邊界處，把他留在……」清天似乎仍在猶豫，然後又繼續說道：「留在會長蛆蟲的地方，懂嗎？」

雷霆頸上的毛髮全豎了起來。**我不想當你的幫兇。**「不，我不懂。」他回答道，語調憤怒。「什麼叫做會長蛆蟲的地方？你是要我把冰霜丟在某個地方等死？沒有貓兒照顧他？」

清天不願回答，但從他那雙冰冷的藍色眼睛裡，雷霆知道這正是他的意思。

「不！」冰霜哭嚎，他終於聽懂他的首領打算對他做什麼。「拜託你，清天，不要把我送走！我還能狩獵……我昨天才抓到一隻田鼠。我做完了所有巡邏工作。我會死在外面的！求你再給我一次機會。」

在旁觀看的雷霆很是驚訝這隻向來驕傲的白色大公貓竟然懇求他的首領饒他一命。**這種情景不該出現在群居的貓兒們身上。**以前冰霜曾是一隻自由徜徉的惡棍貓，要是他一直都當惡棍貓，或許下場還會好一點。**也許我也一樣。**

雷霆想起灰翅和鷹衝。他當初為什麼要離開他們？**但我再也不能開口要求回去他們那裡，尤其在發生了那麼多事情之後……我還回得去嗎？**

雷霆想像要是他告訴灰翅，他曾經在風奔被驅趕還有迷霧被殺的時候袖手旁觀，灰翅失望的眼神恐怕會是他這輩子難以承受的夢魘。

我讓大家失望了……也包括我自己。但再也不會了，一切到此結束。

雷霆跳上樹墩，目光掃過空地上的貓兒。

「你在做什麼？」清天斷聲道。

「是啊，快下來，你這個笨毛球。」快水喵聲道。

什麼？雷霆驚訝地看著那隻母貓。**我還以為你站在我這邊！**

「我做不到，」他打起精神，大聲說道。「我不會把冰霜丟在那裡等死。我幫不了你們任何一個，但起碼我幫得了自己和冰霜。」他突然明白自己得做什麼。「我們要走了，而且我們兩個都不會再回來。」

圍觀的貓兒們有的附和，有的抗議，甚至還傳出憤怒的爭吵聲。雷霆懶得聽他們說什麼，撐起身子，正準備從樹墩上跳下來。

但他還沒跳，一股熟悉的臭味直竄雷霆喉嚨，那味道既濃烈又可怕，然後就看見一隻狐狸正潛進空地，抬起尖尖的鼻口，尾巴豎得筆直。

「看你幹得好事！」清天吼道，同時把他從樹墩上拖下來。「大叫大嚷的，把狐狸引進了營地。」

他推了雷霆一把，雷霆重心不穩，跌在狐狸面前。危機當前，一個念頭突然閃現。**清天是不是故意推他的？**他記得清天回營地時，滿身都是狐狸味，心情也很惡劣。狐狸的眼睛先是緊盯著雷霆，隨即朝他衝了過來。有幾隻貓兒發出驚駭的哭喊聲。雷霆只來得及想到灰翅曾說過以前他和清天如何連手對付狐狸：其中一隻貓兒跳上狐狸的背，另一隻狠抓牠的臉。**但現在看來我只能靠自己了。**

就在狐狸撲向雷霆的同時，雷霆立刻用後腿撐起身子，連揮兩拳，利爪狠劃對方的鼻口。這時葉青和落羽也衝到狐狸兩側，伸爪準備攻擊。

但已經沒有必要。狐狸痛苦慘叫，轉身就跑，消失在矮木叢裡。

「謝了，」雷霆氣喘吁吁地對著出手相助的兩隻貓兒說道。他的心還在狂跳，彷彿剛剛才在高地上來回疾奔。

「不用謝了，」葉青喵聲道。雷霆很驚訝竟然會在這隻黑白色公貓眼裡看見欽佩的眼神。「你自己就能對付了。」

「是啊，」清天附和道，同時快步過來找他們。「你被調教得很好。」

「可惜不是你調教的。」雷霆冷冷反駁道。他知道不管他跟父親的關係如何，一切都結束了。**我再也不相信清天了。**

清天沒有作聲。

雷霆環顧其他貓兒，但他們都不敢看他。原本急著要他跟清天商談的蕁麻和杉毬果，此刻早就低著頭溜掉了。

所以也只能這樣了……雷霆心想道。

「來吧，」落羽用尾尖輕觸雷霆的肩膀。「我們把這件事做個了結吧。我送你和冰霜到邊界去，以防狐狸還在附近遊蕩。」

「是哪條邊界？」雷霆挖苦道。「這裡的邊界老在變動，我都搞不清楚了。」

「別自作聰明，」清天齜牙低吼。「你要知道，一旦離開，就別再想回來。」

「我根本不想回來。」雷霆回答他。

說罷用尾巴示意冰霜，隨即朝營地外面走去，他放慢腳步，好讓有腿傷的冰霜追得上他。落羽緩步走在他們旁邊。

雷霆強迫自己不要回頭。**我才不在乎清天有沒有目送我離開。對我來說，他已經不重要了。**即便是這樣想，但其實他知道他得花更長的時間才能讓心裡的傷口真正癒合。他曾經信賴清天……他為了跟他團圓，棄灰翅而去……到頭來得到了什麼？

三隻貓兒默默地走開，穿過蕨葉叢。

「你為什麼要這麼做？」冰霜終於開口問道，當時他們已經離開空地。「我們又不是朋友。」

雷霆哼了一聲。「我也許覺得你很討厭，」他回答道，「但我還是不想看見你死掉。」

「你恐怕會失望了，」冰霜低吼道。「這個傷是不會好的。」

「那是因為沒有貓兒幫你療傷，」雷霆喵聲道。「但高地上有貓兒很懂藥草。冰霜，你還有好幾個季節可以盡情追著獵物。」

「是啊，」落羽附和道。「雷霆，我真希望我能跟你們一起走。」

雷霆試著藏起驚訝的表情。「那就一起走啊。」他輕聲說道。

白色母貓搖搖頭。「我已經做了選擇。森林現在是我的家了。」

他們一抵達林子邊緣，落羽便停下腳步。前方就是緩緩升起的高地邊坡，正被夕陽曬得暖烘烘。蜜蜂在野生的百里香叢裡嗡嗡飛舞，一隻白色蝴蝶在他們鼻子前面翩翩地來回舞動。

「我們要爬上去嗎？」冰霜問道，語氣有點害怕。

雷霆點點頭。雖然稍早前他感到疑慮，但現在他很篤定回高地去找灰翅將是唯一的出路。他會告訴他們，他有多後悔，他會盡全力補償。**而且我得警告他們清天的所作所為。**

「你覺得我們可以走多快？」他問冰霜，因為他看得出來白色公貓已經痛到皺起眉頭。

「我盡量，」冰霜的聲音堅定。「別擔心，我一定走得到。」

「再會了，」落羽喵聲道。「祝你們好運。」

「謝了。」雷霆回應道，同時垂頭致意。

夕陽的霞光灑落在高地上，雷霆和冰霜開始往山脊頂爬。大概爬了一半，雷霆便停下腳步，回頭瞥看。落羽已經消失不見，只看得見林子邊緣的綠色屏障。

這時他隱約瞄見蕨葉叢後方有隻貓兒的身影，銀灰色澤一閃而逝。**我父親終於來為我送行了**，他心想道。但他才看了一眼，那隻貓就跳出視線之外，消失在黑暗的森林裡，回到屬於他的地方，**也是他該留下來的地方**，雷霆心想道。

「走吧，」他對冰霜喵聲說。「我們走得越快，就越早抵達。」

他開始帶路，遠離清天營地。雷霆曾經想融入那裡，想做到他父親為他設下的所有目標。**但我失敗了**，他心想。他真的失敗了嗎？不管是什麼原因驅使清天和灰翅跟著其他貓兒們離開山裡老家，但顯然飢餓和絕望已經在清天的心裡灑下腐敗的種子。儘管如此，雷霆知道他父親其實本質不壞，**只是他變了，而這種變化對大家都沒有好處。不管我跟我父親有什麼共通點，那都已經結束了**，雷霆心想，他只覺得既愧疚又懊悔。

現在他只要找到灰翅和其他貓兒，把所有一切告訴他們。這件事不是那麼容易，但雷霆知道就算是再可怕的細節，他也得如實吐出。

他加快腳步。

「等一下！」冰霜在後面喊道。「別忘了，我沒辦法像你跑得那麼快。」

雷霆用後腿坐下來，等冰霜趕上。他的目光掃過前方高地。在那裡……有另一群貓兒的營地。在那裡……有灰翅。在那裡……看得見希望。

國家圖書館出版品預編目資料

貓戰士五部曲. 二, 迅雷崛起 / 艾琳．杭特（Erin Hunter）著；高子梅譯. -- 初版. -- 臺中市；晨星, 2016.11
面； 公分. --（貓戰士；41）

譯自：Warriors : Dawn of the Clans 2 Thunder Rising
ISBN 978-986-443-186-1（平裝）

874.59 105017233

貓戰士五部曲之 II

迅雷崛起 *Thunder Rising*

作者	艾琳．杭特（Erin Hunter）
譯者	高子梅
責任編輯	陳品蓉
文字編輯	謝宜真
校對	廖靖玟、陳品蓉、蔡雅莉
封面插圖	約翰．韋伯（Johannes Wiebel）
封面設計	柳佳璋
美術編輯	張蘊方
創辦人	陳銘民
發行所	晨星出版有限公司 407台中市西屯區工業30路1號1樓 TEL：04-23595820 FAX：04-23550581 行政院新聞局局版台業字第2500號
法律顧問	陳思成律師
初版	西元2016年11月01日 西元2024年06月15日（八刷）
讀者訂購專線	TEL：（02）23672044 /（04）23595819#212
讀者傳真專線	FAX：（02）23635741 /（04）23595493
讀者專用信箱	service@morningstar.com.tw
網路書店	http://www.morningstar.com.tw
郵政劃撥	15060393（知己圖書股份有限公司）
印刷	上好印刷股份有限公司

定價250元

（缺頁或破損的書，請寄回更換）

ISBN 978-986-5529-87-1

請填妥後對折裝訂，再貼妥郵票寄出

請黏貼
8 元郵票

407

台中市工業區30路1號

晨星出版有限公司

TEL：（04）23595820　　FAX：（04）23550581

e-mail：service@morningstar.com.tw

http://www.morningstar.com.tw

請沿虛線摺下裝訂，謝謝！

貓戰士VIP會員

加入即享會員限定優惠折扣、不定期抽獎活動好禮、最新消息搶先看。

【三個方法成為貓戰士VIP會員！】

1. 填妥本張回函，並寄回此回函。
2. 拍照本回函資料，回傳至少年晨星Line。
3. 掃描右方QR Code，線上申辦。

Line ID：
@api6044d

線上申辦

★因人工作業，回函寄出後需約兩週作業時間。
感謝您的耐心等候。

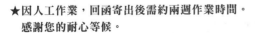

☐ 我已經是會員，卡號 ______________

☐ 我不是會員，我要成為貓戰士VIP會員

姓　名：______________ 性　別：________ 生　日：______________

e-mail：______________________________

地　址：☐☐☐ ______ 縣／市 ______ 鄉／鎮／市／區 ______ 路／街

______ 段 ______ 巷 ______ 弄 ______ 號 ______ 樓／室

電　話：______________________________

我要收到貓戰士最新消息　☐要　☐不要

我要成為晨星出版官網會員　☐要　☐不要

貓戰士鐵製鉛筆盒抽獎活動

請將書條的蘋果文庫點數與貓戰士點數黏貼於此，集滿2個貓爪與1顆蘋果（點數在蘋果文庫書籍）後寄回，就有機會獲得晨星出版獨家設計「貓戰士鐵製鉛筆盒」乙個！

點數黏貼處

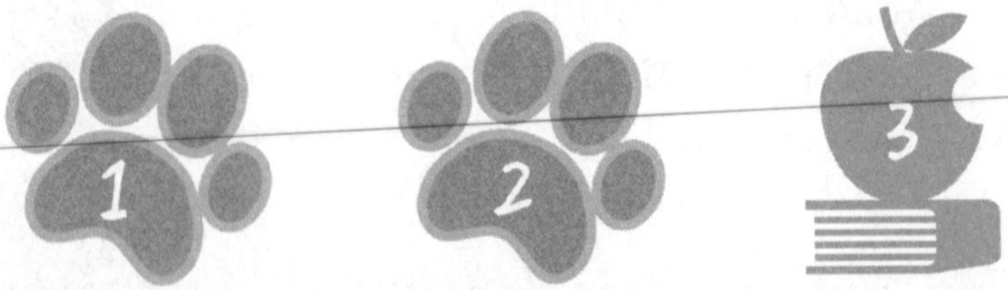

若有問題，歡迎至官方Line詢問